广西当代作家丛书（第五辑）

东　西／主编

# 回首已非少年

容本镇　著

广西人民出版社

**图书在版编目（CIP）数据**

广西当代作家丛书．第五辑．回首已非少年 / 东西主编；容本镇著．— 南宁：广西人民出版社，2023.3

ISBN 978-7-219-11512-1

Ⅰ．①广…　Ⅱ．①东…　②容…　Ⅲ．①中国文学—当代文学—作品综合集—广西　②散文集—中国—当代　Ⅳ．① I218.67

中国国家版本馆 CIP 数据核字（2023）第 021211 号

GUANGXI DANGDAI ZUOJIA CONGSHU（DI-WU JI） HUISHOU YI FEI SHAONIAN

广西当代作家丛书（第五辑）　回首已非少年

东　西　主编

容本镇　著

出 版 人　韦鸿学

策　　划　罗敏超

统　　筹　覃萃萍

责任编辑　覃萃萍

责任校对　梁小琪　李雨阳

封面设计　翁襄媛

出版发行　广西人民出版社

社　　址　广西南宁市桂春路 6 号

邮　　编　530021

印　　刷　广西民族印刷包装集团有限公司

开　　本　787mm × 1092mm　1 / 16

印　　张　16.5

字　　数　205 千字

版　　次　2023 年 3 月　第 1 版

印　　次　2023 年 3 月　第 1 次印刷

书　　号　ISBN 978-7-219-11512-1

定　　价　48.00 元

## “广西当代作家丛书（第五辑）”
## 编委会

# 总 序

从2012年党的十八大召开到2022年党的二十大召开，这段历史，在党的二十大报告中，被称为“新时代十年的伟大变革”。这十年，以习近平同志为核心的党中央团结带领全党全国各族人民，迎来了中国共产党成立一百周年，中国特色社会主义进入新时代，完成脱贫攻坚、全面建成小康社会的历史任务，实现第一个百年奋斗目标。历史性的胜利，彪炳史册。

这十年，也是中国文学界牢记习近平总书记嘱托，坚持以人民为中心的创作导向，从“高原”持续向“高峰”攀登的十年，是“文学桂军”锐意进取，不断夯实基础、壮大实力、提升影响的十年。

2001年至2012年，广西作家协会在自治区党委宣传部的大力支持下，精心组织，陆续编辑出版了“广西当代作家丛书”一至四辑共80卷本，80位广西当代有成就、有影响的作家入选该丛书，成为中华人民共和国成立以来广西文学界规模最大的文化积累工程，此举备受国内文坛瞩目。可谓功在当代，利在千秋。

从2012年至今，刚好十年过去。“文学桂军”在小说、报告文学、诗歌、散文、儿童文学等体裁创作上，又涌现出一批具有全国影响力的代表性作家，少数民族作家队伍的创作实力在全国处于领先地位。国运昌盛，文运必兴。编辑出版“广西当代作家丛书（第五辑）”，推出新一代广西作家，成为文学界共同的期待。

十年来，得益于自治区党委、政府的关心支持，得益于自治区党委宣传部的正确领导和大力扶持，“文学桂军”呈现出良好生态和健康发展势头，一批作家频频在全国重要文学刊物亮相，一批有分量的作品在全国各重要出版社出版。陶丽群获第十一届全国少数民族文学创作骏马奖，红日、李约热、莫景春获第十二届全国少数民族文学创作骏马奖，朱山坡、李约热分别获第七、第八届鲁迅文学奖提名，东西的长篇小说进入第十届茅盾文学奖前20名。十年来，据不完全统计，广西作家出版长篇小说、中短篇小说、散文、诗歌、儿童文学、报告文学等专集选集共600多部。一批作品获广西文艺创作铜鼓奖，《人民文学》《小说选刊》《民族文学》等刊物年度优秀作品奖，以及《小说月报》百花奖、花城文学奖杰出作家奖、郁达夫小说奖、茅盾新人奖、《雨花》文学奖、华语青年作家奖、《钟山》文学奖、《儿童文学》金近奖、“小十月文学奖”佳作奖、华文青年诗歌奖、三毛散文奖、冰心散文奖等，入选各类文学排行榜。“文学桂军”已然成为家喻户晓、有全国影响力的响亮品牌。

为进一步繁荣广西文学事业，全面展示党的十八大以来广西文学创作的丰硕成果及新时代广西作家的精神风貌，广西作家协会决定组织出版“广西当代作家丛书（第五辑）”。

该丛书的入选作者须具备三个条件：一是作者须为广西作

家协会会员，中国作家协会会员优先；二是近年来创作成绩突出，曾经获得全国性文学奖或自治区级文学奖；三是个人创作成绩显著，作品在全国重要刊物发表。在广泛征求意见基础上，经各团体会员推荐、广西作家协会主席团会议酝酿讨论，实行无记名投票推选，共评出入选作家20名。田耳、田湘、王勇英等作家，由于作品版权原因，遗憾无法纳入本次选编。一批作家近十年创作成果丰硕，由于已经入选前四辑丛书，本次不再选入。

习近平总书记曾多次指出，文运同国运相牵，文脉同国脉相连。文化兴则国家兴，文化强则民族强。当代中国，江山壮丽，人民豪迈，前程远大。时代为我国文艺繁荣发展提供了前所未有的广阔舞台。“文章合为时而著，歌诗合为事而作。”衡量一个时代的文艺成就最终要看作品。推动文艺繁荣发展，最根本的是要创作生产出无愧于我们这个伟大民族、伟大时代的优秀作品。没有优秀作品，其他事情搞得再热闹、再花哨，那也只是表面文章，是不能真正深入人民精神世界的，是不能触及人的灵魂、引起人民思想共鸣的。习近平总书记关于文艺工作的重要论述，已经成为广大文艺家的自觉遵循，内化于心，外化于行。收入本辑丛书的作品，内容丰富、题材广泛、风格多样，在记录伟大时代、反映现实生活、讴歌人民创造等方面，用心、用情、用力，很好地体现了以人民为中心的创作导向，集中展示了祖国南疆新时代蓬勃多姿的文学景象。

习近平总书记在党的二十大报告中指出，推进文化自信自强，铸就社会主义文化新辉煌。全面建设社会主义现代化国家，必须坚持中国特色社会主义文化发展道路，增强文化自信。坚持以人民为中心的创作导向，推出更多增强人民精神力量的优秀作品，培育造就大批德艺双馨的文学艺术家和规模宏大的文化文艺人才队伍。这为新时代新征程的文化建设和文艺创作指出了正确方向，提供了根本遵循。

当前，全党全国各族人民正在深入学习宣传贯彻党的二十大精神，满怀信心向第二个百年奋斗目标迈进。编辑出版“广西当代作家丛书（第五辑）”，可谓正当其时，也是贯彻落实《中共中央关于繁荣发展社会主义文艺的意见》和《中共广西壮族自治区委员会关于繁荣发展社会主义文艺的实施意见》，用文学助力建设新时代中国特色社会主义壮美广西的最新成果。

伟大时代必将激励、孕育伟大的作家和作品。希望广西作家和文学工作者，坚持文化自信，做到文化自强，坚守艺术理想，追求德艺双馨，不断增强脚力、眼力、脑力、笔力，以刚健、厚重、先进、质朴的创造抵达伟大时代的艺术高度。诚如中国文学艺术界联合会主席、中国作家协会主席铁凝所寄语的那样：广西文脉深厚、绵长，新时代新征程上，相信广西作家能以耀眼的才华编织崭新“百鸟衣”，描绘气象万千的“美丽的南方”。这是时代赋予我们的责任，唯有俯下身子，深入到火热生活中去，深入到人民中去，不断学习，不断攀登，以作品立身，以美德铸魂，方能不负时代，不负人民。

是为序。

石才夫

2022年10月31日

CONTENTS 目 录

# 南流江记忆

# 母　爱

小添添的家在一个偏僻的小山村里，离镇子很远很远，平时难得跟妈妈去赶一次圩。这回，妈妈答应带他去，他高兴得又蹦又跳！瞧着小伙伴们都羡慕地围着自己转来转去，他觉得又骄傲又神气！

到了圩上，妈妈要到收购站去卖砂仁，添添不愿跟她去，自个儿跑到了书店里。妈妈说：“小添添，街上人多，不要出去乱走。在这里等妈妈卖完了砂仁就来叫你。”

添添看见书店那些五颜六色的连环画，双脚像被粘住似的不动了。他特别喜欢《小兵张嘎》《鸡毛信》《闪闪的红星》《南征北战》，还有《高玉宝》。有一回他看到书中的高玉宝嚷着要读书时，他非常同情高玉宝，感动得流下了眼泪。他还记得，有一回，他想问同班那个翘鼻子阿牛借《小兵张嘎》来看，可刚一伸手就被阿牛推开了。阿牛说：“哼！自己不买，尽想赚人家的来看！”现在他真想叫妈妈买几本连环画给他，气气那个阿牛！可他不能开口叫妈妈买，他是个懂事的孩子，知道妈妈卖掉砂仁想买件新衣服。妈妈没有件好衣服，也没有双好鞋子，走亲戚时老穿着那件半旧的天蓝色衣服，从来没有像婶娘们那样穿得好看。他非常爱自己的妈妈，可怜自己的妈妈。可一见别的小朋友想要什么，他们的爸爸妈妈就给买什么，他心里又有点痒痒的。有个和自己年纪差不多的小朋友买了本连环画，高兴得边走边看，小添添竟不知不觉地跟着他走到了书店门口，看见他走远了，才醒悟过来，又失望地回到了书柜前，继续望着那几本连环画发呆。

妈妈很快就回来了，可添添一点都没察觉到，看见别人买了书出来，他总要仰起小脑袋，双脚不自觉地凑到别人跟前。妈妈怔怔地看着儿子，眼前又浮现出了添添在家追着别的孩子求借公仔书看的情景，心里不禁涌起了一股交织着疼爱和辛酸的滋味，并深深地叹了一口气！她小时候也非常喜欢看公仔书，有时看入迷了，连饭都忘记吃了。她结婚时，姐妹们还买了几本《天仙配》《牛郎织女》等公仔书送给她。有了添添，开始她还不时买一两本有趣的公仔书给添添，但不久就一天紧似一天地喊着要“割资本主义尾巴”，不准养鸡养鸭，不准种自留地。队里工分值又低，连油盐都顾不过来，所以添添好几次吵着要买书买笔，她都没钱给他买。有时她心里烦躁，还骂了儿子几句，但骂后又心疼添添。她见添添翻来翻去都只能看翻烂的那几本公仔书，心里好不酸楚！如今，她可以在自留地上种砂仁卖了，手头不再像以前那么拮据了，她探头看看儿子都盯着些什么书，然后好几次伸手按了按口袋，但略一犹豫，手又停住了。她充满爱怜地喊：“添添！”

添添回过头，见是自己妈妈，高兴地蹦到妈妈面前。他扯着妈妈的衣角，仰起头，张口想说什么，可话未出口，泪花儿就在眼眶里转着圈圈，他赶快低下头，咬紧牙关，不让泪珠儿掉下来。他靠着妈妈的心窝，问：“妈妈，你卖完砂仁了没有？”

“卖完了。”妈妈回答说。孩子的心事是瞒不过妈妈的，她疼爱地理了理儿子的头发，说，“好孩子！妈妈和你去买布，我买一件，你买一件，好吗？”可添添阴着脸儿不想去，又转过身去盯着那些连环画。妈妈只好又叫他在这里等着，不要乱走动，她自己去了。不一会儿妈妈却又转了回来。

添添走到妈妈面前，像做了错事似的，低垂着眼皮，嘴唇动了动，暗暗下了几回决心，想要妈妈买本连环画给他。只要一本，两角四分钱的，就是那本《井冈山的孩子》，不然一角钱，那本薄薄的《捕狼小猎手》也行，下回再也不要她买了。他嘟着小嘴，揉弄着妈妈的衣角，忽然发现衣角上有个小破洞，他又强忍住把话咽了回去，装作高兴地仰起头，问妈妈买了布没有？妈妈说买了，就拉起他的手和他去小摊子吃粉，准备回家。添添迟疑了一下，又想说：“好妈妈！我肚子不饿，不去吃粉了，给两角钱我买本连环画吧！”可他不能说出口，妈妈听了会生气的。好添添不愿叫妈妈生气，于是他又咬着嘴唇把话忍住了。回家时，他一路上都闷闷不乐！

当天晚上，他又失望又劳累，倒头就睡着了。他梦见自己又站在书店里，买了很多很多的连环画。他高兴极了，抱在怀里就往家里走。可那些书忽然一本接一本地飞了起来，全都飞到天上去了。他惊慌得大喊大叫，一睁眼，天已经大亮了。他这才知道是自己做了个梦，他眼睛直直地望着蚊帐顶，还在痴迷地回味着刚才的梦境。

“要是真的多好啊！”添添甜滋滋地想道，好一会儿，他才没精打采地坐起身来，懒洋洋地掀开了蚊帐。突然，他的眼睛发亮了：对面的桌子上，整整齐齐地放了一大堆连环画，他翻开看了看，除《鸡毛信》《小兵张嘎》《闪闪的红星》等五六本他平时喜欢的外，还有《小英雄雨来》

《欧阳海》《戴碧蓉》等七八本他没有看过的，他昨天想买的《井冈山的孩子》和《捕狼小猎手》也在里面了。另外，还有一套《十万个为什么》和一些学习用具，好多都是他以前说过要妈妈买的。他以为刚醒来眼花，用力地揉了揉眼睛，不错，真的是连环画，他做梦梦见的就是这些！他又惊又喜，觉得非常奇怪，想问问妈妈，可妈妈早就去出工了。

他蹦下床来，打开妈妈装衣服的箱子，一看，只有一小块灰卡布，刚够给自己做衣裳，翻了翻，再也没有别的了。他明白了，妈妈昨天没买她自己做衣裳的布。赶圩前他曾听妈妈说，她没带钱去，等卖了砂仁才买布。妈妈算过，卖砂仁的钱刚够买两个人的布。她买了这么多书，就没有钱买自己的布了。他又突然想起，昨天去粉摊吃完粉，妈妈叫他在这里等着，她去一下别的地方，没多久，就用装砂仁的袋子装了鼓鼓囊囊的一袋子东西回来。自己因为一本连环画都买不到，垂头丧气，无心再问妈妈买了些什么。想不到妈妈竟是给自己买了这么多的书！添添又感激又难过，鼻孔一酸，两行眼泪“刷”地涌了出来……

从此以后，添添更爱他的妈妈，学习也越加勤奋了，每次考试他都在全年级夺得第一名。妈妈捧着他的奖状时，乐得比她自己穿新衣服还要高兴。

（原载1981年6月24日《南宁晚报》）

# 灯　光

随着最后一缕金色霞辉的消逝，夜幔悄悄地把山村笼进了自己的怀抱。暮蝉的鸣唱，归鸟的聒噪，劳作归来疲倦而欢畅的叹息，呼唤儿女吃饭的声音，猪狗的叫声，孩子的哭闹，收音机的乐声……小山村沉浸在一片杂乱而和谐的声浪里。

小屋里，一片混沌的黑。我习惯性地伸手往桌子的左端摸索。小油灯哪儿去了呢？火柴哪儿去了呢？手一抬，碰到了一个从屋顶上吊下来的东西，晃悠悠的。我哑然失笑了。走到门旁，拉了一下开关，小屋登时发出了耀眼的光。屋内也面目全非了：新的床、新的桌、新的椅、新刷的墙壁、新漆的窗户。那盏熟悉的小油灯正静静地躲在窗台的角落里，玻璃灯罩蒙着一层厚厚的灰尘。

我收回目光，一丝说不清的情绪爬上了心头，酸酸的、甜甜的。和几年前一样，我又打开书本，一字一字地用心读着。怪事，读了两页，读不下去了。字里行间似乎跳动着一星昏黄的火苗，模模糊糊，闪闪烁烁。我又把目光投向了窗台。小油灯仍静静地躲在那里，积着厚厚的灰尘，一动不动。忽然，灯芯爆出一点火花，很小很小，微弱得只有一个小小的蓝点。小蓝点似动非动，似明非明，跳跃了一下，慢慢地升起来，亮起来，变成了一束昏黄的火苗……

“荔南！灯点亮了，看你的书吧。碗筷等会儿我再洗。”是爷爷的声音，习惯了。每天晚上，他都用柴灰和水把灯罩擦得亮亮的，用火柴把灯芯的黑烬刮得平平的，点亮，让我看书。

村头的老耕大伯爱发牢骚，从早到晚喋喋不休，没完没了。柴不打，水不挑，拿到一张报纸，看上半天，然后割成一小片一小片的烟纸。他老婆不爱说话，每次只用烧火棍去请他。他把我看成知音，喜欢和我说话，说得痛快时，咯咯地笑，声音尖尖的，像女人。但除了白天，晚上爷爷不许他到我这里来。

“荔南看书，不要到这里吵他。”爷爷坐在大门口，把他挡住，有点生气。不仅是老耕大伯，村里任何人，没有什么事爷爷都不准他们到我这里来。这是爷爷的家规，除非我同意。有一次，老耕大伯找不到废纸卷烟抽，闯进我的屋里，撕了我半页书，被我爷爷撞见了，揪住他的衣领，结结实实地把他掼到了天井，再也不许他到我的小屋里来。老耕大伯却不生气，他虽然爱唠唠叨叨，婆婆嘴，却有着水一样的好脾性，从来不对别人发火，特别是在我爷爷面前。他爬起来，笑嘻嘻的，声音尖尖的，像女人，拍拍屁股，走了。该来的时候他照样来。唠唠叨叨，喋喋不休，没完没了，老婆的烧火棍对他并不管用。

有一个人例外，他可以随时到我的小屋里来。他叫芦青，我的一位好朋友，邻村的。他每次都带一些书来给我，又从我这里带一些回去。他还定时带些草药来给爷爷治风湿病。爷爷喜欢他。但除了打招呼、谈谈如何用药，爷爷很少跟他谈话。爷爷坐在门口，守着一盏拧得不能再低的小油灯，悄悄听我们说话。我们谈得高兴时，他也受到感染。有些事是他知道的，也忍不住插一两句，但极少极少。他怕打断我们的话，冲淡我们的兴趣，特别是，他觉得老年人不应该打扰青年人的事。他有时见我烦闷或寂寞，就念叨芦青为什么不来玩，或者干脆跑去把他找来。

爷爷没读过书，不认识字。但他喜欢书，因为我喜欢。有一次，他去参加开挖梯田，挖出了一包用瓦罐装着的书，旧旧的，黄黄的，都是些要没收烧毁的“毒草书”。爷爷却比捡到一包金元宝还要高兴。他听人说过，古时候有个人得了一本天书，后来做了大官。他小心翼翼地抱回来给我，粗糙的脸上泛着少有的光，昏花老眼里盛满了孩童般纯真的笑，带着稚气，带着自豪，带着期待。我第一次发现爷爷笑得这么可爱。他早早就给我点亮了灯。看见我如饥似渴地读着这些发黄的书，他心里更像喝了蜜似的，嘴角一直挂着快乐的笑。“爷爷，我要是能天天看到你这样笑就好了。”我心里说。爷爷是看见我高兴的时候才这样笑的，似乎他的每一次笑都是我给他的。我可怜的爷爷！夜深了，爷爷催我睡觉，明天再看。为了顺从，我熄了灯；等到他的脚步声进了他的小屋，我又重新点燃了灯。

开山造田，连续作战，睡眠不足，我已精疲力竭了。一天晚上，我觉得很累，坐不住了。爷爷睡觉后，我把灯放到枕头边，躺在床上继续看书。没过多久就感觉眼皮很沉，渐渐地，字体模糊了……醒来时，小油灯横卧着，灯罩碎了，昨晚刚灌满的一瓶油不见了，席子被烧了一大块，我垫睡的藤枕头也被烧焦了一截。我惊出了一身冷汗！虽然人没烧伤，衣物也没受到多大损坏，但我难过极了。没有了灯，晚上怎么看书呢？爷爷身上没有钱。那时队里每天挣的工分只值八分钱，又不能搞副业，不能种自留地，哪来的钱？又没地方借，村里的人都和我家差不多，一分硬币捏出汗还舍不得花。我心乱如麻，胡思乱想，带着两本书，准备到芦青那里去。但天刚断黑，爷爷却把他的小油灯拿过来给我了，油灌得满满的，灯罩擦得亮亮的，已经点着，放在我的桌子上。“荔南！灯点亮了，看你的书吧。”还是那句话，和往常一样，平静，深沉，充满慈爱，像什么事都没有发生过。我一阵感激，又一阵内疚。我又打开了书本，但看不下去。一粒辛酸的泪珠滴到了书本上，摔成了水瓣儿。

爷爷今晚破例没有坐在我的门口。他用泡过水又晒干的竹篾片点着来照明，正用精修过的细篾片帮我织补那只烧焦了一截的藤枕头。我过意不去，把灯端去给他。他说：“我不用灯，拿去看你的书吧。”他又把灯端回我的屋里来。当他拿着补好的枕头进来放到我的床上时，我吃惊地发现他粗黑的手正流着殷红的血，准是被篾片刺破了指头。他的手皮很厚很粗，一定被戳得很深很深，不然不会流这样多的血。我赶紧找布条给他包扎。爷爷却若无其事，叫我看我的书，不要管他，说只破了一点点皮，不要紧。他又拿了张小凳子坐在我的门口，但身旁没有了那盏拧得不能再低的小油灯。往常，那一灯如豆，淡蓝淡蓝的，孤零零的，像幽冥中的一星荧光，陪伴爷爷消磨着一个个漫长的夜晚。现在，蓝点没有了，门口只有爷爷那高大的身影。夜深了，他双手撑着额头，钓鱼似的打着瞌睡。我合上了书本，摇醒他，喊他回去睡觉。他抬起头，揉揉倦怠的眼睛，但并不马上回去睡，看着我睡下了，他才回到自己的屋里……

电容器发出了丝丝的响声，灯泡突然增加了亮度，在白墙壁的反射下，有点刺眼。爷爷又出现在门口，手里端着一碗热气腾腾的鸡汤，是晚饭时吃剩的。以前，爷爷也端过东西来给我当夜宵吃，但不是鸡汤，而是煮红薯，或者木薯粉做的粑粑。

“吃点再看吧。”爷爷把鸡汤放在我桌子上。这句话，我不知听了多少遍了，每次听起来，心里都涌荡着一股难以名状的暖意和波涛。

“爷爷！您不吃点吗?”

“还有。”爷爷像往常一样说道，“吃完了把饭碗放在这里，我来拿。”爷爷出去了，他总是很忙。他去给毛兔加完草料，又坐在院子里编竹器。我边喝鸡汤，边听爷爷那有节奏的编织声，像听一首清心悦耳的小夜曲。村头，还不时传来老耕大伯那尖尖的嬉笑声。老耕大伯也比以前忙碌了，白天下田，晚上当木匠，没工夫到我的小屋里来了。他不用再到处找废纸来卷旱烟抽，爷爷也不用担心我的书被他撕掉了。他口袋里有的是烟，带锡纸的，有时嘴上还叼着海绵头香烟。他仍旧爱说话，声音尖尖的，像女人，但不是发牢骚。有趣的是，听说他老婆变得极为温顺，不再用烧火棍和他说话了。

不知什么时候，爷爷悄悄地坐到了门口，腿上搁着个收音机，耳朵里塞着个小耳机，偏着头，眯着眼，津津有味，如痴如醉。风湿病不再折磨他了，我好朋友给他的草药起了作用。明亮的灯光照在爷爷高大的身体上，他的胡须刮得光光的，脸膛亮亮的，腰也不那么佝偻了。他又变得爱说爱笑，还爱听戏文，像我小时候见到的那样。

我把目光投向窗台上的那盏小煤油灯，又从小煤油灯移到了电灯泡上。顺着两根红红的导线，我默然沉思遐想，似乎想从上面寻找什么……

（原载《海角》1982年第1卷）

# 醉　叔

醉叔死了，是醉死的。

醉叔是酒仙，见酒眼开，嗜酒如命。四十多岁了，仍是光棍一条，原因无他，就因为他是个酒缸，死喝烂饮，家徒四壁。那年头钱来得不易，一年到头的收入就是那么十几二十元工分钱，但他还是有一分喝一分，有一角喝一角，今朝有酒今朝醉。喝的自然不是什么好酒，大多是木薯酒糖泡酒之类，若能喝上半斤米双或三花，那真是神仙般的日子了。他喝酒也不讲究菜，一包炒黄豆，几颗炒花生，够了。在代销店门口，经常看见他摊开一张烂报纸，上面是一大堆炒熟的无油无盐的蚕蛹，不用碗，也不用筷，对着酒瓶口，仰头喝一口，抛进一只蚕蛹，慢条斯理，一板一眼，津津有味。任你取笑，任你围观，旁若无人，自得其乐。你若高兴听他说话，他就海阔天空地和你说个没完没了。

记得有一年我和他被派到离家几十里外的一个山

麓去修水库。一天入夜后，我们四个人拿着个竹篓，悄无声息地摸到白天偶然发现的一个鹧鸪窝里，捉得了一只肥肥硕硕的大鹧鸪。回来后马上架火烧水，拔毛开膛，顷刻间便是一盘香喷喷的美味佳肴，外加一盘鹧鸪蛋，看得叫人直流口水。但美中不足，缺少了一样最重要的东西——酒。原来床底下还剩有一斤多米双，但不知什么时候已被人“报销”了。不用问便知是谁，我们都骂他被窝里放屁——独吞。醉叔却只在一旁嘿嘿直笑，不愠也不恼，不承认也不否认。我们三人都说吃饭算了，可醉叔不让，非要去买酒不可。但这里是荒山野岭，到哪里去买酒？要喝，就得到离这里十多里远的地方去买。“十多里就十多里！”醉叔态度坚决，说话斩钉截铁，毫无商量余地。我年纪最轻，这差事自然落到我头上。我说：“我不去。”醉叔就指定一人和我一起去。偏偏那天晚上没“卜好卦”，运气不佳，小卖部的男老板不在家，老板的女人胆小，这里又是独门独户，死活不肯开门，说不定还以为我们是欲行抢劫奸淫的歹徒。我们没有办法，只好悻悻地走了回去。来回跑了二十多里，连个酒星子也没买到，醉叔自然大失所望。我暗想，这下醉叔该让我们吃鹧鸪肉了吧？谁知他还是不松口，非要等到天亮去买回酒不可。我们拗不过他，只好吞着口水睡觉了。第二天，醉叔醉成了一摊烂泥……

一次，村里来了个解放军医疗小组，给农民们送医送药。醉叔向来不知医为何事，药为何物，但经不住众人怂恿，也勉强地让医生量了量血压。那穿军装的年轻靓妹仔说他血压偏高，要他以后少喝点酒。醉叔一听哈哈大笑，说：“我开始喝酒的时候你还没出世呢，还想用这家伙来吓唬我！你箱子里的酒精我都敢喝，你信不信？”医疗小组走的时候，果然发现少了一瓶半斤装的酒精。医生去追问醉叔，醉叔很坦然：“这么多人一直看着我，我什么时候拿过你们的酒精？”医生查无实据，只好警告他说：“这是药用酒精，喝了会中毒的，出了事你自己负责！”后来我在他床底下发现了一个精致的半斤装小瓶子，问他从哪里得来的，他笑而不答。

政府顾念醉叔是个光棍，把他当成五保户，每年都给他一些救济款，十元二十元不等，可他全都拿来喝酒了。后来就不再直接给他钱，而是发衣服或棉被给他。谁知这些东西也不能在他那间破房子里久待，十天半个月，最多不过半年，这些东西又变成酒钱了。走进他的破屋，除了那床破棉絮和那只光亮的酒瓶子，你很难再找得到一件像样的东西，那唯一的小板凳也是缺了半条腿的。可他偏偏长得壮实如牛，不怕寒冷，任你东北风刮得呼呼响，他也只是穿一条宽头短裤和那件年龄差不多和他一样大的已没有袖子的破卫生衣。

有一年，有人给他介绍了一个从外地逃荒来的女人。这女人刚三十岁，两年前死了丈夫，身边带着两个小女孩。女人见他虽然家贫如洗，但身体强壮，是个强劳力，如果能少喝点酒，凭着两双手，不用担心日子过不下去，加上自己落魄如此，有个归宿，也就满足了，于是当天晚上就和他住在了一起。醉叔开始倒也规矩，早出晚归，干活十分卖力，又很懂得体贴女人和两个孩子，很像个过日子的庄户人家，女人自然十分欣喜，以为苦尽甘来，后半世有个好归宿了，因而与醉叔十分恩爱。但醉叔到底本性难移，不出半个月，他就拿起了那个心爱的酒瓶子，他说不喝酒就像得了大病似的，周身无力。女人体恤他，允许他喝一点。但他得寸进尺，由少到多，每次直喝到东倒西歪为止。女人又威胁又规劝，想慢慢感化他，限制他的酒量，但她最终还是愤怒地带着孩子走了，因为她随身带来的几十元钱都给醉叔偷偷地掏去喝了酒……

但醉叔自有醉福，年过五十后，他时来运转。这时光，人们有了自己的田，自己的地，又有饲料可以喂养大猪了。于是醉叔便操起了杀猪刀，起三更睡半夜，干起了代人杀猪买卖的行当。每天清晨杀猪后主人招待酒肉不用说了，晚上还可剩点碎肉或下水回家，可再美美地喝上半斤几两。除此之外，每月至少还有一两百元的进项。任你醉叔是个酒仙，也是喝不完这一两百元的。几年过去，他竟然也盖起两间像样的瓦房。人们对醉叔刮目相看了，他虽已年过五十，到了做阿公的年纪，但登门做媒者仍络绎不绝。他几经选择，娶了一个只带有一个小男孩的四十来岁的寡妇。可谓老来得福，他真正成家立业了。

到底年纪不饶人，加上天天起三更睡半夜，一天睡不了几个小时，他的身体不如从前那样强健了，偶尔也患起了感冒，尤其是他的血压已升到一百八十。医生劝他不要再喝酒，但他照样日日喝，照样日日醉眼蒙眬。忽然有一天，他觉得这酒有点寡淡，似乎少了点什么，吃饭时直着双眼，怔怔地望着酒碗发呆。老婆以为他病了，问他话，他又闷不作声。醉叔婆见他一连几天都是这样子，有点慌了，赶忙来找我："阿镇，你去帮问问他看？"

我甚感奇怪，醉叔怎么会对酒不感兴趣了呢？真是猫不吃鱼了。难道他知道自己血压高，听从了医生的劝告？绝对不会，以他的脾性和酒瘾，他怎么会突然"立地成佛"呢。当年那个解放军医疗小组里的靓妹仔也说他血压偏高，劝他少喝酒，他却连人家的酒精都偷来兑水喝了，不是也好端端地活了这么多年？醉叔大概是遇到了什么不顺心的事，故而闷闷不乐。当天晚上，我即去找他，他走村串户卖猪肉还没回来，我便坐下来，一边和醉叔婆带来的小儿子阿聪一起看电视，一边等醉叔回来。等到晚上十点多，还不见他的影子，我只好先回去睡了。

第二天一早，我还没起床，就听见有人拍我的门，拍得好响。听声音便知是醉叔，我懒洋洋地问他是不是家里着了火？我打开门时，他便一脚闯了进来，兴奋得满脸通红地嚷道："阿镇，你知道不？昨晚大炮四他们请我喝酒了。以前我白喝了大炮四两次酒，他们一直指着我的脊梁骨骂我，笑我，骂得我没个人样，在他们面前我连头都不敢抬起来。那时我穷，没有钱，请不起他们，他们就看不起我。现在，他们也主动请我喝酒了，是真心请的，客客气气的。我不能白喝他们的，我也有钱了，有的是钱，我也要请他们喝，喝五次，不，十次，我要偿还这笔人情债，也要在人前露一露面！”

醉叔说得很急很快，唾沫横飞，神采飞扬。这天他破例没有去卖猪肉，他要我帮他的忙。当天晚上，十个大海碗摆到了一张大圆桌子上，屋角堆满了酒，都是瓶装的，高度数的。大炮四和他的酒友们来了，看到这丰盛的菜肴，一个个睁大了眼睛，不由自主地夸醉叔够朋友，讲义气！醉叔咧开大嘴笑了，笑得好开心，好自豪。他向大家拱拱手，大声宣布道：“承蒙各位老友给我面子，我先立下一条规矩，今晚喝个通宵，一醉方休，谁使奸耍滑，罚酒三大碗！”客随主便，大家一致同意。在座的人个个都是酒池高手，英雄海量，有如此美酒盛宴，哪有不开怀畅饮之理？酒过三巡之后，捉对儿猜码声便交错响起，一时间如波翻浪涌，滚滚滔滔，声振寰宇！面对这些酒仙酒神，我不敢造次拿大，只轻轻抿了几口白酒，便在一旁观战呐喊，推波助澜。酒仙们互相激将，豪饮不止，午夜刚过，一个个都早已忘记了祖宗姓甚名谁，歪倒在地上，又呕又吐，醉成了一堆堆死肉烂泥！我只好找来村里的几个精壮后生，把他们一个个抬回家去。

醉叔今晚大大露了脸，出了风头，因而喝得最多也最痛快。醉倒之后，他先是骇人地放声大笑，继而像小孩似的嘤嘤哭泣，最后倒在满是秽物的地上沉沉睡去。谁知他这一睡，竟没有再醒过来……

（原载《蕉香》1989年第1期）

# 合浦妹仔

我的家在六万大山脚下，与合浦县紧邻。很小的时候就听大人们说：“灵山好白米，合浦好妹仔。”每当夏夜，月光幽幽地照着的时候，爷爷就拿出小竹椅，坐在竹篱院子里乘凉。我偎在他粗硬的膝盖旁，听他讲廉州府的故事。他年轻时是个盐夫，常年往返于廉州和北海之间，贩盐回家乡来卖。他给我讲大海，讲盐田，讲白龙海的珍珠。尤其是讲到廉州府的妹仔时，他显得异常的兴奋。但当我正听得出神，奶奶不知什么时候悄悄地站到了门口，倚着门，也在静静地听着。爷爷偶一回头，看见了，就住了口，用布满老茧的大手摸摸我的小脑袋，说：“不早了，回去睡吧！”

我有点恼奶奶。后来我才隐隐约约地听说，爷爷年轻时，在廉州府里有个相好，每次去挑盐，都在她那里歇宿。我这才恍然大悟：难怪爷爷总喜欢给我讲廉州府的故事，而且每次讲起来，沟壑纵横的脸上总荡漾着笑意，像个备受宠爱的孩子。难怪奶奶每听到别人说起合浦妹仔，眼里总漫上一丝淡淡的幽怨……

长大后，我有机会到了合浦。带着一颗好奇的心，我特别留意合浦的妹仔。按说，长在海边的人，整天风吹日晒，皮肤应是黑黑的、红红的，且比较粗糙，而我看到的合浦妹仔，虽说不上肌肤如雪，却也长得十分细嫩白皙。有人说，这是因为吃海鲜多的缘故；也有人说，合浦的水土气候特别好，所以姑娘也长得特别好。可不是吗，世界上最好的珍珠就产在合浦，因为这里的气候、环境和水质得天独厚。合浦人一生下小孩，总喜欢用一颗珍珠碾成粉，冲水喂给小孩吃，据说从此以后就少长疮疥，还可以使皮肤白嫩……难怪如今的合浦妹仔一个个长得如此俊俏了。不过我还是弄不明白，当年的合浦妹仔难道只凭这副俏相就能把爷爷的魂勾去了吗？

在廉州府——现今的县城廉州镇一个亲戚家里，我第一次结识了合浦妹仔，她是我亲戚家从乡下请来的小保姆。小保姆知礼懂事，手脚又麻利，除了带小孩，料理家务，有空就做鞭炮。那是我亲戚从县爆竹厂领回来给她做的，逢年过节，我点过无数鞭炮，却从未见人做过鞭炮。我感到新鲜、好奇，就拉了条小板凳，坐在旁边，一边和她聊天，一边看她做。大约五百头已装好火药的红色鞭炮捆成一扎，平整地放在茶几上，她把引火线一根根地插上去。她的手好灵巧，每头爆竹就如圆珠笔芯一般大小，只见她的手指头飞快地来回闪动，引火线便准确无误地一根根插到了小爆竹上，谈笑间便插满了一扎，直看得我眼花缭乱！她告诉我，除此之外，她还做烟花的纸壳：坦克、飞机、轮船、火箭、大炮、公鸡、满地金星……说罢，她放下手中的鞭炮，拿起一把剪刀、一张硬纸片，这边剪一下，那边剪一下，折、叠、插、扣、粘，不到两分钟，一个坦克模型就出来了。她说，再交回厂里，装上火药，糊上彩纸，一辆威风凛凛、形状逼真的“坦克”就成了。在合浦，名气仅次于珍珠的，就数烟花。而谁能想得到，这些轰隆隆地开进我国香港、澳门地区，以及东南亚各国，甚至扬威欧美的“飞机”“大炮”“坦克”等，竟是出自这些小姑娘们的手呢。后来亲戚告诉我，出来谋生的小保姆懂得的手艺多着呢：裁缝、织毛衣、剪纸、烹调等等，她们各显神通，有空就揽活干，一年下来可挣得不少钱呢。我家亲戚请的小保姆据说这几年已成“小万元户”了。但她家里穷，弟妹小，父亲又病在床上，所以每月都要寄些钱支援家里。这时我才注意到小保姆的穿着十分朴素：一件碎花短袖衬衣，一条方格裙子，布料都十分低档，是她这个年龄的姑娘们早已看不上眼的东西。但她那双灵巧的手，她那双明澈的眼睛透出来的质朴和聪慧，却叫人永远不能忘记。

其实，心灵手巧的姑娘何止是小保姆呢。在珍珠场，你看到的大多是年方十七八岁的姑娘。这些姑娘有些是从城镇来的，也有从乡下来的。在大海边那排简朴而敞亮的红瓦房里，只见她们围坐在长方桌前，一律白衣白帽，纤纤的巧手，银刀在握，敏捷地一插、一撬，紧闭的蚌壳戛然而开，轻轻拨开鲜嫩的蚌肉，便露出一颗或两颗洁白晶莹的珠子，再轻轻一挑，珠子便滚落盘中，亮闪闪地跳，滴溜溜地转，声音脆脆的、润润的，叫人心儿也跟着轻轻地颤动。这一双双轻盈的纤手，仿佛上苍专为取珠而造就的，若蚌母有知，一定不曾感到分娩的痛苦，珠儿也一定因为有这样一双温柔的手接生而倍感亲切和欣喜。常言道：“西珠不如东珠，东珠不如南珠。”这南珠之所以如此浑圆凝重，美艳皎洁，饮誉五湖四海，我想一定是得益于初见天日时采珠姑娘们那轻轻的抚摸，而珍珠姑娘能把握住自己的生活，凭的就是她们那一双灵巧的手！

到了合浦自然想到市场去走一走。合浦紧靠广东，濒临大海，是海上丝绸之路的出海口之一，自古便有经商传统，女人们涉足商业，也比许多地方早。据爷爷说，他年轻时到廉州挑盐卖，见不少女人卖海味杂货，全不畏避男人，外乡人都管她们叫“海婆”或“海妹”。早几年我到合浦，当地正掀起一股经商热。做买卖的“海妹”随街可见。如果说，小保姆、珍珠姑娘谋生靠的是一双手，而“海妹”则是靠一张乖巧的嘴。在一个个生意摊前，衣着入时的“海妹”把秤迎客，笑语盈盈，那叫卖声柔柔的、甜甜的，令人驻足流连，不忍离去。想当年爷爷每次从廉州府归来，都给奶奶带回许多东西，喜得奶奶蜜意盈怀，体贴有加。她哪里知道，这一定是爷爷经不住“海妹”们的一番甜言蜜语而买下的，奶奶不知底里，也就安然受之，喜上眉梢。但是，若以为合浦妹仔都是水做的骨肉，没一点儿脾性，那你就错了。我曾尝过“海妹”的“咸味”。一次我途经合浦，想给广州的朋友带点干海味，便赶了个早市。来到街上，一股浓浓的咸腥味直扑鼻端。不知怎的，一闻到这股味儿我就感到特别亲切和舒爽。我在一个鱿鱼摊前停住，随便问了个价。那位看上去只有十五六岁的小姑娘笑脸相迎，款款作答。货比三家，我不吭声，大大咧咧地走开了。她急了，喊道：“你到底给多少？”我慢悠悠地往前踱去，仍不吭声。她见我不回她的话，突然怒道；“你是个哑巴？”我忍不住回头看了一眼，这一看，却使我愕然了：小姑娘刚才还是粉面含春，此刻却是柳眉倒竖，嘴里嘟嘟哝哝，一脸的气恼，一脸的委屈，那两汪秋水欲滴非滴，叫人怦然心动，好不怜惜！我暗里却又想，这妹仔好没道理，难道问个价，就得非买不可？我一咬牙，抬脚走开了。任凭她在那里嘟哝个不停！后来请教一位当地人，那人笑道：“你是外乡人吧？我们的‘海妹’做生意精得很哩。知道你是外地人，估计都会得个好价钱，就缠住你不放。不过我们这里做生意都讲个吉利，第一个顾客问价，不管买不买，都得还个价，这叫开门大吉，卖主也就满心欢喜；若不买，又不还个价，她就认为这一天必定晦气！”听完这番话，我恍然大悟，心里颇为愧悔，觉得对不起那位热心的妹仔。不过我想，凭着她的精明，她的生意一定会很兴隆的。

两年后，我又一次路过合浦。我没有忘记那个鱿鱼摊，没有忘记那个被我气得眼泪汪汪的“海妹”，带着一丝愧疚，我又来到了鱿鱼摊前。但我再没有见到那个“海妹”了。我怅然地向四周巡视，忽然发现，那些十几岁的“海妹”几乎都不见了，回想两年前“海妹”们竞相拉生意的情景，我颇感迷惑。回到了当县教育局局长的亲戚家，询问缘由，他笑着告诉我，早些年，合浦妹见做生意有捞头，许多人出来经商，而现在的大人们都知道读书的重要，不再让小孩出来做生意了；就连从乡下出来的小保姆也喜欢看书了，因为家长开始重视孩子的教育，如果要谋求这份职业而不懂一些知识，这是十分困难的。

当我再次离开合浦的时候，我忽然感到，合浦已给予我一种全新的感觉。确切地说，是这个地方的妹仔更富有魅力了……我终于明白，当年爷爷为什么三天两头地往廉州府跑，挑一百几十斤的担，赶百多里的路，也不曾感到吃力，大概是因为那儿的妹仔那种勤劳和淳朴的心感动了他；而今天的合浦妹仔更能使我欣喜的，则是一种新的觉醒……

（原载《广西文学》1990年第5期）

# 神奇南珠

**珍珠节上的人潮**

金秋十月，碧海蓝天、风光迷人的南国珠城兴高采烈地迎来了自己的盛大节日：首届北海国际珍珠节。

异彩纷呈的开幕式和文艺方块、彩车队伍游行结束后，熙熙攘攘的人潮开始从市体育场、从宽阔的大街上涌向市中心的华联商厦，涌向设在商厦二楼的珍珠展销馆。楼梯上，一位年轻母亲双手紧紧护住怀里的女儿，年轻的父亲在前面奋力开路，以期让娇妻幼儿多一点空间。然而一切努力几乎都是徒劳。他们回头看了看，犹豫着想寻路退下，但后面已经没有了“退路”，人群正如洪峰巨浪似的向上涌来。我和记者小黄、编辑小覃可算是身强力壮，但也没有回身的余地，可以说是被人潮裹挟着上到二楼的。

二楼宽阔的展厅里，人们摩肩接踵，现场水泄不通。那些买到珍珠首饰的人喜气洋洋地从柜台边的人缝里钻出来，那些尚未买到首饰或想一饱眼福的人则尽力往人缝里钻进去；挤不进去的，只好伸着脖子，踮着脚尖干着急。尽管已是天气较凉的深秋，许多人头上仍渗出了细密的汗珠。最忙碌最辛苦的要数那些首饰柜台里的售货员了，他们口不停答，手不停拿，身不停转，眼不停看，三尺柜台成了他们施展浑身解数的繁忙之地。

人们蜂拥而至、熙熙攘攘，为的就是一颗小小的珍珠。琳琅满目、流光溢彩的珍珠饰品，吸引了无数人的目光。那些颗大粒圆的优质珍珠，每颗标价一万多美元，购买者仍十分踊跃。而北海珍珠公司一颗直径近二厘米的天然珠王，据说曾有外商开价数十万美元，但公司却无意相让，留作公司的“镇店之宝”，永不出售。在南珠大厦珠宝馆，陈列着一座镶着四万八千多颗珍珠的造价三十多万元的“珍珠宝塔”。塔分六层，高约二米五，与珠宝馆南珠系列首饰交相辉映，光彩夺目。北海珍珠节期间，该公司又展出一座价值百万元的“仿古珍珠宝塔”，令参观者大饱眼福，叹为观止。这些巧夺天工的“珍珠宝塔”，已成为南珠世界中的瑰宝。

**人鱼公主的泪珠**

相传合浦县东南方向的白龙村，是一个美丽古朴的小渔村，村里住着一位壮实善良的名叫四海的青年渔民。一次他驾着小船出海捕鱼，突遇狂风巨浪，小船被掀翻，他也掉进了茫茫大海。他凭着自己的好水性奋力向岸边游去，突然一只张牙舞爪的大海怪向他猛扑过来。他躲避不及，只好拼出全身力气与海怪搏斗。海怪双眼被四海抓瞎，疼痛难忍，终于向深海逃走。但四海也因受伤过重而昏迷过去。

四海醒来的时候，发现自己竟睡在一张水晶床上，床边坐着一位年轻美丽的姑娘，正在轻轻地给他擦拭伤口。姑娘望着他疑惑不解的眼睛，羞红着脸告诉他，她是人鱼公主，因仰慕他的勇敢顽强而救他回来。四海十分感动，伤好后，与人鱼公主双双回到白龙村，过着幸福的生活。

但好景不长。当地县官路过村子时发现了年轻貌美的人鱼公主，便命令手下将她强抢回官府。四海出海回来得知消息后，操起锋利的鱼叉，单枪匹马杀进官府，一心要救回心爱的妻子。但因寡不敌众，惨死在官兵刀枪之下。人鱼公主悲痛欲绝，趁混乱之际逃回海里。每当风清月明之夜，人鱼公主便伫立在珊瑚礁上，遥望白龙村，思念夫君，伤心垂泪。海里的蚌深为人鱼公主的真情所感动，不约而同地聚集到礁石周围，张开贝壳接住人鱼公主的泪珠。天长日久，这些泪珠变成了晶莹洁白的珍珠。人们也把这一带盛产珍珠的海域称为“望断池”。这便是北部湾著名的八大珠池之一。

这当然只是一个优美的传说，但合浦南珠以其凝重结实、浑圆洁白、晶莹润泽、光彩夺目的优异品质而闻名于世，被公认为珍珠家族中的“皇后”，却是不容置疑的事实。得天独厚的生长环境，决定了南珠的高贵出身和不同凡响的品质。北部湾属南亚热带气候，冬无严寒，夏无酷暑，日照时间长；海湾宽广，平静，潮流畅通，港汊交错；海底多为砂质或砾质，浮游生物十分丰富。这样的海域环境非常适合珠贝的繁殖生长。又因为南珠生长期长，天然珠要十年八年才能孕育成熟，人工珠从育苗到收珠至少也要三到四年，因此南珠的品质特别优异，当然也就显得特别名贵了。据说英国女王伊丽莎白王冠上那颗被视为稀世珍宝的光彩夺目的大珍珠，就是产自合浦的南珠。中国南珠是珍珠家族中的“皇后”，历来雄踞三大明珠之首，素有“东珠不如西珠，西珠不如南珠”的美誉。

珍珠之所以千百年来深受人们的喜爱，并被作为珍宝收藏，首先在于它作为装饰品所具有的那种无与伦比的美感价值。人类自古就有爱美之心。当我们的祖先尚未发明衣服以前，就已懂得利用石头、兽骨、兽牙和羽毛等作为装饰。人类从蚌壳里惊异地发现了洁白晶莹的珍珠以后，更是把它作为饰物中的极品。战国大诗人屈原早就在他的千古名篇《九章》中生动地描写过珍珠首饰：“被明月兮佩宝璐。”“明月”就是古代的宝珠名，现在人们把它叫作“夜明珠”。在历代封建皇帝的皇后嫔妃所佩戴的琳琅满目的首饰中，珍珠首饰是必不可少的一个名贵品类。一些封建统治者甚至用珍珠编结成衣服和鞋子来穿，炫富斗胜，极尽奢华。唐诗中有“堂上三千珠履客”之句，指的就是战国时春申君命三千门客穿着“珠履”面见前来夸富的赵国平原君使节，使赵国使节大感惭愧的事。汉代白太后召见被废的昌邑王时，所穿的衣服也是用珍珠织成的“珠襦”。清代慈禧太后对珍珠更是有着特殊的偏爱，她死后陪葬的凤冠、凤袍、凤鞋和手中握着的那柄“降魔宝剑”等均饰满了珍珠，据说她的棺椁中还有大量的珍珠陪葬。

人们对珍珠的喜爱，还在于其神奇的药用价值。明朝著名药物学家李时珍的《本草纲目》明确记载：珍珠归心，肝经，性甘、寒、咸、无毒，能安魂定魄，明目治聋，主治遗精白浊，解痘疔毒，主难产，下死胞胎衣，以及安神润颜等。相传北海一带人家每当婴儿生下来后，总要将珍珠碾成粉末冲水给婴儿喝，据说这样可防治小儿惊风，增强抗病能力，少长疮疖，还可清心润肺，使眼睛明亮有神。

历史发展到现代，珍珠已不再是贵族们的专用品，寻常百姓也可以戴上珍珠首饰了，珠饰品种也比以往任何时代都更加丰富、精巧雅致。广西珍珠行业开发的珍珠项链、珍珠手链、珍珠戒指、珍珠耳坠、珍珠胸花、珍珠领带夹、珍珠挂坠、珍珠摆件等已达八大类一百二十多个品种，可谓应有尽有。

珍珠是纯洁、吉祥、美丽和高贵的象征，戴上适宜的珍珠饰品，可使女士们容光焕发，魅力常在。因此无论是韶华已逝的妇人还是正值妙龄的少女，无论是国家元首还是普通百姓，都对珍珠首饰格外青睐，珍珠首饰也成为市场上经久不衰的热门商品之一。

在首届珍珠节开幕式上，那些佩戴着珍珠项链、珍珠耳环、珍珠头花的“珍珠女”们一个个风姿绰约，娇美动人。一位从小在海外长大、祖籍合浦的女侨胞蔡女士感慨地说：“早就听说合浦的珍珠特别好，没想到合浦的姑娘也长得这么好！”她还半开玩笑地说：“等我儿子长大了，一定叫她娶个合浦姑娘做太太。”珍珠节期间，北海市特意举办了一场别开生面的“珠联璧合”集体婚礼：婚礼以珍珠命名，新娘戴的是珍珠首饰，市长作为证婚人赠送给三十一对新人的礼物是珍珠戒指。珍珠不仅给新娘们增添了迷人的风采，更为新婚夫妇们的新生活送上了美好的祝福！

**珍珠故乡的珍珠文化**

在北海市北部湾广场上，耸立着一座高达三十五米的雕塑：三块呈三足鼎立的巨大珠贝托着一颗硕大无比的珍珠冲天而起，巍峨、挺拔、气势非凡，让人强烈感受到珠乡人民那种不甘蛰伏、锐意进取的精神和力量。环绕在珠贝周围的是三座铜铸的塑像：骑着骏马、举着蚌壳的虬髯老人，驾着海龟、吹着螺号的壮年汉子，骑着鳌鱼、斜躺在碧波之上的珍珠女神。从这三位南海儿女的身上，我们似乎又看到了岁月的沧桑，看到了搏击的雄壮，看到了优美的传说……

在千年古城廉州镇，也有一座近二十米的雕塑：一条美人鱼手托一颗闪闪发光的大珍珠。这座雕塑无论设计、内涵、工艺和气势都远不及北海的那组雕塑，但有一点是共同的，即都以大海、以珍珠为主题。大海和珍珠，千百年来不仅为珠乡人民提供了丰富的生活资源，也孕育了斑斓多彩的珍珠文化。

我们将目光从雕塑移向大街小巷，移向崭新的或破旧的建筑物，就可发现珍珠文化早已渗透到了人们的日常生活中，渗透到了黎民百姓的血液里。举目所及，以“珠”命名的道路、商号和楼堂馆所比比皆是：还珠大道、还珠广场、还珠宾馆、还珠戏院、还珠商场、还珠奶店、珍珠公司、珠宝部、南珠酒厂、南珠商店、南珠饮食店、明珠楼、海珠楼……以“珠”命名的产品更是不胜枚举。因此，只要你一踏上这里的土地，就会感受到到处都弥漫着的“珠光宝气”，就会不知不觉地置身于一种浓郁的珍珠文化氛围中，似乎走进了一个古老神奇的珍珠世界。

循着语言的古风流韵，我们还会惊讶地发现珍珠文化的悠久与博大。在我国的语言宝库中，与珍珠有关的成语就有许许多多：珠还合浦、珠联璧合、珠围翠绕、珠辉玉映、珠圆玉润、珠光宝气……以珍珠为题材或描写过珍珠的诗词、歌赋、传说、故事、小说、散文、戏剧、电影、摄影、绘画、雕刻、书法等作品更是洋洋大观。大文豪元稹、汤显祖、屈大均、田汉等都留下过描写珍珠和珠民生活的不朽诗篇。

珍珠节期间，合浦、北海分别上演了两出大型粤剧——《合浦珠还》和《海门珠潮》。剧中曲折动人的情节、优美的唱腔、仙境般的舞台布景以及精彩的表演，使中外来宾大开眼界、赞叹不已。一位来自上海的杨先生感叹道：“太美了。我虽然听不懂白话，但看着字幕，听着优美的曲调，我也深深地陶醉了。”对于那些老粤剧迷来说，坐在戏院里简直是在过节。粤剧受通俗歌曲的冲击，已很久很久没上演过这样的大戏了。何况演的又是家乡的人、家乡的事，更使人如饮甘露、倍感亲切。戏迷们如痴如醉，物我两忘。有趣的是，上演的戏名叫《合浦珠还》，演出的戏院名叫“还珠戏院”，这本身就够令人浮想联翩了。

**“合浦珠还”**

古城廉州有一座孟太守祠、一座还珠亭和一座海角亭。这“一祠二亭”都是古人为纪念汉代合浦郡太守孟尝的卓著政绩而修建的。“先时宰守并多贪秽，诡人采求，不知纪极，珠遂渐徙于交趾郡界……尝到官，革易前弊，求民病利。曾未逾岁，去珠复还，百姓皆反其业，商货流通，称为神明。”（《后汉书·孟尝传》）这就是史书上记载的“合浦珠还”的故事，民间传说中带有浓厚神话色彩的此类故事大多源于此。当地人民感念孟尝恩惠，把他奉为“生佛”，建祠祭祀。在他去任之日，地方官绅百姓攀辕挽留，道路阻塞，车不能行，他只好在晚上悄悄乘船离开合浦。千百年来人们每谈起孟尝，无不有口皆碑！

然而，自孟尝走后，珍珠复还并没有给黎民百姓带来福音，相反，无穷无尽的灾难接踵而至。珍珠是朝廷的专控品，委派官员严密监管，私采珍珠者一律以死罪论处，格杀勿论。历代封建王朝几乎都不择手段地到合浦征采珍珠。“驱无辜之民蹈不测之渊，以求不可必得之物。”明朝是历史上采珠最频繁，也是珠民生活最悲惨的时期。据两广巡抚林富在《乞罢采珠疏》中记载，弘治十二年（1499年），皇帝下令采珠，征集了雷、廉、琼等州珠船六百余艘，动用人夫一万余人，花费白银一万七千两。在监采官员的严苛督责下，军士和人夫在合浦沿海一带波涛汹涌的海面上经受烈日暴晒，风吹雨打，忍饥挨饿，病死者三百余人，溺死者二百八十余人，被毁珠船七十六艘，漂浮无人珠船三十艘。嘉靖五年（1526年），皇帝又下令采珠，“哀哀呼天天不闻，十万壮丁半生死”。（林兆珂《采珠行》）但总共只采得珍珠八十两。“天下谓以人易珠，恐今日虽以人易珠，亦不可得。”合浦沿岸哀鸿遍野，万户萧疏，一片荒凉，致使“今人反怨珠来还”。人们不仅不因当地生产珍珠而高兴，反而害怕和怨恨珍珠的复还。

由于历代封建王朝横征暴敛，滥捕酷采，使珠贝资源濒临灭绝。到了民国时期，合浦沿海基本上已无珠可采，廉州的珠宝店铺也因无珠收购而关门大吉。

中华人民共和国成立后，党和政府对珍珠养殖事业十分重视，随着二十世纪六十年初人工养殖珍珠试验的成功，南珠养殖业跨入了一个新的时代，珍珠产量连年上升。据统计，1980年合浦珍珠产量仅为13.6公斤，1986年猛增至191.83公斤，比1980年翻了四番；1990年珍珠产量已上升为674公斤，估计社会产量达1000公斤，成为历史上又一个鼎盛时期。“合浦珠还”成为活生生的现实，无珠可采的历史宣告结束。“看来子好因娘好，毕竟他培赛自培。”田汉的诗句，生动地道出了人工养殖珍珠的优越性。

那么，今天珠民们的生活到底如何呢？我们乘车来到了南珠最大的养殖基地——距合浦县城50多公里的营盘乡。落日晚照，彩霞满天，海潮退去后，裸露出一大片金灿灿的沙滩。举目远眺，一个个七八米高的守珠棚疏疏落落地耸立在海面上，绵延不绝。在每个守珠棚周围，都有人从海水里提起一个个装着珠贝的笼箱，轻轻地摇洗着，然后又轻轻地放回海里去。据介绍，用笼箱养贝，既便于管养，又便于收珠，而且安全可靠，过去采珠时那种“鲛鳄磨牙竞相向，积血化为海水丹”的危险不复存在了。营盘是古代著名珠池最集中的所在地，现有珍珠养殖场480多个，有集体的，也有个人的。广西绝大部分珍珠都产自这里。以前营盘乡守着“宝海”受穷，现在情况已今非昔比，自从允许个人开办家庭养殖场，就等于为广大珠民打开了致富的大门。今天的营盘，古时候那种“江浦茫茫月影孤，一舟才过一舟呼。舟舟过去何舟得？得得珠来泪已枯”的凄凉景象再也看不到了。

（1991年10月·合浦）

# 老师傅

当今都市里，各种各样的发廊、发屋比比皆是，而且都装修得颇为堂皇气派，即使只容得下一两个人转身的小单间，也要装上茶色或透明玻璃，上贴一个大大的“发”字，美观而醒目。

前几年，我常到这些地方来理发，图的是快捷省时。我对发型不讲究，也没工夫去讲究，每次只是把头发剪短刮刮脸面即可，从来不洗不吹不染。但每次刮脸的时候，浑身上下却老大不自在。姑娘小伙们用的几乎是刀片。我自己也常用这种刀片，但总觉得这种方便省事的玩意儿自己用可以，理发师傅不应该使用或尽量少使用，他们使用的应该是剃刀。用刀片给顾客刮脸，省事是省事，却让人有一种随便应付的感觉。而且，他们往往只给你刮刮后脖子和两鬓，至于胡子，就留给你自己回去修理了。有时候刀片钝了，也不及时换新的，刮起来嚓嚓作响，又痛又辣，活像屠夫下死力气刮猪毛一样。更有甚者，刮胡刀里总塞着一大把别人的毛发，碰到你脸上，让你直感到恶心！于是，渐渐地我就再也不到这些地方来了。

我喜欢到一处旧式理发店。操剪师傅是一位个子不高的白发老头儿，慈眉善目，寡言少语，整天只是手不停顿地干活儿。老头儿理发时总是慢条斯理的，一刀一剪，耐心细致，绝不毛手毛脚。他使用的推剪是电动的，剃刀却是老式的。老头儿每次使用剃刀之前，都先在那块厚厚的磨刀布上反复磨几下，因而刀刃总是十分锋利，刮起来几乎没有任何疼痛的感觉。他的每道工序都十分严格和有条理，让人通体舒畅，飘飘欲仙。刮过之后，老师傅还用手轻轻地摸一摸。只要还有一点点儿毛茬，马上再刮一次，直到刮得一干二净、摸上去光光滑滑为止。你若有什么特别的要求，他也会充分尊重你的意愿，并按照你的要求去做。刮完脸面之后，推起椅靠背，再前后左右端详一番，发现头发有不整齐的地方，就用推剪或剪刀给你再细心地修整一遍，就像一位工艺师反复检验自己精心制作的工艺品一样。因此，他每理一个头总要花去三四十分钟，甚至更长时间，而那些发廊里的姑娘小伙们大概已经理完两三个了。

然而，人们都喜欢到他这里来理发，他的这间又旧又破的理发店总是顾客盈门。人们不惜排长队等候，有时等上两三个小时也心甘情愿。

老师傅对顾客一视同仁，不管是谁，坐到了椅子上，他就认真细致、一丝不苟地为你服务。在他那坦然慈祥、安之若素的外表下，你分明可以看到在他身上的那种职业的尊严和人人平等的意识。他是一个以自己悄然无声的行动高扬着尊严和平等这面旗帜的人，一个真正的大写的人。

我至今还不知道老师傅叫什么名字，但每次从这间破旧的理发店走出来的时候，心里总洋溢着一股温馨的感受和对这位老人的敬意。

（原载1995年10月25日《南宁晚报》）

# 烈士墓前的遐思

在合浦平原和六万大山余脉交会的武利江畔，有一座古老而繁华的小镇，名叫张黄镇。在镇的北面有一座方圆不足百米的小山丘，山上林木苍翠，芳草萋萋，山前池塘环绕，鱼翔浅底，景色十分幽雅秀丽。张世聪等九位革命烈士，就静静地安卧在这里。年前，我应母校龙门中学邀请回去讲学，途经张黄镇时，又一次停车来到烈士墓前凭吊追思。

九位烈士，牺牲时都十分年轻，年龄最大的是张世聪，牺牲时也仅仅36岁；最年轻的是张世聪的胞弟张世柏和另一名战士张广南，牺牲时刚刚20岁，正是如火的青春年华。徜徉墓前，抚读碑文，不禁心潮如海，神思飞越，眼前仿佛又燃起了战火硝烟，又幻现出了硝烟中张世聪那张沉着而坚毅的脸庞……

张世聪是抗日战争时期战斗在六万大山和北部湾畔的游击队领导人，一位令敌人闻风丧胆的传奇人物。他于1909年出生在广东省合浦县白石水（今广西浦北县大成镇）勾刀水村，世代务农，到了父辈兼营商业，生活稍为殷实。1935年8月考取广州中山大学文学院，求学期间秘密加入中国共产党，1938年秋天受党的派遣回到家乡开展工作。他先后兼任四间小学的校长，以教学为掩护，深入发动群众，发展组织，宣传抗日道理，揭露国民党地方政权横征暴敛、贪污腐败的累累劣迹，反对地主豪绅勾结奸商抢购大米资敌、大发国难财的卖国行径，引起国民党反动政权的一片恐慌和刻骨仇恨。次年，中共白石水中心区委成立，合浦县工委委员何世权（即李英敏，中华人民共和国成立后成为著名作家，曾任中宣部文艺局局长）受命担任中心区委书记，张世聪任统战委员。从此，白石水地区的革命斗争开展得更加如火如荼。

张世聪身穿土布衣服，头戴竹笠，脚蹬草鞋，一副地地道道的农民装束，丝毫没有一点大学生的架子，因他排行第二，乡亲们都亲切地叫他“张二叔”或“世聪佬”。1940年5月，以张世聪为总指挥的一千多人从四面八方汇聚栊檬坳，举行声势浩大的武装誓师大会，歃血为盟，拉开了武装自卫斗争的序幕。国民党合浦县政府惊闻白石水人民“造反”的消息，又怕又恨，县长李本清亲率一千多人杀气腾腾地扑向白石水。张世聪带领武装骨干奋起迎击。在一次激烈的战斗中，张世聪的胞弟张世柏英勇地倒在了自己家乡的土地上。敌人疯狂扫荡，烧杀抢掠，无恶不作，但武装起义的烈火并没有被扑灭，李本清恼羞成怒，狼狈撤退时，一把火烧毁了张世聪的家乡勾刀水村！

第一次反“围剿”的胜利，大大鼓舞了白石水人民的士气和信心。不久，在中共南路特委和合浦中心县委的支持和帮助下，成立了白石水武装大队，张世聪任大队长，公开打出了武装斗争的旗帜。敌人不甘心失败，采取“三分军事，七分政治”政策，“围剿”和“怀柔”双管齐下，威逼利诱，软硬兼施，并对张世聪许以高官厚禄，妄图一举消灭或瓦解武装大队。但张世聪不为所动，针锋相对，武装大队始终屹立不动，成为当地反动政府的心头大患。

不幸的是，根据中共广东省委的指示，白石水武装斗争转为政治斗争。同年11月，张世聪奉命转移到了雷州半岛。他隐姓埋名，先在一所小学当杂工，后当该校的教员。日寇在雷州半岛登陆后，被当地人称为“黄先生”的张世聪以无畏的勇气和过人的机智组织“锄奸小组”，惩汉奸，打伪军，杀日寇，破坏敌人的交通线，神出鬼没，来去无踪，搞得敌人风声鹤唳，如坐针毡，惶惶不可终日！

1945年春，合浦县再次爆发大规模武装起义，敲响了北部湾侵略者及其走狗的丧钟。张世聪被任命为南路人民抗日纵队第三支队支队长兼政委，随二支队从雷州半岛返回合浦指挥战斗。钦廉四属党的组织联络员兼军事特派员阮明被捕牺牲后，他又奉命接替其职务，肩负起了更重大的领导责任。在敌强我弱的形势下，他们灵活作战，以少胜多，屡建奇功，打得敌人顾此失彼，疲于奔命。时年5月，张世聪主动留下掩护主力部队突围转移，最后壮烈地献出了年轻的生命。为了稳定军心民情，党组织决定对张世聪牺牲的消息严格保密，致使敌人以为张世聪还活着，一听到张世聪的名字就心惊肉跳，魂飞魄散。后来，当地人民得知敬爱的张二叔已壮烈殉国，无不悲愤交加，痛哭失声！中华人民共和国成立后，党和政府把张世聪烈士的遗骨从大窝山迁移出来，和他的八位战友及兄弟一起安葬在浦北县张黄镇北面的小山丘上，以供后人瞻仰和永远怀念！

我最初听说张世聪的事迹，是在16岁的时候。那时我正在龙门中学读高中，学校组织了一次途经张黄、大成、白石水等革命老区的长途野营训练，听老游击队员讲述革命传统。一路上，我记了厚厚一本日记，后来又陆陆续续地听到了许多有关张世聪和游击队的动人故事。从此，一个英雄的名字及其传奇的一生，便牢牢地镌刻在脑海里了。八年前，我根据搜集到的素材，创作了一部以张世聪为主人公的长篇小说《古海角血祭》。尽管这部作品引起不小的争议，好几家报刊还公开开展讨论，但我对革命先辈们那段艰苦卓绝的斗争岁月的描写是非常严肃而认真的，对人民英雄张世聪所怀着的那份崇敬之情是非常炽热而诚挚的。我为自己的家乡出了这样一位优秀儿子而感到骄傲，同时也为自己第一个以长篇小说的形式表现这位英雄前辈而感到欣慰。

往事已矣。张世聪烈士离开我们已五十多年了，在他和他的战友们洒下无数鲜血的北部湾大地上，改革开放的春风已使这块热土发生了翻天覆地的变化，取得了世人瞩目的成就。随着经济的发展和综合实力的不断增强，原来的合浦县现已分为一个地级市、两个县和一个管理区，其中北海市于20世纪80年代中期被列为我国十四个沿海开放城市之一，合浦县和浦北县双双于20世纪90年代跻身于广西的“十强县”之一，铁山港管理区则以其强劲的发展势头，向人们展现了广阔而美好的前景。昔日衣衫褴褛、食不果腹的农民们，如今已过上了丰衣足食、安居乐业的生活；昔日的羊肠小道，已被四通八达的公路网所代替；昔日野兽出没的荒山野岭，已变成了香飘四季的果园蕉乡。举目所及，新建的楼房比比皆是，在寻常百姓的房前屋后，如春笋般的电视机天线随风摇曳；过去连做梦都不敢想的摩托车，也不再是电影中的幻象和城里人的专用品，大批农民子弟已骑上了自己的“铁骑”，神气十足地穿梭在乡村公路上……世聪及无数先烈们为之奋斗的理想，正一步步变成活生生的现实，他们若天上有灵，当可举杯畅饮，含笑九霄了！

（原载《广西党史》1998年第3期）

附记：浦北县委、县政府于2002年在张黄镇张世聪烈士墓原址修建“世聪广场”时，我应约写了《祭张世聪烈士》一诗，并由著名书法家周榕林书写，镌刻在“世聪广场”诗碑上，特收录于此，以资纪念。

祭张世聪烈士

华夏疮痍瘴疠浓，窃火驱魔显神勇。
檬桄坳上风雷起，北部湾畔旌旗红。
激战平川猛似蛟，血染青山气如虹。
忠魂含笑归故里，盛世儿女祭英雄。

# 天湖边上的炊烟

## 旱田山

我出生和长大的小村子叫旱田山。

我至今也弄不明白为什么叫这个地名，我问过村里的老人，老人们也弄不清楚，只说一直以来就是这么叫的。

旱田山有田，但不旱，是水田。一条清澈的溪流沿着垌边的山脚，自西往东而来，穿过村前，穿过稻田的沟渠，欢快地汇入小江水库。对面也有一条溪流，也是沿着山脚流淌，到了垌口，却不再向东流，而是拐个弯，穿越另一条山垌向南流去，最终也是汇入小江水库。

旱田山的地下不缺水。随便打一口井，三五米深就有地下水汩汩流出。因此，家家户户都在厨房前面的天井里打有水井，在井口安装个手摇的小水泵，轻轻一摇，井水就从水管里流出来。有的人家，干脆把水管接到灶台边的水缸里。井里的水清冽甘甜，比任何瓶装的纯净水、矿泉水的口感都更好。夏天炎热，出汗多，用井水一冲，全身凉透，暑热尽消，舒爽得让你不想离开。

旱田山有山，是丘陵土山，不高，也不旱。这里属南亚热带，气候温暖，雨量充沛。山上树木葱茏，杂草丛生，一年四季郁郁苍苍。山上也曾光秃过。老人们说，大炼钢铁的时候，山上很多大树都被砍下来炼钢铁了。在“农业学大寨”的热潮中，又在山上挖梯田，到处是裸露的黄土，连日常的柴火都没地方砍了，只能到十多里外水库淹没区的山上去砍。砍一担柴挑回来，要花上大半天甚至一整天的时间。如今，山上又覆盖了茂密的植被，焕发出了蓬勃的生机。每次回家，我都要沿着山脊上蜿蜒崎岖的小路随意走一走，感受山风轻轻地吹拂，倾听鸟儿啁啾地鸣叫。那寥廓空旷的山野，那满眼醉人的绿色，那清新湿润的空气，那纯净悦耳的天籁之声，让人顿感周身通透，内心澄明如水，一扫城市水泥丛林中的喧闹与烦扰。回望山下的村子，乳白色的炊烟在瓦缝间袅袅升起，到了半空中，才慢慢地飘散开来，如一幅描绘在蓝色天幕下的水彩画。

一个人静静地在家乡林中的小径里徜徉，轻松而惬意！

南流江中部有一条重要的支流叫小江。小江源自山高林密、古树参天的六万大山。旱田山就坐落在小江的西岸。以前，小江是两广的界河，我们这里属广东的钦州地区，对岸是广西的博白县。1965年，钦州地区（现已一分为三，设立钦州市、北海市、防城港市）划归广西管辖。从此，广西拥有了北部湾，拥有了出海口。我们也变成了广西人。合浦县也一分为二，合浦的北部，就叫浦北县，县城所在地就叫小江镇。

1958年，小江建起了水库，旱田山便成了库区，当地人叫水浸区。小江水库是个大水库，蓄水量超过十亿立方米，全广西五千多万人口，每个人可分到二十立方米左右。现在，小江水库又有了个美丽的名字——越州天湖。浦北县在南北朝至隋唐时期均属越州辖地，州治就在今浦北县境内。县城南面有一条进城大道，也被命名为越州大道。越州，让人感受到了历史的悠远与沧桑。

旱田山位于几条垌口交汇处的山脚下，小江水库水位高的时候，水从东面和南面的两个垌口同时涌上来，村前田垌里的水田全都被水淹没，成为一片汪洋。那一座座丘陵土山，就变成一个个绿色孤岛。附近有几个村子，地势比较低，水位一涨，许多房屋就被淹没在水中，成了水上村庄，出行只能靠竹排或小木船。但人们早已习以为常。没有了水田，就用渔网打鱼、用网箱养鱼、种旱地作物或到外地打工，日子仍然日复一日地过下去。

旱田山不缺水，恰恰相反，旱田山有的是水。但旱田山最明显的标志不是水，是荔枝树。村前的小溪旁有一排粗壮高大的荔枝树，大多是百年老树，有的已有数百年的树龄，两三个人才能合围过来。更让人感到神奇的是，百年老树依然枝繁叶茂，开花结果。每年春天，树梢吐出嫩红的新叶，如鲜花般盛放。春末便有满树繁花，引来无数的蜜蜂终日忙个不停。荔枝树一开花，小孩子们就开始盼望，每天都翘首盯着树梢，在蜜蜂采蜜的嗡嗡声中，在每日晨昏轰鸣如雷的蝉鸣声中，看着花枝一天天地变成青涩的小果，又看着小果渐渐地变圆变红。荔枝稍稍变红，大人们就会多留一个心眼，提防着孩子们像猴子一样蹿到树上去，偷吃还不够成熟的荔枝。男孩子们从小就练成了一身爬树的本领，手脚并用，一眨眼的工夫，人就在十几米高的树枝上了。白天没有机会，就相约一两个要好的伙伴，在有月亮的晚上悄悄地爬到树上。靠稳身子后，专拣刚刚变红的荔枝来摘。装满口袋后，就溜下来躲到偏僻的地方，不管是酸是甜，先尝为快。剩下的荔枝壳、荔枝核，就埋到土里或扔到垃圾堆里，过后大人们发现了，也只是嘟嘟哝哝地骂几句而已，有时只是宽容地笑一笑，绝不会有人深究的。我想，他们年轻的时候，大概也有过这样的经历吧！

荔枝树是老祖宗留下来的，是全村人共有的财产。每到采摘荔枝的时候，村里就像过节一样，男女老少一起出动。上树摘荔枝，是男人们的事情。女人是不能上树的，传说女人上过的树，第二年就只开花不结果。半大的男孩子最积极，一声令下，早拖着个竹筐爬到树上了。摘下来的第一把荔枝，先丢到树下，让下面等待的老人、女人和孩子们尝鲜。树上每装满一个竹筐，就用绳子吊着放到地面，再吊一个空筐上去。此时的村子里，树上树下欢声笑语，荔枝飘香，一派丰收的喜悦！有路人经过，不管认识与否，大家都会热情地递上荔枝，请他一起品尝和分享。摘下的荔枝，按人头分配。分到的荔枝都不卖，每家每户都要送一些给亲戚朋友。

我离开家乡已三十多年，此后一直没有机会回去和村里人一起摘荔枝，但儿时摘荔枝时的热闹与欢乐，仍清晰地印在脑海里，就像昨天刚刚经历过一样。我从小就开始吃荔枝，可以说是吃荔枝长大的，至今，荔枝仍然是我最爱吃的水果。荔枝的美味，自古以来就有无数的文人墨客吟咏过，苏东坡就曾感叹："日啖荔枝三百颗，不辞长作岭南人。"杨贵妃爱吃荔枝的故事，也是世人皆知："一骑红尘妃子笑，无人知是荔枝来。"现在有一个荔枝的品种，就叫"妃子笑"。但对于我来说，荔枝已不仅仅是一种美味的珍果，更是一种家乡的情结，一种生命的记忆了。

## 爷爷

我的爷爷和我的亲爷爷是同胞兄弟。我没见过我的亲爷爷。在我父亲很小的时候，我的亲爷爷就去世了。一次去赶圩，遇上土匪抢劫圩场，我的亲爷爷被一颗流弹夺去了生命。我的亲奶奶说，我的亲爷爷是请人用门板抬回来的，身上的衣服都被血染红了。

我的亲爷爷走了，丢下了五个孩子，三男两女。我的亲奶奶无力抚养，就把我父亲过继给我的爷爷，也就是我亲爷爷的弟弟。最小的姑姑则送给别人做了童养媳。我认识我的小姑。在一次难产中，小姑死了。她的小山村离我们村不远，但比我们村还要偏僻，难产时，医生还没赶到，人就不行了。

我的爷爷奶奶没有生养，就把我父亲当成了亲生儿子。爷爷奶奶不认识字，但他们知道一条古训："万般皆下品，唯有读书高。"他们起早贪黑、省吃俭用，坚持送我父亲去读私塾，后来又送他到学校念书，一直念到小学毕业。我父亲成了村里几个有文化的人之一。

爷爷身强力壮，又吃得苦，是把种田的好手。自己没有田，就租别人的田来种。年轻的时候，他也曾与人合伙顺着小江、南流江放木排到合浦一带去卖，又从合浦盐场把盐贩回来。一担盐百多斤，近两百里路程，就靠一根扁担挑回来。每来回一趟，都要穿烂几双草鞋。好在爷爷会编草鞋。我亲眼见爷爷编过草鞋，结实，耐用，又好看。村里的人都请他编过草鞋。

中华人民共和国成立前夕，国民党军队溃退时路过我的家乡。一帮兵痞闯进村里来抓壮丁。村里的青壮年男人得到消息后，都跑到后背山上的密林中藏起来了。爷爷恰好发高烧，上吐下泻，跑不动。我奶奶又不在家。当时，我的亲奶奶正在禾堂里晒谷子，看见兵痞们就要进村了，赶紧跑进屋里报信，并急中生智，用一个大谷筐把爷爷盖住，藏在昏暗的木板床底下。兵痞们大概担心解放军追上来，慌慌张张地在村里转了一圈，看见没有男丁可抓，就抢了粮食和鸡鸭离开了。爷爷躲过了一劫。因为能救爷爷一命，我的亲奶奶一直很自豪。

中华人民共和国成立后，家家户户都分到了田地。爷爷不再去放木排和贩盐回来卖，一身力气都用在了种田上。1958年千军万马修建小江水库后，我们这里成了库区。政府动员和安排库区的村民迁移到别的地方安居。那时我刚出生，年轻的父母也带着我搬到一个国营农场安了家，成了农场里的橡胶工人。刚迁来时，正值割胶季节，每天天未亮，父母就头戴矿灯，到橡胶林里割胶。所谓割胶，就是用特制的割胶刀在树干上斜斜地割几道创痕，让乳白的胶水流出来，流到接胶水的容器里。父母早已习惯了日出而作、日落而息的生活，一下子很难适应半夜起床上山割胶的日子。而且，那时我还小，也不放心留我一个人在家里睡觉。没多久，他们就要求转到南流江岸边一个以种植花生、水稻为主的国营农场。

全村人都“迁安”走了，但爷爷坚持不走。他坚决不肯离开自己的家乡，不肯离开自己的土地。任凭干部们磨破了嘴皮子，任凭父母怎样劝说，他就是不肯走。爷爷不走，奶奶也不走。爷爷说：“金窝银窝不如自己的狗窝。要走你们走，我就守在这里，你们迟早会回来的。”爷爷没有说错，不到两年，父母又带着我回来了。村里的人也陆续回来了。爷爷很开心，笑呵呵地说：“我讲准了吧？我猜你们肯定会回来！”那时候到处都在闹饥荒，我们这里也闹，也有人饿得发水肿，饿得皮包骨头，但全村没死一个人。爷爷说，要是在别的地方，早就饿死了。

我十三四岁上初中时，家家户户除了集体种田，种一点自留地，任何人都不准搞副业，连养几只鸡几只鸭都有数量的限制。爷爷有的是力气，又闲不住，总寻思着要找点别的事来做。村子的周围有许多竹子，是祖上种的，按名分属于我们家。爷爷就把竹子砍下来，破成篾片，晒干，偷偷挑到圩上的收购站去卖，换回一点油盐钱。一次，爷爷要我和他一起挑篾片去卖。为了不让人发现，鸡刚叫过三遍，我们就起床了。

在朦胧的夜色中，我挑着沉重的篾片，跟在爷爷的身后，深一脚浅一脚地走在崎岖不平的山路上。累了，就停下歇一歇。从家里到县城，有三十多里路。我们来到收购站的时候，天刚蒙蒙亮。卖完篾片，我们没有去逛街，吃了点自带的米饭，就一身轻松地往回走。回来后，我的肩头红肿了好几天。奶奶心疼我，责骂爷爷不该让我三更半夜地去挑这么重的担，走这么远的路，累伤了我的身子骨怎么办？爷爷像个做错了事的小孩子，嘿嘿一笑，说了句："后生仔锻炼锻炼有什么要紧！"好多年以后，奶奶还常常说起这件事。从那以后，爷爷再也不让我跟着他三更半夜挑篾片去卖了。

爷爷生性乐观，随遇而安，除了卖力气干活，没有别的爱好。他常常只穿着一条大短裤，裤头上扎一根绳子，光着上半身，露出一身强健的肌肉和古铜色的皮肤。五十多岁时，仍然是地里顶级的劳动力。一次，他到十多里外的山头上砍了一担柴回来。一帮人在荔枝树底下乘凉聊天时，爷爷说，他昨天砍的那担柴，起码有一百五十斤。我有个二十多岁的堂哥，也是个浑身长满力气的人，不相信爷爷挑回来的柴有那么重，嘲笑爷爷吹牛皮。爷爷说："肯定超过一百五十斤，不信你去试试！"两人便你一句我一句地抬起了杠。争执不下，堂哥说："你敢不敢打赌？"爷爷说："有什么不敢！赌什么？"堂哥说："赌一斤猪肉！"当时我也在场，担心爷爷赌输了，丢了面子。但不容我多想，在众人的怂恿下，有人从屋里把称谷子的大杆秤扛了出来。两大捆柴一称，总重量居然有一百八十多斤，整整超过了三十多斤。在场的人一片欢呼！愿赌服输，堂哥乖乖地买了一斤猪肉给爷爷。那时，一斤猪肉八毛多钱。

爷爷晚年得了风湿关节炎，阴天下雨腿部就隐隐作痛。到医院看过几次，效果不明显。听说蛇酒能祛风除湿、缓解疼痛，我专门跑到十万大山去买活蛇，泡了一大坛蛇酒给他喝，还找一些民间偏方给他治疗。

但终究年纪大了，医生说，只能缓解，不能彻底治愈了。

爷爷是2002年在家里安详地去世的。他出生于1917年，活了八十五岁。我从南宁专程赶了回去。爷爷躺在席子上，眼睛微合，面色如生。我亲手为爷爷穿上了寿衣。爷爷去世的时候，身上带着平时舍不得花的零用钱。按老家习俗，老人去世时身上带着钱，是有福之人。这些钱就由母亲一一分发给儿孙们，让儿孙们传承爷爷的福气。一年后，八十三岁的奶奶也安详地随爷爷去了。

**父亲**

父亲读过小学，年轻时做过小学代课老师，做过供销社的售货员，做过大队干部，算是见过一些世面的人。但是，父亲一辈子都没有出过远门。我在南宁学习和工作了三十多年，一直想接父亲来南宁住上一段时间，好好看一看大城市，开开眼界。但他不愿意来。直到现在，他一次也没有来过。

父亲一生谨小慎微，明哲保身，总希望平平安安地过日子。但他的日子过得并不平稳。那时候是一个讲究家庭历史清白的年代。我家虽然祖宗三代都是贫农，算得上根正苗红。但家庭历史并不很清白。中华人民共和国成立前夕，我爷爷莫名其妙地被指定当过三个月的“代理甲长”。所谓甲长，相当于以前的生产队长、现在的村民小组长。虽然只是个代理甲长，而且只当了三个月，但毕竟是“伪代理甲长”，于是就给我们的家庭历史留下了“污点”。因为有这个“污点”，父亲自然就受到了牵连和影响，后来连大队干部也给撤掉了。但父亲从来没有在我面前透露过，是我在一次无意的偷听中知道的。

我初中快毕业的时候，父亲整天愁眉不展。我不知道他为什么发愁。一天晚上，我正躺在床上，突然，听到父亲和爷爷在隔壁房里说话，隐隐约约地好像提到了我，我便竖起耳朵偷听。说话的主要是父亲，爷爷很少说话，一直沉默着。听了半天，我终于弄清楚父亲和爷爷在谈什么了。父亲大意是说：阿哥（老家人把长子长孙叫阿哥）就要初中毕业了，升高中是要推荐的，爷爷当过“伪甲长”，如果不划清界限，阿哥肯定不能上高中。父亲不能入党，不能当大队干部就算了，阿哥不能上高中，前途就没有了。父亲以商量的口气对爷爷说：“是不是我们先分开吃，等阿哥上了高中，再合回来一起吃。”我听得出父亲说得很艰难，似乎很难启齿。分开来吃就是分家。我们家里人一直相依为命，虽然清贫，却也和和睦睦，突然提出分家，我知道父亲的内心深处承受着多大的痛苦与无奈！听到这里，我难过得心头一阵阵紧缩，泪水像掉了线似的流下来。

第二天，家里恰好请人来修理已烧坏的旧灶台。爷爷说：“再砌多一个吧。”再砌多一个就是要分开吃，就是要分家的意思。我一听，泪水又开始在眼里打转，便赶紧躲到一边去。父亲胸口一起一伏的，显得很烦躁，像一头受伤的豹子走来走去。突然，他气呼呼地说：“不分了，不得读就不读了。”父亲每遇到重大的事情往往都会瞻前顾后，都要听取母亲的意见，这次却是少有的果断和坚决！最终，并没有因为我而分家。

所幸的是，第二年，我还是顺利上了高中（因为那年升高中需要考试）。父亲郁结了很久的眉头终于舒展开了。最乐的是爷爷，他总是在家里乐呵呵地说：“我就知道，要考试，他们肯定考不过我们阿哥！”

父亲对我们管教很严，但很少使用暴力。在我的记忆里，他只打过我一次。我们做错了事，他会很认真很严肃地给我们讲道理。但听他讲道理，往往比挨打还难受。我最怕听父亲讲道理。

但父亲对我们兄妹四个的疼爱与呵护，也是很明显的。有两次，我以为父亲肯定会大发雷霆，会好好教训我一通的。但最终都没有出现我所预想且已做好了思想准备的结果。

一次是我读小学五年级的时候。我在班里一直当班长，学习又好，是老师们眼里的好学生。但那些经常被老师批评的人却老和我过不去，总是无端地找碴来嘲笑和侮辱我，而领头的居然是我的一个表兄。我的这个表兄学习差，纪律也差，是个出了名的小混混。他几乎没有不敢说的话，也没有不敢做的事。一个刚结婚没多久的年轻女老师给我们上生理卫生课，我的表兄突然举手提问："老师，什么是交配？什么叫体内受精？什么叫体外受精？"年轻女老师没防备有这样的提问，腾地闹了个大红脸，又不好意思讲得太明白，回答时结巴了半天也没讲到点子上。偏偏我的表兄又不依不饶，不停追问，弄得女老师十分难堪。男生们压抑着偷偷地笑，女生们则伏在桌子上头也不敢抬。女教师又羞又气，眼泪都快流出来了。又一次，趁我课间上厕所的时候，我表兄来了个恶作剧。他把我的书和一个女同学的书摞在一起，又把我的凳子放在那个女同学的凳子上。对于一个小学生来说，这是很恶毒的嘲弄人的方式。那个女同学脸涨得通红，一边哭一边大骂！教室里像演街头戏似的，一下子闹翻了天。我的自尊心和面子撑不住了，愤怒地冲过去，对着嬉皮笑脸、得意扬扬的表兄的脸就给了重重的一拳，血从他的牙缝里流了出来。我们在教室里拼命厮打起来。表兄从没见我如此凶狠过，心虚地边打边往门口退去，然后撒腿往外面的田埂逃跑。在众人的起哄声中，我紧追不舍。快要追上的时候，不料脚下一滑，俯身摔到了水田里。我发现我的左手腕扭伤了，只好停止了追打。这件事自然受到了班主任和校长的严厉批评。但事出有因，我打的又是全校出名的"花头鸭"，因此对我还是从轻处理。我家离学校不到两百米，父亲很快就知道了我打架的事。但我回到家的时候，出乎我的意料，父亲既没有打我，也没有骂我，见我一身泥水，只是问道："伤了没有？"我说没有。我不敢把扭伤手的事告诉他。爷爷也知道了，却老顽童似的笑呵呵地说："那个贼仔该打！"过了几天，我的左手腕渐渐红肿起来，连饭碗也端不稳了。细心的母亲发现了，告诉了父亲。父亲这回真的生气了，责怪我为什么不早说！他马上带我去找当地治跌打扭伤最有名的民间医生。个子矮小的老医生一看，我的手腕已严重错位。他抓住我的手，用力一拉，咔嚓一声帮我复了位，又用草药给我敷。半个月后，伤才渐渐好了。

另一次是我读初中的时候。学校放假让学生回生产队帮忙抢收抢种。一天晚上，我把煤油灯放在枕头边，躺着看书。我看的是《林海雪原》。那时候这本小说还是一本禁书，我是偷偷借别人的。由于白天抢收太累，看着看着，不知不觉就睡着了。第二天早上醒来，迷迷糊糊中手一动，身边发出了窸窸窣窣的声音。我心里一惊，立即清醒了，睁眼一看，不禁吓出了一身冷汗：煤油灯倒在床边，断成了两截，身边的草席烧掉了一角，床沿床板也烧焦了一小块。更悬的是白藤枕头也烧了一个洞。但匪夷所思的是，我居然毫发未伤。小说扣在胸口，也完好无损。蚊帐没有放下来，也没有烧到。我住的是木板楼，如果引起大火，我不仅会葬身火海，整个村子也将被烧毁。我暗暗庆幸上天保佑！为了不被家里人发现，我赶紧爬起来清理。我把席子烧烂的一边换到里面，用被子压住；烧烂的藤枕和煤油灯分别用报纸包好，塞到墙头上藏起来。做完这一切，我赶紧下楼出工去了。但心里老惦记着被烧破的煤油灯。到了晚上，只要我的灯不亮，父亲肯定会追问，到时我就无法隐瞒了。于是，我偷空溜回小阁楼，拿出烧破的煤油灯，想把灯头拧下来，安装到墨水瓶上。但灯头和玻璃连接处经火烧过，粘得太紧了，心情又紧张，用力一扭，玻璃啪的一声碎裂了，锋利的玻璃碰戳到了左手腕上，顿时血流如注。真是“屋漏偏遇连夜雨”。我赶紧扯下一团蜘蛛网敷在伤口上，止住血，草草地包扎一下，再缠上一条擦汗的毛巾，又赶紧到田里挑稻子去了。

第二天中午出工回来，我发现，我的桌子上已放了一盏新的煤油灯，床上也放了一个半新的枕头；我藏在墙头上的烂煤油灯和烂藤枕都不见了，地板也已被打扫得干干净净。我知道，我的秘密被父母发现了。当我忐忑不安地来到楼下时，父母正面色沉重地站在天井旁边的过道里。见了我，脸色发白的母亲声音颤抖地说："你真是命大！惊得我现在心头还怦怦地跳！"父亲显然也感到后怕，但相对平静一些。他大概觉得事已发生，责怪也没有用，又见我毫发无损，已是万幸了！但他还是非常认真地叮嘱我：以后千万不要再躺在床上看书了，容易看坏眼睛，又太危险。我大大地松了一口气。当晚，母亲还带着供品，偷偷到大榕树下祭拜，虔诚地感谢神灵的保佑！

后来，我还做了一件让父亲非常为难和痛苦的事情。1975年高中毕业后，我回来干了一年农活，成了一个地地道道的青年农民。第二年，经我的老师推荐，我被吸收为民办教师，到离家几十里地远的一所农中任教。1977年，全国恢复高考。就在高考的前一天，我被正式录用为国家干部，安排到浦北县委宣传部工作。我放弃了高考。父母也不同意我参加高考。除了靠工分挣口粮，家里没有别的收入，两个弟弟和一个妹妹又还在读书。父亲说，现在当个国家干部多好，读了大学，还不知道分到哪个学校做老师呢。我知道父亲还有一层担忧，就是怕我读完大学后，工作的地方离家太远。我深深理解父母的难处和苦衷。但上大学是我的梦想，我不甘心做一个常年下乡蹲点的干部。第二年，我还是瞒着父母，悄悄去报了名。但当我真的拿到广西民族学院（今广西民族大学）录取通知书的时候，却没有多少兴奋的感觉。我不知道该如何开口对父母说。犹豫和煎熬了整整一个星期之后，我终于鼓起勇气，骑单车回到了家里。果然不出所料，父亲一听说我考上了大学，脸色立即大变。他找出种种理由，极力说服我放弃上大学。母亲也说，我去读大学，家庭负担太重了。我没有过多地争辩，只是在沉默中坚持着。第二天，还是母亲先松了口。她说："既然考上了，就去读吧，这么多年都难过来了，难就难多几年吧！"见母亲转变了态度，父亲也不再坚持了。而此时此刻，我心里却充满了歉意与愧疚！

这一年，我正好二十岁。

大学毕业后，我留在了首府南宁，成了一名大学教师。我慢慢习惯了城市里的生活。我结婚生子，有了自己的小家庭，一个安宁而温馨的小家庭。但潜意识里仍然魂牵梦萦着水库边上那个每日升起袅袅炊烟的小村子。一想起那个小村子，心里就涌起一种亲切而温暖的感觉，一份永远舍弃不了的牵挂与眷恋！

我的两个弟弟也成了国家公务员，也有了自己的小家庭，现在都居住在县城里。有我们兄弟几个的照顾，父母的生活已不像过去那样窘迫。但父亲和母亲却一年一年地变老了。我一直希望父亲能够来南宁看一看，看看我工作的地方，看看都市里的繁华与热闹。母亲已来过多次，但父亲没有来过。但我的这个心愿看来永远都无法实现了。父亲坐不得长途汽车，晕车晕得厉害。父亲还害怕出远门。他对出远门似乎有一种隐隐的不安与恐惧，哪怕有我们的陪伴，哪怕只是十天半月。他不习惯城市里的喧闹和让人感到压抑的水泥楼房，忍受不了城市里的陌生与孤独。他喜欢每日在田里劳作，喜欢在大树底下与乡亲们聊聊天，喜欢闲暇时与人一起下下象棋。他甚至连县城也不愿去。

### 风起故乡

有家，有粮，有草，有兽，有火，有风。

有家，有粮，定然有袅袅炊烟；有草，有花穗，定然有阳光和雨露；有兽，有动物，定然有草地和森林；有火，有光亮，定然有生命的生息与繁衍；风轻云淡，定然有纯净高远的蓝天……这是我儿子的名字所蕴含的一幅淳朴旷美的乡村生活图景，一幅生机盎然的大自然画卷！

我儿子的名字叫容获风。

儿子在城市里出生和长大，但血脉根源却在那个叫旱田山的小山村。我要让他知道，他血管里流淌的是草根平民的血液，我要让他永远记住家乡那片美好而温暖的土地。

儿子一岁多的时候，我要到武汉大学进修，他的妈妈也在大学里任教，整天忙于教学工作，奶奶又不愿意留下来。于是，我们便让他跟奶奶回到了家乡，回到了他父亲生活过的地方。爷爷奶奶不会讲普通话，在他牙牙学语的时候，他学会了讲家乡土话。村里人喜欢玩“牌九”（当地一种纸牌），大人们就教他认“牌九”上的字。他听得最多的童谣，是奶奶用家乡土话唱的童谣。他最感新奇的昆虫，是夜晚在田间地头里打着小灯笼飞来飞去的萤火虫。一年后，我和他妈妈回去接他。他一看见我们，就一头扎进了奶奶的怀里，用一种陌生而警惕的眼光偷偷地瞟着我们。我们伸手去抱他，遭到了他的拒绝。我们笑了，笑得有点心酸。直到第二天，他才渐渐地认了父母。几天后，当我们要带他走的时候，他还抓着奶奶的衣服不愿离开。到了村头，他还哭喊着叫奶奶！我知道，奶奶和故乡，已经烙印在他幼小的心灵里了。

每次带他回家，儿子都很高兴。他小的时候，还没有高速公路和二级公路，长途班车要颠簸上七八个小时才能回到县城，然后再坐单车回去。在长途汽车上，为了分散他的注意力，防止他晕车，我和他妈妈就引导他一起望着车窗外找牛。沿途基本上都是田野和村庄，到处都有牛。我们就一头一头地数。若突然看见有一大群牛，儿子就惊喜得欢叫起来。数牛数得累了，就闭上眼睛，蜷缩在我的怀里安静地入睡。

我们暑假回去时，正是夏种季节，田垌里一片繁忙。我带儿子去看大人们插秧。儿子穿着短裤，光着脚丫，走到水田里，感受着泥土的芬芳气息。儿子自己发明了一个词，叫“踩田”。凉凉的水，凉凉的泥，清爽、新鲜、刺激，儿子踩得兴高采烈，泥浆溅得满身都是。我教他并帮助他把装着秧苗的簸箕推到插秧的大人的身后。他一边高兴地喊叫一边用力推，小脸儿涨得通红。看见田面的浅水里有小鱼游动，我就让他用手去抓。一双稚嫩的小手扑腾着，十次有九次都抓不住；偶尔抓住了，鱼儿一蹦又溜走了。有时候手脚并用，一边用手去抓，一边用脚去踩。我问他下次回来还想不想踩田？他说想。

每年的春节是铁定要回来过的。只有回来，才会感受到那种传统的浓浓的年味。大年三十，家家户户杀鸡杀鸭，祭祀祖宗，燃放鞭炮，整个村子沉浸在欢乐热烈的气氛之中。祭祀祖宗的时候，儿子像大人一样，面对着祖宗牌位，双手合十，躬身作揖，焚烧纸钱。拜完祖宗，儿子就和小伙伴们一起，每人手拿一支香，到外面点鞭炮去了。此刻的孩子们快乐得像小精灵！吃过团圆饭后，夜幕渐渐降临，大人们围在电视机前看春节晚会，孩子们却到室外的空地上开始燃放烟花。农村的灯光不像城市那样明亮，烟花在黑暗的天空中绽放开来，显得格外绚丽多彩。周围村庄此起彼伏的鞭炮声和五彩缤纷的烟花，把整个大地变成了一片光明而欢乐的海洋！

小时候，儿子对农村的事物充满了好奇。一次回到奶奶家，他拿着一根烧火棍，和年龄相仿的堂哥到处乱转。进入一间破旧的房子里，他们发现了一个鸡窝，母鸡正在孵蛋。他们用烧火棍把母鸡赶跑，看见几只毛茸茸的小鸡已破壳而出。有的鸡蛋已破了一个小小的洞，露出了小鸡尖尖的小嘴，但身子还没有出来。他们便拿起鸡蛋，一个个地敲破，想看看鸡蛋里的小鸡到底是什么样子的。结果，除了那几只已破壳而出的小鸡成活外，那些“早产”的雏鸡一个个都夭折了。鸡窝是祖伯娘的，看见大部分小鸡就这样报废了，祖伯娘好心疼，却又哭笑不得！她似恼非恼地逗小哥俩，要他们赔她小鸡。儿子和小堂哥知道闯了祸，害怕了，躲躲闪闪地不敢见祖伯娘。

儿子渐渐长大了。在南宁三中读完高中后，他只身一人到了海外留学。从华威大学到阿斯顿大学，从本科到硕士，他在远隔重洋的英国读了六年。但他并没有淡忘和疏远自己的故乡。每年暑假回来，他都要回家乡住上几天，看看爷爷和奶奶，看看家乡的山山水水。在国外的时候，他要自己租房住，自己洗衣服，自己动手买菜做饭。除了读书，他还要打工挣生活费。他特别怀念中国的饮食。一次表姐在网上和他聊天时，谈起了家里的饭菜。他警告表姐，不要和他谈吃的！他曾发过几张他做的饭菜的照片回来，看着都难以下咽。每次回到国内，他的体重都会增加。但他最喜欢吃的还是老家的饭菜。那些不施化肥、不喷农药的蔬菜，环保，鲜嫩，清甜。他从小不吃肥猪肉，只要有一点点肥肉都要吐出来。但奶奶家里煎得香喷喷的带皮猪肉，不论肥瘦，他都吃得有滋有味，大快朵颐！

家乡的饭菜，永远是香的。

家乡的炊烟，永远是温暖的。

（原载《广西文学》2010年9月号；收入覃瑞强主编《重返故乡》散文集，广西人民出版社，2011年出版）

# 激荡在八桂大地上的爱国主义精神

翻开中华民族斑斓多彩的历史长卷，我们可以真切地看到，自古以来，爱国情怀始终流淌在八桂儿女坚贞不屈的血脉里，体现在八桂儿女英勇壮烈的卫国行动上。当我们穿越悠远的时光隧道，寻觅着那一幕幕波澜壮阔的历史场景，感受着那一场场保家卫国的战火硝烟，面对着一个个视死如归、光彩熠熠的英雄形象时，不禁热血奔涌，感慨万千！

且让我们走进几个真实、生动、可感可触的历史瞬间，去领略和感受一番八桂儿女感天动地的爱国壮举与铁血情怀……

清末年间的一个初春时节，一位年近七十，长髯飘飘的清癯老者，肩挎一柄锋利的大刀，带着一行人悄悄地来到了位于中越边境的镇南关。老者便是前来侦察地形的冯子材。举目环顾，只见危岩高耸，青山滴翠，一派险峻壮美的边关景色。但令人痛心和愤懑的是，昔日巍峨庄严的镇南关关楼已变成一片残垣断壁。

1885年，法国侵略军进攻越南谅山，直扑中越边境，不久又攻打镇南关。来势汹汹的法国侵略者，占领镇南关后在关上纵火，中国边境危在旦夕！

已赋闲在家的朝廷老将冯子材，受命帮办广西军务。法军进犯边关，冯子材奉命立即以团练为基础，树旗招兵，组成“萃军”，开赴边境御敌。冯子材听说镇南关附近有个壮族猎户，名叫蒙大，太平天国起义时，曾参加农民运动。冯子材亲自去拜访他，两人聊得十分投机。蒙大应邀参加抗击斗争，献计献策，在作战中奋勇杀敌。冯子材有感于蒙大所做的贡献，亲笔书写了“蒙恩士”三个大字赠予这位壮族老英雄。

镇南关是中国九大名关之一，素有“中国南大门”之称。从凭祥到隘口，是一条长十余里的狭窄山谷，两边高山耸立，森林茂密，地势十分险要。冯子材在关前隘修筑长墙，构建工事，严阵以待。边境守将苏元春、王孝祺率部成犄角策应。

法军仗着长枪火炮，武器先进，根本不把握着大刀长矛的中国军人放在眼里。他们枪炮齐发，发起进攻，在硝烟中嗷叫着扑向冯子材扼守的关前隘阵地。冯子材按兵不动，潜伏在长墙内避开敌人的炮火。等法军冲到长墙前，冯子材大吼一声，手持长矛，带头冲入敌阵。两个儿子冯相荣、冯相华也一跃而起，紧随在父亲身边。众将士如猛虎下山，与法军展开了惊天动地的肉搏战。关前隘顿时杀声震天，血肉横飞。法军的长枪火炮在近身肉搏中失去威力，在“萃军”的凌厉攻势下左冲右突，溃不成军，狼狈地往越南境内逃窜。冯子材率军乘胜追击，进取文渊（今同登）、谅山等越南北部重镇。法军在中国劲旅的追击下死伤无数，司令官孤拔也在混战中重伤毙命。兵败东方，穷兵黩武的法国茹费理内阁在世人的怒骂声中黯然倒台了。这就是历史上震惊中外的镇南关大捷，是中国近代史上反击外来侵略的一次重大胜利。冯子材班师返回时，“入关至龙州，军民拜迎者三十里”。人们对冯子材这位抗法民族英雄表达了最崇高的敬意。

时光回溯到三百多年前的明朝嘉靖年间，一位偏居在右江河谷的壮族妇女——瓦氏夫人，也在国家危难之际，书写了一部撼天动地的历史传奇。

瓦氏夫人出生在桂西一个壮族土司家庭，嫁与田州土司岑猛，若干年后，岑猛土司在朝廷的党争中被追杀，瓦氏年轻的亲生儿子岑邦彦也战死疆场。儿媳妇赵氏承受不了丧夫之痛，上吊自尽，随夫而去。面对家破人亡、土司基业摇摇欲坠的危难局面，年仅三十一岁的瓦氏夫人一方面精心抚养尚在襁褓中的孙子岑芝，一方面代孙子行使土司职责，收拾残局。在瓦氏夫人恩威并施的治理下，田州土司府稳住了风雨飘摇的混乱局面。在逐渐安定的社会环境中，饱受战乱之苦的黎民百姓得以休养生息，岑氏土司的势力也逐渐得到恢复并不断发展壮大。

瓦氏夫人深知与中央王朝保持良好关系的重要性，因此除每年按例朝贡，自觉按朝廷意旨行事之外，还教导孙子岑芝要牢记朝廷恩德，服从朝廷权威，因而获得了朝廷的信任与好感。嘉靖三十二年（1553年），已长大成人、亲理土司政事的岑芝奉王命出征海南，以年轻之躯倒在了疆场上。瓦氏夫人再次挺身而出，代替年仅四岁的重孙岑大寿治理州政，加强操练“俍兵”，确保家族地位的稳固和地方平安。

次年，即嘉靖三十三年（1554年），倭寇驾驶着高桅大船，对我国东南沿海大肆侵扰，对江浙一带的黎民百姓烧杀掳掠，无恶不作。明朝官兵屡战屡败，束手无策。明王朝无奈之下，想起了远在数千里之外的桂西壮族“俍兵”，于是诏令壮族“俍兵”火速东进，抗击倭寇。接到朝廷诏令，田州土司府内立即炸开了锅，多数人以州主年幼为由力阻出兵。

但深明大义的瓦氏夫人力排众议，以五十七岁之躯亲自披挂上阵。已成为曾祖母的她带着五岁的重孙，率领一万多精壮的“俍兵”千里出征。面对强寇，她发出铮铮誓言：“是行也，誓不与贼俱生！”到达沿海前线，朝廷官兵看见这位带着年幼重孙的老祖母，大感惊讶与好奇，但很快就对这位“俍兵”指挥官刮目相看。在对倭寇展开的反击战中，瓦氏夫人运用历代土司在实战中总结出来的“岑氏兵法”，排兵布阵，指挥进攻。骁勇善战的壮族“俍兵”奋勇争先，所向披靡，杀得倭寇丢盔弃甲，尸横遍野。王江泾一战，大获全胜，一举扭转了抗倭战争的不利形势。在王江泾大捷中，壮族“俍兵”智勇兼备，战功显赫，瓦氏夫人被尊称为“宝髻将军”。自此，倭寇闻“俍兵”而丧胆，闻瓦氏夫人而失色。世宗皇帝大喜，下旨犒赏众将。瓦氏夫人获赏银三十两、彩缎三表里，是获得赏赐最多的参战将领，并获御封为“二品夫人”。将士胜利归来，父老乡亲们敲锣打鼓，杀猪宰羊，热烈欢迎和慰劳为国立功的瓦氏夫人和“俍兵”们。土司府内上下欢腾，举杯同庆！从此，一个叱咤风云的壮族巾帼英雄永远铭刻在了中华民族光辉的史册上。

1944年9月，侵华日军从武汉、衡阳一路南下占领广西北面门户全州后，以十多万兵力进逼桂林。11月初，日军在飞机大炮的掩护下，相继攻占桂林屏障猫儿山、屏风山、笔架山等重要阵地。驻守猫儿山的桂军两个营，坚守阵地抗击日军达七天七夜，直至全部战死，没有一个人退缩和投降。

奉命防守桂林城的桂军131师师长阚维雍将军是广西柳州人，曾先后在南京陆军工兵学校、中央陆军大学将官班学习深造。这位铁血将军接到防守桂林的命令后，火速率部从南宁北上，并抱定了与桂林共存亡的决心。桂林守军以仅一万二千余人的兵力和地方民团武装，抗击着数倍于己的强敌的进攻。阚师所部均是八桂子弟，对家乡感情深厚，人人舍命保卫故土家园。他们依托着怪石嶙峋的石山构筑阵地，与疯狂进攻的敌人展开激烈战斗，敌人冲到阵地前，就进行白刃格斗。在反复争夺的阵地战中，敌我双方死伤惨重。地面阵地失陷后，部分守军就退入纵横交错的山洞内继续顽强抵抗。深约一公里、最宽处约四十多米的七星岩是桂林最大的岩洞之一，原为野战医院和后勤据点，战斗部队撤进来后，连同后勤人员及伤病员共有一千多人。他们守住洞口，拼死抵抗。日寇喊话要守军缴械投降，但守洞官兵回复敌人的是一颗颗愤怒的子弹和手榴弹。日寇恼羞成怒，用火焰喷射器焚烧岩洞，最后竟丧心病狂地违反国际公约，往岩洞里投掷毒气弹。尽管敌人用尽各种惨无人道的手段，但仍无一人屈服投降。战后，国民政府收敛八百多具壮士遗骨葬于七星岩后山，史称“八百壮士墓”。

在漓江防线，战斗也是空前惨烈。日军凭借强大火力和优势兵力，强行涉水渡江。我主力部队全线阻击。来自广西各地的地方民团，则组织数千人的敢死队，在身上绑上手榴弹和炸药包，奋不顾身地扑向日军登陆艇，与敌人同归于尽。在漓江激战中，日军付出了死亡七千多人的惨重代价。

桂林各阵地失守后，守军与敌人展开巷战。城内每一座房屋、每一条街巷、每一块石头、每一道断壁、每一寸土地都喷发出了燃烧的怒火。守城军民个个都成为敢死队员，誓与桂林城共存亡。

在历时近半个月的桂林保卫战中，我方参战军民战死一万二千多人，因毒气弹中毒昏迷被俘七千多人，没有一人在清醒状态下屈膝投降。据日军指挥官递交大本营的战报中说，日军在桂林之役战死一万三千多人，伤一万九千多人，失踪三百多人，其中阵亡九个大佐级别的联队长，三十多个中佐级别的大队长，近一百个中队长和小队长。这位指挥官心有余悸地说：“此役是我一生中所经历到的最惨烈的战役，并非在于规模，而在于人之勇猛。”美国将军史迪威也感叹：“广西士兵是世界上最好的士兵。”

抗战期间，广西共有超过百万的铁血桂军奔赴抗日前线，四十多万八桂儿女为国捐躯。在规模空前的淞沪会战、徐州会战、武汉保卫战、桂南会战等重大战役中，都奔跃着八桂军人冲锋陷阵、视死如归的矫健身影与雄姿。台儿庄大捷、昆仑关大捷等，不仅极大地鼓舞了中国军民抗战的士气与必胜的信心，也在中华民族抵御外侮、保卫国家主权与民族尊严的历史上写下了灿烂的篇章！

邓小平等领导的百色起义、龙州起义，为人民当家做主的中华人民共和国的建立做出了不可磨灭的历史性贡献！

伟大的爱国传统所孕育出来的伟大的爱国主义精神，是广西各族人民始终如一地坚定维护国家统一的强大动力，是广西各族人民自强不息、奋勇争先的力量源泉，是广西各族人民团结和睦、携手共进的精神纽带。今天，在举国上下大力推进中华民族伟大复兴的历史进程中，进一步弘扬广西人的爱国传统和伟大的爱国精神，对于保卫国家主权，维护边疆稳定和国家统一，建设和谐美好家园等，都将具有十分重要的现实意义和深远的历史意义。

（原载2012年9月7日《广西日报》；收入《广西精神大家谈》一书，广西教育出版社，2013年出版；获广西壮族自治区党委宣传部主办“广西精神大家谈”征文一等奖）

# 美丽南方：千里景千变，一山诗一篇

广西是一个山水奇异、风光迷人的美丽神奇的地方。然而，历史上人们对广西真实面貌的认识和了解，却经历了一个渐进的漫长的过程。且让我们把目光投向广西的自然环境，看看古代文人是如何看待广西的山川湖泊，又是如何从“百越炎蒸地，千山虎豹群”的恶劣印象转变到“千里景千变，一山诗一篇”的由衷赞美的。

古代的广西地广人稀，植被茂密，森林广布，天空珍禽飞翔，地上走兽出没，纵横交错的江河湖泊虾肥鱼丰，广袤肥沃的土地物产丰饶。生活在这片广阔土地上的百越人，主要以捕鱼狩猎为生。为了劳作的方便和安全的需要，他们养成了“断发文身、雕题交趾”的习俗。所谓“断发”，是指剪掉头发，这样方便到江河里捕捞鱼虾；所谓“文身”，是用颜料在额头、面颊和身体上描画动物纹饰，以迷惑动物的视觉，防止狩猎时被凶猛动物袭击伤害；“雕题”也是文身的意思；“交趾”指的是越人们在劳作中形成的脚趾交叉的形状。这本是百越人在与自然界斗争中悟出的生存智慧和形成的习俗，却被古代中原人视为怪异之状。

广西属亚热带，气候炎热，多雨潮湿，地理上远离中原，又有五岭山脉等高山大岭阻隔，交通险峻，野兽出没，因而历来都被中原人士视为畏途恶地。古代中原人士很少有人到过广西，因而对广西的了解极为有限，他们所听到的多是以讹传讹的不实传言。又由于受根深蒂固的“华夷有别”观念的影响，也让一些中原士大夫对广西及当地少数民族产生了许多偏见和误解。在他们的心目中，广西是一个弥漫着烟瘴毒雾、遍地都是毒蛇猛兽的鬼蜮世界。有的官员一旦被贬放到广西，或是被贬谪经过广西时，往往都会感到前途渺茫，如赴黄泉。唐初诗人沈佺期就曾在《入鬼门关》一诗中写道：“昔传瘴江路，今到鬼门关。土地无人老，流移几客还。”唐朝杨炎被贬官流放到海南途经北流的鬼门关（今天门关）时，同样感到生还无望：“一去一万里，千知千不还。崖州何处在？生度鬼门关。”（《流崖州至鬼门关作》）

唐代大诗人柳宗元一路被贬南迁，最后被贬放到柳州任刺史。到柳州赴任之前，柳宗元听说岭南有一种潜藏在水中的可怕的虫子，名叫射工，每当有人从岸边经过，它就跃出水面，把毒气喷射到人的身体上，人一旦被射中就会窒息死亡；还有一种像彩虹般美丽的飓母，会突然呼啸而至，所经之处，飞沙走石，船翻房倒，大树被连根拔起。因此，当他乘船沿湘漓水道进入岭南的时候，心里总是充塞着一种生死未卜、人生无常的悲怆与惆怅：

瘴江南去入云烟，望尽黄茆是海边。
山腹雨晴添象迹，潭心日暖长蛟涎。

射工巧伺游人影，飓母偏惊旅客船。

从此忧来非一事，岂容华发待流年。

令柳宗元感到庆幸的是，一路上他并没有被传说中可怕的射工和飓母袭击。来到柳州后，他发现这里也并非原来想象的那样烟瘴弥漫、毒虫满地。恰恰相反，这里山川奇丽，田野苍翠，到处都是宜人的景象，他的心情也渐渐变得明朗起来。他倡文教、办学堂、启民智、破陋习，带领人们整修城墙、疏浚河道、掘井取水、栽柑种柳，被当地老百姓亲切地称为“柳柳州”。柳宗元十分欣喜，即兴赋诗一首：“柳州柳刺史，种柳柳江边。谈笑为故事，推移成昔年。”他愉快地感受着和大家一起“种柳柳江边”的情景，兴奋地想象着将来人们一定会把他在柳州种柳的事当成故事来笑谈。柳宗元于公务之余，还喜欢在环境幽雅的罗池旁读书休息，与友人谈诗论文。他生前曾留下遗愿：“馆我于罗池。”表达了他对罗池的喜爱与眷恋。柳宗元在柳州刺史任上逝世后，灵柩归葬长安。但柳州人舍不得这位与老百姓一起栽柑种柳的好官离去，便在罗池旁修建了衣冠墓，并建庙祭祀。宋代宋高宗加封柳宗元为文惠侯，罗池庙也改称柳侯祠。

曾与柳宗元并肩发起古文运动、大力推动文学发展的韩愈，听说柳宗元客死柳州后，深情地写下了《柳州罗池庙碑》一文，寄托对亡友的哀思。碑文之后，还附上一首祭歌，供人们祭祀柳宗元时吟唱。两百多年后，北宋大文豪苏东坡挥毫把祭歌抄录下来，刻碑于罗池庙。因祭歌的首句为“荔子丹兮蕉黄”，因此，这一石碑被称作“荔子碑”；又因荔子碑集柳事、韩诗、苏书于一石，又被誉为“三绝碑”，是柳侯祠的镇祠之宝。“三绝碑”歌颂这一位古代清官的感人事迹，也留下了一段文坛上的传世佳话。

晚唐诗人李商隐同柳宗元一样，对广西的认识也有个逐渐深入和改变看法的过程。出身进士的李商隐是一位才华横溢的诗坛奇才，他的诗歌对后世文学创作有着深远的影响。但这位大才子在仕途上却是命运多舛，一生坎坷。34岁时，他随被贬为桂管观察使兼桂州刺史的郑亚赴桂，做一个类似办公室秘书之类的小官吏。他以前对广西的印象，与许多中原人士颇为相似："虎当官路斗，猿上驿楼啼。绳烂金沙井，松干乳洞梯。"来到桂林后，他很快就改变了对广西的观感。他深为桂林及广西的奇山秀水和自然风光所陶醉，常常徜徉在如诗如梦的青山绿水间流连忘返。旅桂一年多，他创作的诗文竟逾百首（篇）之多，其中不少是赞美广西山水和乡村生活的诗篇。他的《桂林路中作》一诗，毫不掩饰他对桂林的热爱和内心的感受："地暖无秋色，江晴有暮晖。空馀蝉嘒嘒，犹向客依依。村小犬相护，沙平僧独归。欲成西北望，又见鹧鸪飞。"诗中以清新质朴的笔触，勾画出了一幅恬静淳朴、人们安居乐业的山村风俗画卷，抒写了远离朝中政治争斗的心境的恬淡与悠然。

其实，并非所有中原人都对遥远的广西感到恐惧或怀着偏见。唐代吏部尚书、大诗人韩愈为即将到广西赴任的好友严谟饯行时，曾作了一首《送桂州严大夫》的诗，对广西的奇山秀水赞叹不已："苍苍森八桂，兹地在湘南。江作青罗带，山如碧玉簪。户多输翠羽，家自种黄甘。远胜登仙去，飞鸾不假骖。"韩愈告诉严大夫：位于湖南以南的八桂大地，江水清澈，蜿蜒而下，像一条条随风飘动的美丽丝带。那里的山峰苍翠挺拔，似一支支碧玉簪子插在大地上。那里土地肥沃，物产丰盛，既出产各种奇珍异宝，又种植有各种名贵水果。能够到这样一个地方去做官，就像登临仙境一样，我想你一定高兴得连车马都顾不得套好就急急忙忙出发了。韩愈虽然没到过广西，但作为地位显赫的朝廷大臣，显然比一般官员和士大夫更了解广西，知道广西并非人们想象中的那样荒凉偏僻，而是一个美丽而令人向往的地方。韩愈这首送友人的诗作，现已穿越千年成为赞誉八桂山水的名篇。“江作青罗带，山如碧玉簪。”相信每一个游览过漓江的游客，对这两句诗一定印象深刻。

“桂林山水甲天下”，这是赞颂桂林山水的又一千古名句。南宋嘉泰元年（1201年），广西共有十一个士子在乡试中考中举人。时任广南西路提点刑狱的王正功，以地方官的身份，依惯例设宴宴请举人们，勉励他们再接再厉，来年继续赴京师参加会试，考取更大的功名。席间，大家一起吟唱《诗经》中的《鹿鸣》诗：“呦呦鹿鸣，食野之苹，我有嘉宾，鼓瑟吹笙……”王正功原是文人出身，置身于士子们之间和浓郁的文化氛围里，潜藏心中的文人情怀自然而然地被激发了出来，在“呦呦鹿鸣”的吟唱声中，他情不自禁地即席写了一首《劝驾诗》。在这首诗中，作者第一次发出了“桂林山水甲天下，玉碧罗青意可参”的赞叹。一句“桂林山水甲天下”，不仅让桂林山水的美名传遍全世界，也让这一诗句成为千古绝唱，正所谓桂林山水因诗而名扬天下，诗也因桂林山水而流芳百世！

张孝祥也是对桂林山水情有独钟的宋代诗人。在殿试中被宋高宗钦点为状元的张孝祥，开始时仕途颇为顺畅，但他那忧国忧民、刚正不阿的个性，又决定了他终将被贬谪的命运。他冒着被杀头的风险，上疏弹奏肆意弄权的佞臣秦桧，为精忠报国而蒙冤的爱国英雄岳飞申辩，结果自己的父亲被秦桧诬陷谋反，打入大牢，险些丢了性命。他力主抗金，并亲赴前线。后来主战派失势，他也被罢官，后到靖江府（今桂林）任知府兼广南西路经略安抚使。张孝祥在桂任职时，经常探访山水名胜，写诗作词，不到两年时间，他就写了二十多首诗词，而且诗风发生了明显的变化。他一向以慷慨豪放、悲壮苍凉的诗风驰名文坛，但一写到广西的奇山秀水，格调就变得清新明丽，心情也变得轻松愉悦，譬如他的《水调歌头·桂林中秋作》：“千里江山如画，万井笙歌不夜，扶路看遨头……楼下水明沙静，楼外参横斗转，搔首思悠悠。”

广西的山水之美，远非桂林一地，而是遍布八桂大地。明代诗人姚镆对千年古城南宁就留下了非常深刻而美好的印象。浙江慈溪人姚镆曾在多地为官，阅历丰富，嘉靖年间曾以右都御史提督两广军务。一次在巡视途中经过南宁时，这位见多识广的地方大员，竟情不自禁地被这里的山光水色和文明景象所陶醉：“频年行部过邕州，眼底天光次第收。林邑峰高云半湿，昆仑道险树偏稠。三春野外鸣耕犊，十里江干系客舟。况是圣明文化阔，弦歌几处月当楼。”（《过邕纪行》）晴朗的天空，苍翠的峰峦，茂密的山林，险峻的道路，春天的田野，江中的客船，动人的歌声，明媚的月色，等等，这一幅幅现实美景，一个个艺术意象，若非亲临其境，是无法如此真切地体察和感受得到的。南宁的山水之美、人文之美在这首诗中淋漓尽致地表现了出来。

对广西山水之美有着切身感受的还有一位明代大书法家和诗人祝允明。祝允明科举坎坷，仕途不顺，参加了五次乡试才中了举人，七次参加会试都名落孙山，与进士无缘。但他的书法却是大名鼎鼎，有“枝山草书天下无”之称，又有“唐伯虎的画，祝枝山的字”的美誉。他在任广东兴宁县知县期间，常常流连陶醉于岭南的山水美景。在《送王先辈纳言归柳州》的诗中写道：“携将柳州剑，独下潇湘船。千里景千变，一山诗一篇。离桥梅子雨，归棹桂花烟。重会云霄上，大都才二年。”山水奇丽，风光无限，千里之景，变幻无穷，一座座山峰就是一首首美妙动人的诗篇。梅雨时节，船离小桥，桂花烟雨，如诗如梦，让人如临仙境，如踏祥云。短短的几行诗句，既描绘出了宏阔悠远的奇幻之景，又刻画出了清丽细致的特写画面。在我所读到过的所有赞颂广西奇异山水的诗文中，我觉得这是极富代表性的一首，也是意境最为悠远、最能引发人们无穷想象的一首。“千里景千变，一山诗一篇。”这就是我们世世代代繁衍生息的美丽南方，这就是我们日日夜夜魂牵梦绕的故土家园！

（原载2015年7月15日《广西日报》）

# 北部湾海洋文化漫谈

因环北部湾有中国、越南两个国家，中国又涉及广西、广东、海南三个省，因此，这里所说的北部湾海洋文化，主要是指广西的北部湾海洋文化。

有人把人类社会发展的进程概括为四大文明形态，即游牧文明、农耕文明、海洋文明和都市文明。就海洋文明来说，中国很早就拥有了先进的造船技术并开始了海洋远航，明代所拥有的远洋船队是当时世界上最先进、最强大的船队。郑和七下西洋，是我国航海业最辉煌最鼎盛的时期。但后来由于封建统治集团的妄自尊大和闭关锁国，中国的航海业逐渐衰落了，但北部湾海洋文化源远流长且丰富多彩。概而言之，北部湾海洋文化至少有以下类型。

一是生态文化。北部湾拥有辽阔的海域、众多的岛屿、蜿蜒曲折的海岸线和物产丰饶的滩涂湿地，生物的多样性和美丽的海洋风光，构成了北部湾斑斓多彩、美不胜收的海洋生态文化。

二是通道文化。由于古代陆上交通闭塞，交通往来主要依靠河道；又由于古代航海技术落后，船只只能沿着海岸或河流行驶。北部湾沿海沿边，又有南流江、钦江等河流通往内陆地区。尤其是经南流江进入西江后，往北可经桂江、漓江、灵渠进入长江水系，通往中原地区（苏东坡从流放地海南岛遇赦，就是在合浦停留后经南流江北返的）；往西经红水河及左右江可进入云南、贵州和越南北部；往东可抵达广东。从中国通往海外，可经北部湾下南洋和西洋（古代以印尼苏门答腊岛北部的韦岛为东西洋的分界点。该岛是穿过马六甲海峡进入西洋的必经之地）。因此，北部湾是古代中国对外交往的一条非常重要的海上通道，也是一条非常重要的海陆大通道。

三是商贸文化。由于北部湾地理位置独特，因此具有开展商贸往来的得天独厚的条件。以合浦为始发港的海上丝绸之路的开通，使两汉时期的北部湾沿海地区成为千帆竞发、舟楫往来、商贾云集的贸易中心。合浦庞大的汉墓群及来自中原和外邦的品种丰富、工艺精湛的随葬物品，充分证明了合浦当时的兴盛与繁荣。宋代是北部湾贸易兴盛的又一重要时期。北宋时期，朝廷准许廉州、钦州与交趾开展互市贸易。还在廉州设置沿海巡检司，负责对进出口货物征收关税和对口岸进行管理，使廉州成为北部湾一大贸易中心。当时广西境内还设立有三大博易场：横山博易场（今田东县境内）、永平寨博易场（今宁明县境内）、钦州博易场。其中钦州博易场也是古代规模最大的中越贸易市场，商业发达，市面繁华。此后钦州一直是北部湾地区的重要贸易城市。清乾隆年间，来自四面八方的商贾云集钦州经商，街道两旁店铺林立，车水马龙，鼎盛时期的钦州，各地设立的会馆达八十多家。民国《钦县县志》记载：“钦自清同光间到民初，广府各客属，来钦经商者众，生于斯死于斯亦多，故于三角塘北边，买地一处作义地，只葬广人。”其时钦州商业的繁荣，于此可见一斑。清末，北海被开辟为通商口岸后，又逐渐发展成为重要的沿海商埠，与海外的贸易往来十分密切。改革开放以来，特别是“一带一路”倡议的实施及北部湾经济区规划建设上升为国家战略后，广西北部湾港口群的兴建和西南出海大通道的形成，更为北部湾的商贸业带来了前所未有的发展机遇，北部湾贸易文化正以一种良好的态势展现出广阔的发展前景。

四是南珠文化。南珠的历史和南珠文化在世界上是独一无二的，南珠所蕴含的文化意义和价值丰富、厚重而独特。南珠既是名贵高雅的装饰品，又具有重要的药用价值，它代表着美丽与品位，也代表着高贵与财富。在古代，南珠因其珍稀与名贵，历来都是上贡朝廷的珍品。秦汉以后，采珠业由官府严格控制，任何人不能私自采捞，违禁者以死罪论处。南宋时期，在地方官府内专设采珠机构，名为媚川都，共管辖一支多达八千人的士卒队伍专事采珠。元代设置廉州提举司，统管采珠事务。至明初，皇帝为了直接控制采珠业，干脆派宫内太监驻扎合浦，修建规模宏大的白龙城，权力凌驾于地方官员之上，一切采珠事务，均由太监说了算，地方官员只能听命行事。由于朝廷和官府贪得无厌，滥采无度，合浦珍珠在历史上曾多次遭受毁灭性的浩劫。有时候一次大采，就死亡五六百人，“哀哀呼天天不应，十万壮丁半生死”。在茫茫的大海上，上演了一幕幕“以人易珠”的惨剧。古代南珠的历史，既是一部充满传奇的历史，又是一部血泪斑斑的历史。中华人民共和国成立后，南珠也获得了新生，沿海生态环境得到了较好的保护，尤其是人工培育珠苗和植珠技术的试验成功，掀开了南珠历史新的一页，北部湾再次成为名副其实的南珠之乡，生动地重现了现实版的“珠还合浦”的故事。

五是军旅文化（军事文化）。广西是边防重地，在北部湾沿海地区，历史上曾发生过大大小小无数次的战争，有的战争虽然不是发生在北部湾地区，但也对这一地区产生了重大影响。如汉代伏波将军马援奉朝廷之命率“楼船大小二千余艘，战士二万余人”平定交趾叛乱时，就是从合浦集结出发，沿着海边水陆并进，在交趾郡内一举击败叛军首领征侧、征贰姐妹的。宋神宗熙宁八年（1075年），交趾十万军队分水陆两路入侵广西，其中水路攻陷钦州和廉州。钦州军事推官李英和知州陈永龄率全城军民英勇抗击，与十倍于己的敌人鏖战四天四夜，宁死不降。第五天城破，两位主官身负重伤，壮烈牺牲。清末中法战争期间，两广总督张之洞大力加强北部湾边海防军事设施建设和防卫力量，与在越南境内英勇抗击法军的“黑旗军”首领刘永福遥相呼应，形成掎角之势，为冯子材取得镇南关大捷做出了重要贡献。抗日战争时期，日军精锐部队三万余人从钦州湾登陆，桂南会战爆发。由于中国军事当局对日军的判断不准确，初期日军便顺利登陆，攻占钦州、防城后，长驱直入，迅速占领南宁和昆仑关。中国方面，军事委员会迅速定下收复南宁的决心，夺回了昆仑关。历史上这些抵御外敌入侵、捍卫边疆稳定、维护国家统一的战争，不仅涌现出了一大批忠勇爱国的民族英雄，而且直接影响了北部湾地区的历史进程，改变了北部湾地区的人口构成和文化风貌。

六是民俗文化。由南流江冲积而成的合浦平原，是一片土地肥沃的鱼米之乡。但据专家考证，一千多年前，这里还是一片汪洋。最明显的证据是现在位于合浦县城的建于北宋时期的海角亭的位置。《海角亭碑记》曰：“郡故有亭曰海角，盖因其地在南海之角。”史料记载，“每潮汐至，涛声滚滚，轰然可听”。当年的海角亭，是可以看见大海、听见涛声的。“天南地尽海溟濛，海角亭高锁远空。”（鲍俊《海角亭远眺》）“骑马客来惊路断，泛舟民去喜帆轻。”（陶弼《海角亭》）但现在的海角亭离海岸线已有十多公里，亭的南面是一片平坦的南流江冲积平原。也就是说，一千多年前北部湾沿海地区的居民，包括以采集珍珠为生的珠民、长年漂泊在海上的疍民和生活在岛屿上的岛民等，因缺少可耕种的土地，还没有大规模种植粮食作物，而主要是以海洋捕捞为主，当地人叫作“做海”。这些“做海”的当地居民，形成了独特的劳作方式、生活习惯和风俗民情。

七是民族文化。这里所说的民族，不仅是指少数民族，也包括汉族。北部湾古为百越之地，较早居住在这里的是壮族先民。但历史上这里每发生一场规模较大的战争，都留下一大批戍守的将士，这些将士定居下来，不断繁衍发展，就形成了一个个汉族群体。商人、工匠、难民、流官等源源不断的到来，又使得汉族人口不断发展壮大。壮汉杂居，往来密切，而且互相通婚，血脉交融。比如防城、钦州一带许多人家，根据历史记载，他们的祖先是汉代伏波将军马援留下戍守的将士，民间称为“马留人”，现在他们的一部分人却变成了壮族，但他们所供奉的祖先神祇，还是伏波将军。钦州的宁氏家族，祖籍山东，本是汉族，南唐时期却成了俚僚部落的首领。由此衍生出来的民族文化，也就有了一种极为独特的内涵、色彩和韵味。以风俗习惯为例，壮汉的许多习俗都很相近甚至完全相同，如春节、元宵节、中秋节等都被壮汉等民族视为重要节日；壮族过“三月三”，汉族也过“三月三”，只不过叫法不同；汉族葬俗一般都强调入土为安，一旦安葬就不轻易动迁，但北部湾部分地区的汉族却实行“捡骨葬”（二次葬），这也是受壮族葬俗的影响。这些民族习俗的形成，其背后都隐藏着丰富的社会历史背景和文化内涵。

八是宗教文化。受中原文化影响，北部湾地区普遍信奉儒道佛，而且建有不少庙宇，仅合浦就曾有“一寺三庵七十二庙”之说。又由于沿海地区对外交往密切，西方宗教也趁机传入。1867年，法国天主教趁清政府重开岛禁之际派遣神父进入涠洲岛传教。尤其是1876年英国威逼清政府签订《中英烟台条约》，北海被强行开辟为通商口岸后，西方宗教以坚船利炮为后盾，在北部湾沿海地区大肆传播，建立教堂、修道院、医院和教会学校。

九是语言文化。北部湾地区方言土语种类繁多，语音复杂，差异明显，是一座地地道道的语言富矿。白话、客家话、廉州话、灵山话、小江话、壮话、京族话以及各村落的土话等，语言文化极为丰富。

除以上简略提到的文化类型外，这里的艺术文化、饮食文化、服饰文化、居住文化、器物文化等也十分丰富多彩。

北部湾是多重文化的交汇点和聚集地，当地文化与中原文化、中华文化与西方文化、精英文化与草根文化、传统文化与现代文化等，都在这里交融、碰撞和互相渗透。因此，北部湾海洋文化既具有一般海洋文化的共同特征，同时又具有北部湾海洋文化的鲜明特色。总体而言，北部湾海洋文化具有多元性、开放性、国际性、进取性等特点。在新的历史背景下，对北部湾海洋文化进行全面挖掘、整理、研究、总结和保护，具有十分重要的现实意义。传承和弘扬北部湾海洋文化，不仅有助于捍卫国家海洋权益，巩固边疆安全，维护国家统一，促进北部湾地区经济社会发展，同时也有助于增强广西人的文化自豪感和文化自信，激发出广西人不甘落后、勇于开拓、奋发进取的决心和勇气。或者说，传承和弘扬北部湾海洋文化，是意义重大的现实性需要和选择。

（2018年12月6日在“纪念改革开放40周年·北部湾文化研讨会”上的发言·钦州）

# 掀起你的盖头来

常言道：久居他乡即故乡。苏东坡也曾有诗云：此心安处是吾乡。尽管我已久居他乡，也把他乡当成了“吾乡”，但最令我魂牵梦绕的还是我的第一故乡——钦州市浦北县。因此，当我打开《美丽浦北》一书时，便宛若一股家乡的清风扑面而来，似有一种家乡的味道令人微醺。我仿佛又回到了那片古老而又生机勃勃的美丽故土，回到了那个被国际人口老龄化长寿化专家委员会认定的“世界长寿之乡”。我如腾云驾雾一般，神游穿越在那一幅幅熟悉而亲切的图景之中：越州天湖的壮阔，六万大山的巍峨，古城遗址的沧桑，大朗书院的雅静，小江瓷器的精美，石祖禅茶的清香，八音古乐的嘹亮，民间歌舞的斑斓，城镇街道的喧闹，秋天田野的金黄……我恍若站在故乡的山岗上，仰望蓝天高远，远眺青山滴翠；村落间炊烟袅袅，天湖上渔舟唱晚。这是我温暖的人生来处，是我生命丰润的根脉所在。

我于1978年离开家乡到南宁上大学，毕业后一直留在这座美丽的绿城工作，至今已整整四十年。今年又是改革开放四十周年，这是改变中国命运的四十年。四十年来，我亲历了改革开放这一波澜壮阔的伟大历史进程，见证了中国由穷变富、由富变强的沧桑巨变，同时也目睹了家乡浦北县翻天覆地的变化。我曾有感而发，写了《浦北五章》《故乡三咏》《祭张世聪烈士》《烈士墓前的遐思》《天湖边上的炊烟》等诗文，表达了我对故乡刻骨铭心的念想、感恩与眷恋！

非常感谢作者为我的家乡撰写了《美丽浦北》一书。这是一本全景式多维度地介绍浦北县山水风光和人文历史的简明读本。全书分为书香文脉、山水胜景、古迹遗址、文物珍宝、民艺民俗、民间传说、名人英烈、物产美食、长寿之乡、今日浦北等十个单元。每个单元既相对独立，又构成一个相得益彰的有机整体，加上两篇资料性附录，更加完整地呈现出了浦北县斑斓多彩的历史经纬和时代风貌。全书古今兼备，脉络清晰，内容丰富，图文并茂，重点突出，而且把纪实性和文学性融于一体，既具有资料性价值，又具有审美性特质。结构安排匠心独运，别开生面。该书以“书香文脉”开篇，一开始就凸显出浦北县崇文兴教之风和历史传承，强调了以文教立县、以文教兴县的传统、理念与特色。最后以“今日浦北”作结。五个醒目的小标题，十个高度概括的关键词，尽展今日浦北百业兴隆、日新月异的崭新风貌：通江达海，交通便捷；山水叠翠，长寿人旺；文化昌明，书香浓郁；资源富集，百业兴隆；安定祥和，宜居宜商。我想起几年前写的一首小诗《文昌塔》，恰可与此相互映衬：“一塔高耸小江边，两岸斑斓舞翩跹。盛世修志亦修塔，生活变富更变甜。塔昌文昌百业昌，山远水远红运远。政通人和展新貌，壮美高塔立千年。”

一直以来，浦北都秉持着质朴、低调、不张扬的个性，就像一位

“养在深闺人未识”的美丽、聪慧、娴静的待嫁新娘，红盖头一旦掀开，则惊艳四座，美若天仙！

在2019年的钟声即将敲响之际，我衷心祝愿美丽浦北永远美丽，衷心祝愿伟大祖国永远春光万里，国泰民安！

（原载《美丽浦北》，广西教育出版社，2019年出版）

# 清溪如许，碧云深处

通往六万大山的公路弯曲狭窄，盘山而上，沿途山峰高耸，峡谷幽深。一朵朵轻盈的白云贴着茫茫林海缓缓移动，宛如一团团巨大的棉絮飘落在绿色波涛之上。虽已是深秋时节，但六万大山却没有一丝“无边落木萧萧下”的萧瑟之气。纵目远眺，唯见天高气爽，林木森森，青山滴翠。

我这次是专程回钦州市浦北县六万大山考察采风的。陪同我前往六万大山的，有浦北县文联主席龙茂呈、浦北县科协主席容钊等。汽车在高山峡谷中盘旋爬行，随时都有可能撞向峭壁或翻下深谷。有时候急转弯上坡，路面宽度不够，车子还得往后退一退，调整好角度，才能继续往上行驶。两车相会，必有一方靠边停下，让对方小心翼翼通过。遇到只容一车通行的路段，还得往后退到路面稍宽的地方，才能让对面车辆擦身而过。但驾车的龙茂呈并无紧张之态。他长期在县里工作，对山区公路开车早习以为常。做过县志办主任的他对浦北人文历史十分熟悉，他一边开着车，还一边给我讲述一些民间能工巧匠的趣闻轶事。汽车不断盘旋而上，一座座山峦渐渐退隐到缥缈的云雾下面。位于六万大山腹地的官垌镇古称“石梯”，看来并非虚言。

上午十点多，汽车爬升到了两座山峰之间的垭口上。容钊事先联系好的官垌镇国土规划环保安监站负责人黄满传和正农生态农产品有限公司董事长庞俊匀还没有到。或许他们以为我们不会这么快到达。垭口的风很大，凉爽宜人。不远处，一只山鹰正在蓝天上翱翔俯视。没多久，黄满传和庞俊匀开车赶来了。庞俊匀是我们这次要重点采访的对象。乍一看，这位山里汉子身材高大魁梧，浓眉宽额，脸膛方正，身上透出一股沉稳刚毅之气。简单打个招呼后，他们便在前头带路，继续往六万大山腹地驶去。顺着盘山而下的险峻公路，来到了一个溪流奔腾、满眼翠绿的山谷。穿过山谷和一个绿树环绕的小村子，又开始沿着蜿蜒起伏的山间公路进发。记不清转了几个弯，爬了几个坡，终于来到了庞俊匀的老家松木水村。

松木水村是个小村子，四周高山环抱，山谷间几乎没有什么平地，整个村子就像坐落在大山的皱褶里。我们在村边狭窄的空地停下车，回头一看，进入村子的路已被山崖挡住，只能看见一个路口，继续往前延伸的路拐个弯也隐没在茂密的森林中了。村民们的房屋零零散散地建在陡斜的山坡上和溪流旁，混凝土房、砖瓦房、木板房等参差错落，朝向不一，形态各异。庞俊匀告诉我们，这里是六万大山腹地，钦州市、玉林市交界，翻过这座大山，便是玉林市博白县永安镇的地界。村子倚靠的山峰，是南北分水岭。松木水村在山的北面，武思江的支流从村前流过，一直通往西江干流郁江；南面的水流汇入南流江后，则一直通往北部湾进入辽阔的大海。

从停车处往上看，一股流量很大的山泉水，从峡谷中穿越而出，流经村子中间的深沟，向山下奔腾而去。溪水清澈冰凉，轰然有声。六万大山沟壑纵横，树木茂盛，水源丰沛，像这样的溪流，山里到处都有。这里缺平地、缺稻田，但不缺水。六万大山，壮话的意思就是“泉水甘甜的大山”。

六万大山的居民们懂得靠山吃山、靠水吃水的生存之道。在交通闭塞的古代，他们出一趟山很不容易，与外界交往极少，但他们却充分享受着大山丰富的蕴藏与馈赠。不知从何时起，他们发现，清澈的山泉水可以养草鱼。草鱼喜欢吃的青草，村边地头到处都是，一年四季蓬勃茂盛，取之不尽。于是，他们依山就势，挖出一个个小鱼窝，引入山泉水。山泉水是活水，流进小鱼窝后，又直接从插着木条栅栏的出水口流出，各种残渣和排泄物也随之被水冲走，不会淤积在鱼窝里。活水，又维持了水质的干净和氧气的充足。山泉水放养的草鱼，肉质结实，味道鲜美。因山高路远，交通不便，过去每户人家养的鱼都不是为了卖，平时也不吃，只有逢年过节或招待亲戚朋友才会捞上一两条作为上等佳肴。

我们沿着松木水村的溪流往上走。溪岸狭窄崎岖，必须小心地看准落脚的地方并保持身体平衡，防止摔倒。来到一户人家的房屋边，没有堤岸了，房屋的一面墙直接伸入了溪流的底部。这一段通道，是用木板架起的“浮桥”，走在上面，木板摇晃得嘎吱作响。踏过浮桥，转过屋角，却别有洞天。峡谷两旁山峰耸立，林木苍翠，八角飘香。一个个小鱼窝依山而建，高低错落，大小不一，大的十几二十平方米，小的只有七八平方米。清澈见底的溪流像一条巨大的绳子，把一个个小鱼窝连成了大葫芦串。庞俊匀说，每个小鱼窝都养有几十条至一两百条不等的大草鱼。站在鱼窝边上，游动的草鱼清晰可数。

松木水村分散在两处，姑且称为上屯和下屯。庞俊匀的老家在上屯，也就是松木水村的后背山上。我们沿着溪流原路返回到停车的地方，重新上车。庞俊匀带着我们拐过几个陡坡急弯，再爬上一个长山坡，来到了后背山上。这里的地势更加陡峭，房屋大多建在峭壁和斜坡上。庞俊匀家的祖屋就建在一个斜坡上，屋脚下面就是一个小鱼窝，鱼窝里游动着几十条大草鱼。庞俊匀一家和父母已搬到镇上居住，但爷爷不愿离开祖祖辈辈生活的地方，仍住在村子里。我们来到的时候，庞俊匀爷爷正坐在屋外的凳子上眯缝着眼睛晒太阳。庞俊匀说，他爷爷今年92岁了，身体仍很硬朗，头脑也很清楚，平时的生活都是自己打理。山里八九十岁的老人很多，有的已经过百岁了。

再往前走几十步，我突然看见，在村道的下方，一条溪流潺潺流过，有一户人家的房屋建在溪流边的陡坡上，进出都要经过一条小桥。小桥很陡，高的这头连着村道，低的那头连着房屋门口。令人称奇的是，桥面居然没有台阶，只在桥的两边用木头搭建着简易扶手。整个小桥实际上就是一个斜坡，就像儿童乐园里的滑梯，人走在上面，脚下一滑，就会顺着桥面哧溜一下滑落下去。但这户人家上下小桥却如履平地，我不禁惊叹于山里人超乎想象的行走能力和生存技巧。

我们今天来到这里，主要是为了一睹“鱼王”的风采。我们跟着庞俊匀，深一脚浅一脚地踩着杂草丛生的泥埂，来到对面山坡一个不起眼的小鱼窝前。小鱼窝四周长满了灌木丛和杂草。鱼窝上面大约三分之二的面积，随意架着木条和竹竿，形成一个透光透风又透气的凉棚。因长年日晒雨淋，木条和竹竿已干枯腐朽。透过凉棚的缝隙和敞开的地方，我们看到了四条硕大的草鱼，其中最大的那条便是大名鼎鼎的“鱼王”。在光影斑驳的清澈水中，“鱼王”体态健壮，线条优美，色泽光亮，灵活生猛。庞俊匀说，这条“鱼王”已有32岁，体重五十多斤，是六万大山寿命最长重量最重的一条山泉水草鱼。

1988年，庞俊匀两岁的时候，父亲庞承锋在小鱼窝里放养了一批草鱼。草鱼长大后，大多被吃掉或卖掉，其中有四条留了下来。年复一年，草鱼越长越大，全家人都对这几条鱼有了感情，再也舍不得卖掉。庞承锋是村里小学的民办教师，每天放学后，都要来到小鱼窝，看一看这几条鱼，在周边扯一把青草丢进鱼窝里。小俊匀长到四五岁的时候，更是把这几条鱼当成了宝贝，每天都要投草喂鱼。大草鱼似乎也有灵性，看到小俊匀拿着青草站在鱼窝边上，就会欢快地游过来，像是在欢迎自己的小主人。草鱼伴随着小俊匀一天天长大。因家里穷，为了让孩子读书，庞承锋也曾动过卖掉这几条大鱼的念头，但最终还是没有卖。最担心大草鱼被卖掉的是小俊匀，每到春节，有外地人来收购草鱼，他就会守住小鱼窝，不许任何人把那几条大草鱼卖掉。有一年春节前，他居然在小鱼窝守了三四天，直到父亲保证不把这几条大鱼卖掉才肯离开。

天有不测风云。有一年许多鱼窝里的鱼都染病了，当地人叫“发鱼瘟”，放养的鱼成片成片地死去。大人们眉头紧蹙，束手无策。小俊匀急得坐卧不安，守着小鱼窝不知如何是好！一天偶然听说苦楝树的叶子可以治鱼瘟，他便急匆匆地去找苦楝树。他采回一大堆苦楝树叶，通通投进了鱼窝里，心里默默祈念着药到病除，鱼儿们转危为安。第二天天刚蒙蒙亮，小俊匀就一骨碌地爬起床，飞快地跑到鱼窝看鱼。这一看，整个人都傻了。鱼窝里，一大片草鱼都白花花地翻了白，有的还在痛苦地扭动挣扎着。他用力擦了擦溢满泪水的眼睛，跳到水里寻找那几条大鱼，看看死了没有。在小鱼窝的一角，他看到了四条大鱼。令他欣喜万分的是，四条大鱼都没有死，活得好好的，而且一改前几天蔫巴巴的样子，又变得生猛起来。看来，苦楝树叶起作用了。可惜的是，那些年龄小的鱼或许病得太重，或许承受不了这样的猛药，几乎全都翻白了。小俊匀飞快地跑回家，把这个好消息告诉父亲，全家人都乐得心里开了花！逃过这一次大劫难，四条大草鱼平安地活到现在，长成了“鱼王”。前几年，一位玉林市兴业县的石材老板慕名专程前来，开价一万元要买走最大的“鱼王”，作为观赏鱼供养起来，寓意生意旺旺、年年有余。但全家人客气地回绝了。

草鱼的寿命一般为七八年。六万大山的草鱼生活在清凉的山泉水中，新陈代谢慢，生长也就慢，比起那些池塘喂养的草鱼和大江大河的野生草鱼，寿命要长得多。庞俊匀家的这条“鱼王”，至今已活了32岁，是草鱼正常寿命的四倍，是真正的“老寿星”了。在六万大山，许多人家的鱼窝里都养有十几二十年的草鱼。

中午，我们随庞俊匀来到他的鱼王山庄。鱼王山庄位于半山腰的溪流边上，下面就是两个小鱼窝，数十条生猛的大草鱼在清澈的水里游弋着。在鱼王山庄大堂的墙壁上，挂着几幅中央电视台前来拍摄“鱼王”的大幅照片。庞俊匀家养有六万大山最大“鱼王”的消息传开后，松木水村也成了远近闻名的“鱼王村”。这条“鱼王”也成了全国各类媒体热捧的“明星”。中央电视台《致富经》《科技苑》《每日农经》《美丽乡村行》等栏目曾多次前来拍摄报道官垌草鱼养殖情况，每次报道，都少不了“鱼王”的丰姿。庞俊匀抱着“鱼王”的照片也成为代言官垌山泉水草鱼的经典照片。

庞俊匀特意为我们安排了全鱼宴午餐。这是用山庄小鱼窝里捞起的一条十多斤重的大草鱼精心烹制的。全鱼宴也称为“一鱼十吃”，即一条鱼烹制成十道菜、十种吃法。每道菜都有自己独特的味道，每“一吃”都让人唇齿留香。全鱼宴让人真切体验到了什么是舌尖上的享受。

我们边吃边聊，在轻松愉快的饭桌上，我们对庞俊匀的人生经历有了更多的了解。2007年庞俊匀在福旺职教中心职校毕业。或许是对养鱼有着特殊的情感，或许因为有过养鱼经验而心中有底，庞俊匀刚毕业就把母校的鱼塘承包下来，开始了迈向社会的第一步。福旺镇与官垌镇紧邻，都属于六万大山地区。虽然承包鱼塘颇为顺风顺水，收入不错，但年轻的庞俊匀终究不甘心永远留在大山之中。2009年，像许多年轻人一样，他毅然离开家乡，来到陌生的深圳打工。他凭着中等职业教育学历、强壮的身体和不怕吃苦的精神，受到了用人单位的欢迎。他做过工厂工人、汽车销售员，还做过消防员和保安。但在深圳这个“打工者的天堂”里，他却有一种漂泊无依的感觉，总是找不到能让心里踏实的归属感。闯荡两年后，他又回到了熟悉的六万大山。他明白了，他是属于大山的，就像一只山鹰，只有高山才是最适合自己的狩猎场和栖息地。他一回来就被聘为官垌镇派出所的一名兼职辅警。他有过外出打工的经历，身材高大强壮，又是当地人，对当地小偷、刑满释放人员等又十分熟悉，因此做兼职辅警得心应手、表现突出，他管辖的区域治安状况明显好转。不久他被选担任村委团支书，没多久又被村民们选为村委主任。经过一番淬炼，此时的庞俊匀早已不是几年前未曾走出过大山的青涩少年，而是蜕变成一只真正的山鹰了。

庞俊匀把目光转向了祖祖辈辈繁衍生息的六万大山，他要把这座大山蕴藏的宝物挖掘出来，推销出去。山泉草鱼、八角林香土鸡、生态鹅、生态鸭、生态茶、生态竹笋、野生灵芝、八角香料、农家腊肉、富硒大米、石磨米粉、无公害水果蔬菜等等。他注册成立了官垌镇正农生态农产品有限公司，由一名村干部转身成为董事长，从此又开启了新的人生旅程。他经营的那些带着山野气息和八角芳香的土特产品，源源不断地远销到了山外，受到了外地人的喜爱。

离开鱼王山庄，我们驱车来到官垌镇上。在武思江边解放北路的一栋楼房前，我们见到了山泉官垌鱼产销专业合作社理事长张振寿。走进一楼大厅，一面墙上挂满了各种各样的荣誉奖牌和证照。年过五旬的张振寿个头不高，身体壮实，短发花白，穿着T恤衫、大短裤，脚穿凉鞋，活脱脱一副农民模样，但实际上他却是一个地地道道的大学毕业生，一个曾在基层工作过十年的国家干部。他是浦北商界一个颇有传奇色彩的人物。县科协主席容钊与他有工作上的联系，彼此熟悉，谈起话来气氛轻松，开门见山。张振寿十分健谈，也很坦率。在他简朴的办公室坐下后，他就爽快地为我们讲述他的人生故事。

张振寿1986年毕业于广西农学院农学专业，原被分配到灵山县，自己要求分回浦北县。到浦北县农业局报到后，他被安排回到家乡，在只有三个人的乡农业站做一名技术员。那时候分配到乡镇工作的大学生还非常少，但张振寿没有怨言，在这里一干就是十年。他回来的第二年父亲就病重去世了。他共有六个兄弟，没有姐妹，他排行老二，是全家唯一领工资的人，因此全家的重担就落在了他的肩上。微薄的工资收入，除了自己生活，还要照顾两个弟弟和大哥的孩子读书，日子过得十分窘迫。1996年，因为工作和个人原因，他毅然辞去公职。这一年，他34岁。一个拥有大学本科文凭的国家干部辞去公职，许多人都感到惋惜和难以理解，这件事也成为当地一大新闻。这个重大决定，意味着他一下子失去了基本的生活保障。但他已没有退路，也不能再犹豫等待。他利用自己扎实的专业知识和丰富的工作经验，四处推销农作物种子。他的大学同学大多在农业部门或科研机构工作，知道他的情况后，也伸出援手，尽可能帮他的忙。但这项工作没能给他带来多少收入，不足以养家糊口。后经熟人介绍，他到深圳给一家企业老板当助手，工资相当丰厚，是他当国家干部时的好几倍。但他受不了要经常陪客户喝酒，刚做几个月便辞职不干了。

张振寿又回到自己的家乡。在四处奔波的时候，他一直都在思考和抉择。他从六万大山的小鱼窝中，敏锐地看到了潜藏的商机。他投入所有积蓄，毫不犹豫地加入小窝养鱼的行列。科班出身的他，比一般农民懂得更多的养鱼知识和方法，他养的鱼品质更好，产量更高。几年下来，他的口袋渐渐鼓起来了。他在镇上买地建楼，把公司牌子也挂到了这里。他过上了过去想都不敢想的生活。2003年，经过深思熟虑，他又做出一个重要决定：牵头成立官垌鱼养殖协会。他要把分散在各个村寨的养鱼户组织起来，实行分散养殖，集约经营，统一销售，抱团出海。他要把官垌泉水鱼的产业做大做强，为自己也为乡亲们创出一条增收致富的新路子。

过去的鱼窝，大多是天然形成的窝坑，只是稍作挖掘修整并在下游出水口安装栅栏即可。随着经济条件的好转和人们对官垌泉水鱼需求量的不断增加，张振寿指导和引领养殖户对部分小鱼窝进行改造。改造后的鱼窝，不仅更加坚固安全，经得起山洪冲击，还使得流经鱼窝的山泉水更加畅通，对鱼窝的冲刷更加干净，水质保持得更好。鱼窝加深，空间扩大，还可以放养更多的草鱼，从而提高每个鱼窝的产量。

张振寿头脑聪明灵活，不仅善于经营管理，还善于钻研技术。他潜心研制的“卧式无损伤活鱼捕捞装置”“立式无损伤活鱼捕捞装置”“并排无损伤活鱼运输装置（移动式小池塘）”“车载用活体水产物无损伤运输装置”等，相继获得国家实用新型专利证书。他的专利技术，有效解决了活鱼捕捞、远距离运输保鲜等大难题。现在，他的官垌草鱼销售点已开设到了南宁、钦州、玉林等地，几百公里外的人们，都可以就近买到正宗的活蹦乱跳的官垌草鱼了。“做月饼是一个月的生意，官垌鱼是365天的生意。”张振寿十分自豪地说。

张振寿成功了。他打造的示范养殖场相继获得“广西无公害淡水养殖草鱼示范基地”“农业部水产健康养殖示范场”等称号。2010年“官垌草鱼”获评国家农产品地理标志登记保护品牌。张振寿本人也先后获得广西“科技种养大王”“全国科普惠农兴村带头人”等荣誉头衔。他成了农业和商界的知名人士，各种活动的邀请也多了起来。他最难忘的一次经历，是2010年获选大陆首批十九位农业领域带头人赴台湾省进行为期十天的培训。这是由广西农学会和台湾省农会联合举办的大陆农民台湾培训班。十天的课堂授课和实地考察，给张振寿留下了深刻的印象，尤其是台湾省休闲农业、生态农业以及组织管理方式等，极大地拓展了张振寿的视野和思路，为他的合作社发展提供了有益的启示和借鉴。

采访过程中，不断有养殖户打电话给张振寿，还有客商等着同他谈生意上的事。为了不影响他的工作，下午三点多我们就告辞了。张振寿表示歉意，送我们上车后，就匆匆赶去和养殖户们见面了。

在返回县城的路上，我的脑海里一直交替叠印着庞俊匀和张振寿的身影，心里不由自主地涌起一阵阵感慨。我在想，千百年来，世世代代居住在六万大山的乡亲们都是靠山吃山、靠水吃水，但始终未能摆脱贫困的命运，他们似乎已习惯和适应了这样的命运。接受过大学教育的张振寿，有过外出闯荡经历的庞俊匀，也是喝六万大山泉水长大的，也是靠山吃山、靠水吃水，但他们的生活与祖祖辈辈却迥然不同。他们的生活与命运，一头连着丰饶的大山，一头连着外面多彩的世界。他们以一种全新的方式，书写着自己的人生故事，也昭示着古老的六万大山已然觉醒。

（原载《愿风吹我到钦州》，文汇出版社，2020年出版；《西部散文选刊》2021年第3期）

# 相思湖情结

# 昆仑无语自巍峨

在广西政界、新闻界、文学界、学术界、出版界、企业界等，我们可以列举出一长串成绩卓著的党政领导、编辑、记者、作家、诗人、学者、厂长、经理等风云人物的名单，这些风云人物都有过一段相同的人生履历：在广西民族学院中文系接受过一生中最重要的“洗礼”。当人们瞩目于这些风云人物的显赫业绩、追寻他们成功足迹的时候，不能不把钦敬的目光投向培养过他们的母校，投向在神圣的讲坛上默默耕耘了几十年的可亲可敬的师长们。

中文系是广西民族学院16个系部中最大的系之一，也是拥有教授、副教授最多的文科系之一。限于篇幅，我们在这里不可能全面描述和展示该系全体教师的实力风采，只对12位教授的某些侧面做一简略介绍和评述，权当在气象万千的名山大川里做一次走马观花式的浏览。

淡泊权位，潜心治学，是中文系教授们的一个共同特点。中文系的教授们几乎都是一走出大学校门就执起了教鞭，而且一执就是几十年。他们以“传道、授业、解惑”为天职，日伴粉尘，夜伴孤灯，寒来暑往，默默耕耘，把自己的一生都奉献给了学生，奉献给了祖国的教育事业。

农学冠，一位在相思湖畔任教37年的壮族教授，数十年来一直醉心于民族民间文学的搜集、整理和研究，至今已发表作品、论文100多篇，出版专著多部。其代表性论文《壮族歌圩的源流》《〈密洛陀〉与瑶族文化》《广西民俗学概览》《刘三姐文化初论》以及合作出版的《瑶族文学史》《壮族文学概要》《广西通志·民俗志》等专著，是广西社科界新时期以来优秀成果的重要组成部分，同时也奠定了农学冠教授作为一位民族民间文学专家的学术地位。

朱慧珍，全国屈指可数的苗族女教授之一，长期从事文艺理论的教学和研究，二十世纪八十年代又把研究领域延伸至美学领域，尤其在少数民族美学研究方面卓有建树。她的《试论侗族民歌的艺术特色》《从侗族民间文学看侗族人民的审美观》《巍巍鼓楼侗乡情——侗族风情与审美》等一系列论文和《侗族民间文艺美论》等论著，不仅拓宽了美学的研究领域，同时也填补了侗族文艺美学研究的空白。以朱慧珍少数民族女性学者的身份，她有许多从政的机会，并曾一度被推上学院党委委员、宣传部长的位置，但她终因舍弃不了自己所钟爱的教学和研究，坚决辞掉了这些耗去她主要精力和时间的职务，回到中文系甘做一名讲坛上的耕耘者。1993年她被国务院授予“有突出贡献专家”称号并享受国务院政府特殊津贴。

谈起中文系教授的宁静淡泊，不能不谈到老教授黄振中先生。经上级党委批准，中文系第一次举行民主选举系主任试点，许多人推荐黄振中为系主任候选人，黄老先生当即站起来宣布：“大家不要选我，我这个人没有别的长处，唯一的长处就是有自知之明，我很清楚自己不是当官的料，最大的官只能当个教研室主任。”话音刚落，会场里一片笑声。众人尊重他的意愿，最终没有推荐他为候选人。但这位自称当不了官的人，却在古典文学、古籍整理、中学语文教学法的天地里纵横驰骋，吐纳风云。他主编的《中学语文教学法》被确定为广西师范类院校的通用教材。由他担纲主持搜集、整理、校注、审订的大型古籍丛书“桂苑书林丛书”（计划出版60种，现已出版18种32册，计900多万字），则是广西文化界的一项浩大工程。这一工程的实施，无论在规模、难度、整理水准等方面，都令全国同行刮目相看。他虽已于几年前退休，但仍是老骥伏枥，壮心不已，继续埋头书斋，孜孜不倦地完成着他的世纪性文化工程，绝无晚年空虚之感。

有人说过：理论都是灰色的，生活之树常青。其实，理论并不都是灰色的，也并不都是高深莫测的，主讲文艺理论和马列主义文论的覃伊平教授在实践中证明了这一点。他不是泛泛地“坐而论道”，也不是躲在象牙塔里做纯理论的研究，而是理论联系实际，关注文艺界的发展动态。他用马列主义文艺理论做指导，对许多新老作家的作品进行实事求是的评鉴分析，对广西民族文学的创作走势进行认真深入的探讨。他的《“显出中国人的特点来”——鲁迅论文学艺术的民族特点》《艰难的起飞——当代壮族文学概评》《广西民族文学创作几个问题的思索》等论文，曾在广西文学界产生过积极影响；他的专著《〈聊斋志异〉赏析》则受到行家的好评。他是广西文坛一位受人敬重的知名评论家，许多年轻的作家、诗人都把他当成良师益友。

年逾古稀的梁其彦教授一生清贫，但在学识和精神生活上却是富有的。这位自小即深受古典文学熏陶和现代作家影响的农家子弟，一生痴爱文学，并与文学结下了不解之缘。早在1948年，他的《马儿沟之夜》

就在桂林荣获全国抗日战争短篇小说奖第二名；1964年在《人民文学》上发表的万字长篇散文《山谷里的侗家》，再度引起文坛的注意。由于众所周知的原因，正处在人生盛年的他曾辍笔十多年。之后，他应邀参与权威工具书《辞源》的修订工作，动笔撰写和修订词目一千多条。继而把主要精力用于当代文学研究上，代表论文有《侗族作家苗延秀的创作道路及其〈大苗山交响曲〉》等。他最早把台港文学介绍给相思湖的弟子们。1979年，他与全国同行共同发起成立中国当代文学研究会，并当选为首任副会长。他还写新诗、旧体诗和楹联，他应横县人民政府之邀撰写的碑文《秦少游评传》《重修海棠桥碑记》等，已刻石立碑，留传后世。

在中文系教授群中，徐治平是较年轻的一位，也是同时在创作和理论研究上均取得骄人成绩的一位，是典型的学者兼作家。他的三本散文集《在金笋丛生的地方》《海灯法师弟子在边关》《边境八万里》，使他成为一位享有盛誉的散文作家；他的三部理论专著《散文美学论》《散文诗美学论》《当代散文艺术论》，又使他成为一位名副其实的学者。他的散文作品因在全国许多报刊发表并被多种权威选本选入而产生较广泛的影响；他的理论专著因在散文、散文诗研究领域具有筚路蓝缕之功而受到林非、范培松、柯蓝等著名学者和诗人的高度评价。因此，他于1990年、1994年先后被破格晋升为副教授、教授，应是情理之中的事；1994年被自治区人民政府授予“有突出贡献科技人员”称号，亦属当之无愧！

中华人民共和国成立以来，写作课在高等教育中一直不受重视，有人认为写作有“术”无“学”，难与传统学科并肩而立，而且教写作又苦又累，许多原来从事写作教学的人纷纷“转业”他去。而林士良教授、梁成林教授却坚信写作不仅有“术”，而且有“学”，因而对这一学科情有独钟，不怕苦和累，一头扎进去就是三十多年。林士良在第一次举行民主选举系主任试点时当选为中文系主任，后相继被提拔为广西民族学院副院长、广西师范学院院长。梁成林接替林士良担任写作教研室主任，继续孜孜不倦地从事写作教学与研究。他审阅和批改过的学生作文，恐怕不能以篇数而只能以公斤来计算。他主编了《写作知识》《应用写作教程》《应用写作》《应用写作新论》等教材。他以自己的教学实践和研究成果显示了写作学科的强大生命力。他担任中文系党总支书记后，仍一如既往地继续着他的讲台生涯，继续在孤灯下精心批改着那些年轻而稚嫩的学生作文。他把一生都奉献给了学生和写作学。

现任系主任朱文雄教授则在现代汉语的天地里拼洒了三十多年心血。他讲授的现代汉语课，始终是最受学生欢迎的课程之一，曾获广西民族学院1978—1988年首届教学质量优秀成果奖。相对于某些学科来说，在现代汉语领域里出研究成果要困难得多，这不仅因为该领域已产生过许多泰山北斗，还因为这门基础中的基础学科理论体系严密而稳定，不容易“钻空子”。敏于思考的朱文雄教授决定不步前人后尘，而是另辟蹊径，发挥自我优势。除主编出版《现代汉语》教材外，他针对南方人尤其是壮族人说普通话遇到的问题，撰写了《广西人与北京音》《论壮族人学习汉语语音》《谈壮族人学习汉语语法》等一系列论文。其编著的《中学语法新解》，是阐释新教学语法的一部重要论著，对改进中学和师范院校的语法教学具有积极的推动作用。值得一提的是，毕业于天津南开大学中文系，原籍广东汕头的朱文雄教授，曾多次受到条件优越的汕头大学的邀请，但每次他都是淡淡地一笑置之。1990年当他应邀作为客座教授赴美国威斯康星大学讲授汉语和中国文化的时候，正是出国定居风盛行之时，许多人纷纷猜测他是否会按时回来。正当人们疑惑日深之际，任教满一年的他却风尘仆仆地回来了。没有后悔，没有遗憾，因为他的根在中国，他的事业在中国，他不在乎也不羡慕美国的那张“绿卡”。

王宗孟教授二十世纪五十年代就读于北京大学的时候，曾师从语言学大师王力先生和岑麒祥先生。大概是受这两位大师的影响和启发，几十年来他对方言、古汉语和音韵学始终怀着浓厚的兴趣。近年来，他把主攻方向对准了自己家乡的保留着许多“古风古韵”的廉州方言，撰写了《廉州话词汇底层的语音分析》《廉州话的声韵调》等重要论文，受到同行专家的重视和高度评价。他的《语言学概论问答》作为大学自学考试教材，受到了学员的普遍欢迎。他参与整理的古籍《粤西诗载校注》《粤西文载校点》等，是一项高难度、高质量的工作。有趣的是，这位搞古汉语的“老夫子”，却是一位身手矫健的乒乓球健将，同时又是学院合唱队的“首席指挥”，绝非某些电影电视中的那种呆头呆脑的“老夫子”形象。

老教授黄盛陆，早年考入西南联大，后毕业于北京大学，是这两所名校众多优秀弟子中的一位。他治学严谨，为人谦虚低调，不事张扬。他在研究曹操父子诗歌方面卓有建树，在参与修订《辞源》及古籍整理方面成绩突出。他还以浓厚的兴趣研究中国古代车子，并以翔实的考据和周密的论证写出长篇论文《关于我国古代的车子》，成为研究我国古代车子的一位专家。

来自花山脚下的吴立德教授，在主讲“中国现代文学史”“鲁迅研究”等课程的同时，念念不忘自己的壮族身份，曾组织带领学生赴宁明县搜集千古之谜花山壁画的民间文学资料，整理发表了一大批有关花山的民间文学作品。他对壮族近代女作家曾平澜散佚的作品和资料进行艰苦细致的搜集和研究，写成论文《壮族女作家曾平澜和她的诗歌创作》，1991年《平澜诗集》重版时，该论文被全文收入作为代序。他任副主编或参与编著的《中国少数民族现代文学》《中国现代文学史新编》等著作，被十多所高校用作教材。他的研究论文《国统区抗日进步演剧活动的空前大检阅——一九四四年“西南剧展”》《鲁迅杂文的艺术魅力》《鲁迅对“国民性”的批判与弘扬》《论秦似抗战时期的杂文》等，使他在规模宏大的现代文学研究中融入了自己的声音。

梁超然教授自1963年起即在中文系任教（其间于1986年至1988年曾借调西北大学中文系任硕士生导师），先后任中文系副主任、主任、名誉主任。他现有许多“官衔”——自治区政协副主席、民盟中央委员、民盟广西区委副主委、自治区通志馆副馆长等，但他骨子里却是一位地地道道的学者。早在读大学二年级的时候，他就在全国性刊物《文学评论》上发表论文《陈子昂的时代与古代浪漫主义特征问题》，从此步入古典文学研究的殿堂。1965年12月，当红极一时的姚文元充当批判新编历史剧《海瑞罢官》急先锋的时候，年轻气盛的他打破沉默，秉笔撰写了《〈海瑞罢官〉·海瑞·历史题材文学作品·历史主义——就批评方法与姚文元辩论》一文，直言不讳地驳斥姚文元的文章，显示了一个中国知识分子的正直品格和骨气。结果是可想而知的，他由一个大学教师一下子变成一名农场工人，直至1978年才彻底平反。新时期以来，他潜心于唐宋文学尤其是晚唐文学研究，成果丰硕，造诣精深，现已出版《李贺诗歌赏析》《八桂诗人论及其它》《传统文化沉思录》等专著，在全国性及省级报刊发表论文60多篇，总计100多万字，有五项成果获全国或省部级奖励。除古典文学研究外，也涉足当代文艺评论，并成为一支引人注目的“利笔”。其以“迟樨”为笔名撰写的评《丑陋的中国人》、电视政论片《河殇》的文章及总题为《坛外杂话》的60多篇系列文艺随笔，分别在全国性报刊陆续发表后，许多篇章又被多种报刊转载，影响广泛。后来这些文章和随笔结集为《文艺沉思录》一书出版，多家报刊又发表专文予以评介。他于1992年10月荣膺国务院颁发的有突出贡献专家特殊津贴，同年12月被评为广西优秀专家，1993年奉命调任广西通志馆副馆长。

桃李芬芳因雨露，昆仑无语自巍峨。中文系教授们以数十年辛劳和无私奉献铸就的辉煌，将永远载于广西民族学院的史册上，并将不断激励和启迪着相思湖的年轻学子。

（1995年5月·相思湖畔）

# 办公室主任的酸甜苦辣

在许多人眼里，当个办公室主任是挺“风光”的：既可整天接触本单位的领导，又有机会和社会上大大小小的领导们打交道……然而，我当了三年办公室主任，却没有多少“风光”的感觉，倒是尝到了许多酸甜苦辣。在这里只想坦诚地谈一些心里的感受——或许，这也可算一种“交流”吧。

我原是在中文系做教师的，已整整站了十年讲台。1992年10月调任广西民族学院院长办公室主任，同年底评上了副教授。其时刚三十出头，是学院同级干部中最年轻的，也是最年轻的副教授之一。要说“风光”，这时候还是有一点“风光”的。但很快就发现，办公室主任是全院最忙，也是最出力不讨好的角色之一，简直就是一份苦差事，脑瓜子整天被工作塞满着，连看看报纸的时间都没有，那种“一杯茶一支烟，一张报纸看半天”的悠然自在是绝对体验不到的。

先说“甜”。一所大学就是一个小社会。有人说办公室是“上管天堂，下管茅房”，看来一点也不夸张。但是，当你带着一班人马做到忙而不乱、繁而有序的时候；当你的一些建议被领导采纳并付诸实施的时候；当某件互相扯皮、久拖不决的事情因你的协调和督促而得到解决的时候；当你连夜赶写出一份重要文件或重要材料，对着临窗的旭日点燃一支烟的时候；当你在接待中看到上级领导或客人高兴而来、满意而归的时候：心里往往都会油然而生一种甜甜的感觉、一种轻松愉悦的快意！

有一件事，我至今回想起来还有一种兴奋之感。一位富有爱心的台湾实业家徐新田先生有意在广西设立一个基金会资助教育。消息传出，多家单位纷纷前往联系洽谈。我院领导知道消息较晚，为不失去机会，立即通过与徐先生有业务关系的熟人，热情邀请徐先生前来我院考察。临走时，徐先生要我们尽快拿出方案，以便让他比较并做出决定。学院领导把这项紧急任务交给了我。我不敢有丝毫懈怠，三四天的时间就草拟出七份文件和相关材料，经领导反复讨论修改并请示上级主管部门同意后，仅一个星期就把这些文件和材料传真到了台湾。徐先生很赞赏我们的诚意、高效率和方案的可行性，一锤定音：基金会就设在我院。当他第二次来到我院的时候，就正式签订了协议书。根据协议书，徐先生个人和他的公司第一年无偿捐赠153万元人民币（当年已全部到位），第二年起每年捐赠不少于100万元人民币。因此事的圆满成功，我心里自有一种特别的高兴。

再说“苦”。办公室工作是一种幕后的从属性工作，很少有自己的独立性和计划性。经常是一件事还没做完，另一件事就来了。光是起草文件或写材料，就经常得办公室主任亲自动手，遇到重要而紧迫的汇报材料之类，就是不吃不睡也得按时赶出来，否则就会误事。此外，教职工和学生无论大事小事都要向你反映，诸如屋顶漏水了，下水道堵塞了，路灯不亮了，等等，经常下班后人还没到家，电话就打到家里来了。如今的高校，已不像过去那么封闭，与社会各界的合作与交往日益增加，因此，迎来送往也就成为办公室的一项十分重要的经常性工作，或曰“公关工作”。因要接待，不能按时下班已是家常便饭；有时午睡刚刚躺下，突然有客人来，就得立即爬起来接待。因此，午睡能好好睡上一觉往往已成了一种奢望，能不受任何干扰地睡上一整天，那简直是一种莫大的幸福了。

三说“辣”。工作中总遇到一些很棘手很头疼的事情，比如因公路扩建，部分房屋被拆除，机关办公用屋要调整，于是矛头就对着你了。想多要房子的，不愿腾出来的，分到一楼想调到二楼的，分到小间想调到大间的，光线暗一点想调到光线亮一点的，等等。又如学院禁止划拳猜码。一次晚上路过一家小食店，一拨子人喊得天翻地覆，严重影响到附近教学楼的学生晚自习。我走过去制止，一位吃客醉态朦胧，一步冲上前来，满身酒气而恶狠狠地挑衅道：“你算老几？我就要猜，你能怎么样？”幸有一保卫干事在场，一把扯住他说：“这是院办主任，你别乱来！”硬把他摁回座位上，他边吼叫边挣扎着还想冲过来。我找到店主，警告说：“你再允许他们在这里猜码，我就按学院规定处罚你！”店主只好出面劝说，乱哄哄的场面才渐渐平静下来。诸如此类的事，虽不是经常发生，但一旦遇到，也够你受的了。

四说“酸”。无论主任或秘书，受点委屈是常有的事，有时秘书办事拖拉，该办的事没有及时办，或忘了办，领导查问下来，少不了吃批评，责任虽然在秘书，但管秘书的主任也跑不了。有时领导事情太多、太忙，把会上做过的决定给忘了，办公室按决定执行了，效果不好，说是办公室自作主张，没有请示领导。不得已，找出会议记录，才澄清责任不在办公室。每当这种时候，你只好委屈一点了，“有则改之，无则加勉”就是了。许多时候，为了维护领导威信或保护部下的积极性，办公室主任还得主动承担一些不属于自己或不完全属于自己的责任，这是“角色”所决定的。

（原载《领导广角》1996年第2期）

# 绿意盎然的“野草”

恢复高考后走进大学校园的我们这一代人，在桎梏开始打破的时候，有着太多积压已久的郁闷要倾诉，有着太多潜藏在心底的情感要抒发，有着太多过去不敢公开说出的想法要表达，而文学则是一种最好的宣泄形式。校园里的我们也按捺不住内心的躁动与不安，开始提起生涩而饱含激情的笔！

在广西民族学院，以中文系77级学生为主体的文学爱好者们首先发起成立了相思湖畔的第一个文学社——石笋文学社（我是其中的成员）。紧接着，中文系78（2）班的野草文学社也破土而出了。

野草文学社的成立，是与一个人的名字分不开的，那就是我们的班主任袁广达老师。毕业于中山大学的袁老师是一位作家，曾长期在出版社做编辑。“文革”中被下放到县里打杂，后抽调到钦州地区粤剧团当编剧。1979年他调到广西民族学院就接任我们的班主任。袁老师高高瘦瘦的，话语不多，温文尔雅，待人诚挚而热情。在他的积极倡议和具体指导下，于当年10月15日成立了文学社筹委会，班长韦航为主任，容本镇、黄志刚为副主任。经过一段时间的筹备，野草文学社于1980年1月5日正式宣告成立。

文学社下设5个组，即编辑组、写作组、评论组、民间文学组、版面美术组。文学社不设社长，实际工作由5个组长共同负责，墙报也由5个组轮流编辑出版。聘请当代文学教研室主任梁其彦、写作教研室主任林士良、班主任袁广达3位老师为文学社顾问。

关于文学社的名称，曾反复斟酌了很久。记得一次晚自习后，我和黄志刚、李俊、廖振斌、张频等八九个人在教室外面的阳台上一直议到凌晨1时多，最后才确定为“野草”。一是鲁迅有名著《野草》，寓意继承鲁迅的传统和精神；二是野草生命力顽强，“野火烧不尽，春风吹又生”；三是我们这些人大都来自高山或田野，就像野草一样平凡和质朴。

为了让文学社有自己鲜明的标记，我们专门到学校印刷厂请工人师傅铸造了一枚重达半斤多的有“广西民族学院中文系野草文学社稿纸”字样的铅印。至今，我还珍藏着这枚记录了我们青春步履的铅印。

野草文学社成立后，班里形成了十分浓厚的创作风气，会员间互相传阅和评改作品，切磋写作技法，交流写作心得，一起到郊外观察和体验生活，等等。通过这些活动，还增进了同学之间的沟通、了解和友谊。

文学社还经常邀请校外作家和报刊编辑来讲课或做报告。那时的作家们很随和，没什么架子，也不提什么报酬。每次我们去接他们时，来回都是坐公共汽车。有时到了吃饭时间，就找个饭盒，一起到学生食堂去打饭。回想起当时的情景，我心里仍然十分感动！

文学社最重要的一项活动内容，就是出版墙报。那时候别说电脑，就连机械打字机也是稀罕物，刻蜡纸印小报也没有条件去做。不过那时的墙报特别引人注目，每出一期都吸引着里三层外三层的人去阅读或看热闹，或褒或贬，或笑或骂，议论纷纷，甚至成为宿舍里的热门话题，真可谓极尽一时之盛。有的报刊编辑还闻讯前来选取稿件。如今那些把版面弄得花里胡哨的墙报，绝对没有我们当年那样风光！

由于我们坚持出版墙报和开展各种文学活动，因此，“野草”成为当时校园里最有影响且为人们所津津乐道的文学社团之一。我们毕业后，“野草”也完成了自己的使命，但它在相思湖畔所留下的影响却是深远的。由“石笋”和“野草”开创的文学社团的传统，一直延续至今。我留校20年，就曾做过不同时期的不少文学社团的指导老师或顾问。

更值得欣慰的是，当年野草文学社的成员，都已成为各自单位里的中坚力量，其中不少人则始终怀着对文学的深情与挚爱，20年来笔耕不辍，奋斗不息，最终跻身于作家的行列，成为令文坛瞩目的“相思湖作家群”的一员。

相思湖畔的野草，已蓬勃成了春天盎然的绿意！

（原载2002年6月9日《南国早报》）

# 归　队

近半个月来，一直忙于学校的事，神经绷紧得连饭都不想吃，几乎无暇顾及别的事。突然接到杨长勋的电话，说是最近要举行个“新桂军”讨论十周年活动，嘱我写篇随感式短文。

坦率地说，这些年来，我对那场讨论早已淡忘了。此刻，才又从悠远的记忆中回想起，十年前，广西文坛讨论“新桂军”的话题时，也曾有文章提到过我的名字。那时，我还是一个青年；那时，我的第一部长篇小说引出的一场不大不小的风波刚刚沉寂下来。但也是从那时起，我也沉寂了，或者说，我从文学的江湖中不声不响地消失了。这一消失就将近八年。

在近八年的时间里，我既不搞创作，也几乎不参加文学界的活动。缘由很多，工作的变动是其中一个重要原因。我原是一名自由自在的教师，除上课外，时间基本上由自己支配。但突然有一天，我却成了一个管秘书的秘书头。在做了近六年没白天黑夜的办公室主任后，机遇又让我上了高一级岗位。我也还在写，写了无数的文件和材料，但这些都与文学无关，我只是一名“刀笔吏”。我从一个充满热情和幻想的文学青年变成了一个忠于职守、勤勉而严谨的秘书和助手。我真的从文学的大千世界里隐退了，隐退得干净而彻底！

但在内心的深处，始终被文学牵挂着，始终割舍不下那份文学的热情。我有如一个躲在高山丛林里的离群索居者，时常窥视着文学世界的万千气象，窥视着意气风发的师友们源源不断地采摘着文学硕果时脸上荡漾着的喜悦。我有一种深深的失落感，我的心时常隐隐作痛。但人在江湖——另一种江湖——身不由己，只有让落寞和惆怅在夜深人静的时候漫溢在郁闷的心头。尽管朋友们没有忘记我，时常邀请我参加一些文学方面的活动，但只写过一本小说的自己老参加这样的活动，总感到羞愧，感到底气不足。我不想只做一个没有作品的文学活动家。于是，我尽量逃避这样的活动。但是，逃避不是放弃。我心底的热情还在，对文学的挚爱还在。在自我封闭了若干年后，我又悄悄地拿起了笔。但因种种原因，我没有接着往创作的路子走下去，尽管有一部长篇的提纲已在书架上搁了好几年。我暂时选择了评论。我又发出了自己的声音，尽管还很微弱。

我又悄悄地回到久违的文学圈子里，就像当年悄悄地离开一样。离群多年，终于又归队了。近几年来，我又常常看见了一个个熟悉的身影，近距离地感受到了一张张亲切的笑脸。德高望重的老一辈，如日中天的中年一辈，锐不可当的年轻一辈，故旧新知，师长同窗，他们没有另眼看待我这个曾经离队的逃兵，就像我从来不曾离开过一样。我有一种重归故里的感觉，一种温暖的、如沐春风的感觉。

命运曾让我游走在不同的领域，生活已赋予了我多彩的人生。在未来的日子里，我想，我应该沉下心来，写一点属于自己的东西了。在浩荡行进的“桂军”队伍里，也应该有我隐约的身影，即使不是扛枪的战士，至少也做一个呐喊的队员！

（原载2003年6月18日《广西民族报》）

# 服务首届中国-东盟博览会纪实

2003年10月8日，在印度尼西亚巴厘岛举行的第七次中国与东盟（10+1）领导人会议上，中国国务院总理温家宝建议，从2004年起，每年在中国广西南宁举办一次中国-东盟博览会（简称东博会）。这一建议得到了东盟各国领导人的普遍欢迎和积极响应，并写入会后发表的主席声明。看到这个重磅消息，作为分管外事工作的副校长，我心里突然有一种特别的激动与兴奋。在南宁市每年举办一次高层次高规格的国际博览会，无论对广西或对广西民族学院来说，都是一个千载难逢的机遇。我分别和梁颖书记、何龙群校长谈了我的想法，竟然是不谋而合。学校确定的三大办学定位是民族性、区域性、国际性，其中国际性主要是面向东盟。两位主要领导也很振奋，让我尽快组织制定一个服务中国-东盟博览会的方案，提交学校党委讨论。

2003年11月初，学校党委召开专门会议，就如何抓住机遇，充分利用广西民族学院的办学优势与特色，为中国-东盟博览会服务，实现学校新的跨越式发展的问题进行了重点研究。会议提出了一系列拓展办学特色，强化办学优势的新举措，如在原有四个非通用语专业的基础上增设印度尼西亚语、缅甸语本科专业；调整专业教学计划，培养适应中国-东盟自由贸易区建立和东博会需要的人才；成立非通用语公共教研室，在本科学生中开设作为第二外语的非通用语课程；成立“东盟国家语言培训中心”，为社会提供相关语言培训服务等。会议还审定了《服务中国-东盟博览会方案》。

中国-东盟博览会首次在南宁举办，需要大批高素质的服务人才。广西民族学院充分发挥自己的优势开展了三方面培训。一是东盟国家语言培训。从2004年3月开始，广西民族学院为服务行业和政府机构举办东盟国家语言培训班，参加培训的人员有500多人。二是志愿者培训。2004年9月，中国-东盟博览会秘书处和自治区教育厅授予广西民族学院“首届中国-东盟博览会指定语言文化培训机构”证书和牌匾。2004年10月，广西民族学院对参与东博会服务的大学生志愿者进行了接待礼仪、东盟知识、各种志愿服务等方面的培训，共青团广西区委书记、学校领导亲自做动员报告，东博会秘书处领导为志愿者授课。三是对本校教师进行培训。举办“双语教师”非通用外语培训班，20多名中青年骨干教师进行了越南语、泰语的学习。为配合中国-东盟博览会的举办，学校组织专家学者编写《东盟国家概况丛书》和《国际会展秘书实务》等实用性读本，并在东博会举办前夕由出版社正式出版发行。

2004年11月3—6日，首届中国-东盟博览会如期在南宁国际会展中心举行，同时举办中国-东盟商务与投资峰会和南宁国际民歌艺术节。根据“两会一节”组委会及志愿者协调总部的要求与安排，广西民族学院选送了大批高素质的志愿者和联络官、翻译官，提供了高水平的服务。

广西民族学院参加“两会一节”的志愿者均为专业志愿者，人数达1000多人，其中服务中国-东盟博览会的志愿者750人，服务中国-东盟商务与投资峰会的志愿者100人，服务南宁国际民歌艺术节的志愿者约200人，广西民族学院外国语学院85%的非通用语专业学生参加了志愿者活动。“两会一节”均为国际性盛会，选出高素质的志愿者是我们工作的重中之重，经过三次面试选拔，我们从3000多名报名者中遴选出1000多名专业志愿者，其中包括东南亚国家的留学生。还有15名来自东南亚小语种专业和英语专业的中青年教师被选拔为高级联络官和翻译官，参与接待外国政要以及翻译工作。

广西民族学院的学生志愿者在东博会期间，服务面广，涉及岗位多，包括接待参展的各国客商，机场、车站接待，开幕式和闭幕式会场服务，峰会会场服务，协助新闻采访，服务各国展览场所，各种应急服务，等等，各处都活跃着广西民族学院志愿者的身影。在自治区外事办、东博会秘书处、自治区各有关厅局、南宁市外事办等都抽调有广西民族学院的教师或学生参与相关工作。

志愿者倾情服务东博会，吃苦耐劳，不计任何报酬，以为国争光的精神无私奉献，如在各展览场馆的同学，既从事语言交流工作，又从事搬运等体力工作；不少同学凌晨四点就出发，晚上八九点才回到学校。中午吃快餐，有时忙起来连快餐都来不及吃。有些从事礼仪活动的女同学，穿着礼仪服装和高跟鞋，顶着烈日，按礼仪要求从早站到晚，一天工作结束后，累得连饭都不想吃。广西民族学院受命担任联络官、翻译官的教师一切从大局出发，不辞劳苦，不计名利，服从安排，以高度的敬业精神和良好的专业素养，尽心尽力做好联络与翻译工作，受到了外国政要、嘉宾和国内有关部门的普遍称赞和好评。

广西民族学院选派的专业志愿者也以热情友好的态度、吃苦耐劳的精神和较强的语言交流能力，赢得各国官员、参展客商的普遍赞誉。柬埔寨语专业的学生志愿者黄开快，在南宁国际会展中心的柬埔寨国家展馆做翻译，他的热忱服务，赢得了柬埔寨官员的赞许，柬埔寨文化艺术部部长把一枚刻有该国著名景点吴哥窟图案的银质胸章，亲手戴在他胸前；作为“两会一节”志愿者的代表，他接受了中央电视台的采访，在《新闻联播》上亮相。李家煜是越南语专业的学生志愿者，被安排在一家越南展厅做翻译，开始时越南展商担心他的越南语“不灵光”，不能准确表达他们的意思，对是否用小李做翻译犹豫不决，但一时又找不到越南语翻译，洽谈事宜迫在眉睫，只好“将就”了。按照“3+1”教学模式，小李曾赴越南留学一年，其间曾在越南从事翻译工作，对承担东博会的翻译，他信心十足。事实证明，小李出色地完成了翻译任务，越南展商对他的越南语表达能力和社交能力大为赞赏，非常希望以酬金方式聘他为专门翻译，小李却婉言谢绝了，表示我们志愿者是为整个东博会服务的，不收取酬金。南宁市服务“两会一节”接待部在写给广西民族学院外国语学院的感谢信中说：“他们能服从安排、积极工作、任劳任怨，很好地完成了各项工作任务，给前来参加‘两会一节’各项活动的外宾留下了非常深刻和美好的印象。”《人民日报》、中央电视台等新闻媒体报道了广西民族学院全力服务“两会一节”的情况。

东博会期间，越南国家副总理范加谦，老挝总理本南·沃拉芝夫人卡梦·沃拉芝，泰国国会议员、原交通部部长黄双财，等政要，先后到访广西民族学院。范加谦副总理得知越南已有1000多名留学生前来广西民族学院学习时，十分高兴，他在题词中写道：“我很高兴来到广西民族学院，广西民族学院的学习环境很好，学校发展得也很好，在教育方面也一定很好，培养了许多领导干部，希望越中大学加强交流合作，促进越中教育发展，祝广西民族学院发展得越来越好。”老挝总理夫人看望了

50多名正在广西民族学院留学的老挝学生，她在题词中说："首先感谢广西民族学院对我们访问的热情接待，我们很高兴了解到贵校悠久的历史，贵校发展得很好，我们也很高兴看到广西民族学院与老挝国立大学有很好的教育交流与合作。我们还要特别感谢中国政府和广西民族学院为老挝学生提供了良好教育。"泰国国会议员黄双财得知为他当翻译的是广西民族学院泰语专业的学生时，欣然率泰国政府代表团于11月4日到广西民族学院访问，他在题词中说："我和代表们到广西民族学院与学习泰语的学生见面后非常感动。中国学生十分注重泰语的学习，我们祝愿同学们学习进步，更上一层楼。"

还有个小插曲。东博会开幕的当天下午，学校国际交流处处长韦锦海告诉我，有位老朋友以私人身份专程到民院来看望我，已安排车子去接了。我到了国交处接待室没多久，老挝信息文化部副部长凯桥就来到了。我们一见面，就高兴地拥抱在一起。他说，我这次是以私人身份悄悄来见老朋友的，不是官方的安排，你们也不要报道。前两年，我曾接待过凯桥，还陪同他参观考察，我们一见如故，聊得很投缘，彼此都留下了愉快而深刻的印象。这次既然是以老朋友的身份见面，我们就按照他的要求，没有按官方礼仪来接待他，而是找了个幽静的地方，几个人围坐在石桌旁，轻松惬意地喝咖啡聊天。他对体育感兴趣，我们便带他去参观学校的田径场、体育馆等设施。他对我们的运动场馆很赞赏，表示回去后要选派羽毛球或乒乓球运动员到广西民族学院进行培训。我说："我们欢迎，一定做好安排。"晚上，我们安排在学校的红豆轩餐厅吃了个便餐，然后拥抱话别，送他回下榻的宾馆。

我们还承办了在广西民族学院举办的南宁国际民歌艺术节"绿城歌台"活动。来自意大利、印度、丹麦、加拿大、柬埔寨、新加坡、中国香港等国家和地区的艺术家们轮番登台献艺，中外艺术家同广西民族学院大学生艺术团一起同台演出并进行交流，以歌传情、以歌会友，扩大了广西民族学院的对外影响。

2004年12月5日，由中国-东盟博览局、共青团广西区委、自治区教育厅联合召开的“首届中国-东盟博览会志愿者表彰大会”在广西民族学院隆重举行，会上表彰了15个先进集体、500多名先进个人，广西民族学院55名同学获“首届中国-东盟博览会志愿服务者先进个人”称号，学校获“首届中国-东盟博览会志愿者组织先进集体”称号。

首届中国-东盟博览会取得了巨大成功，受到了国内外各界的高度评价，广西南宁市也因东博会的成功举办而为世界所瞩目。东博会期间，广西民族学院不仅选派了众多高素质的联络官、翻译官和大学生志愿者，而且承担了一系列重要活动和外事接待任务，学校以出色的表现和独特的贡献而受到普遍赞誉。

（2004年12月 · 相思湖畔）

# 守护绿色

或许是一种时间上的巧合，我的一生竟然与许多大事联系在一起：2008年是广西壮族自治区成立50周年，也是我出生50周年；2008年是改革开放30周年，也是我考上大学30年。

50年的时代变迁，50年的人生经历，自有许许多多值得回忆的往事，也有许许多多终生难忘的情景。我大半辈子从事教育事业，从事文学和文化研究，也曾获得过各种各样的荣誉，但我感触最深的却是一段与绿色有关的经历，最珍视的是我所获得的一枚绿化奖章。

1978年秋，我揣着大学录取通知书，告别生活了20年的南流江畔的家乡，第一次来到了陌生的首府南宁市，来到了位于南宁市西郊相思湖畔的广西民族大学（原广西民族学院），成为恢复高考后的第二届大学生。从此，我便在相思湖畔学习、工作和生活了30年，也与相思湖畔的绿色校园结下了不解之缘。

广西民族大学的校园里山坡起伏，林木茂盛，绿荫如盖，让人仿佛置身在郁郁葱葱的森林公园。在这个绿色的校园里，我从一名农家子弟变成一名年轻的大学生，又由年轻的大学生变成了一名教师。30个春秋寒暑，我伴随着这里的一草一木一同成长。因此，当我有机会亲自照看和管护这里的花草树木的时候，我是怀着一颗感恩的心、一份特殊的感情来从事这份工作的。

作为副校长，我主管校园绿化工作将近七年。当时曾有人说，让一个搞文学的人来管绿化，是不是有点“才非所用”？我却觉得这是对我情感上的一种照顾，是给我提供了一个难得的报效母校的机会。我从小就喜欢树木，喜欢原野里的绿色。我学的是文学，我要用一种文学的眼光、一种美学的观念来精心呵护这里的一草一木，我要把校园装扮得更加幽雅和美丽。我知道，要做到这一点，仅仅有一颗赤诚的心，仅仅有一股炽热的情感是不够的，我开始“恶补”植物和园林方面的知识，了解和掌握各种花草树木的习性；同时我每天都要在校园里转悠，校园里的每一个角落都留下了我的足迹。我细心观察着各种植物的分布和生长情况，直到闭上眼睛，都可以说出什么位置长着什么样的树。

校园里最大的特点是树木多，植物种类多。各种高大的松树、木棉树、樟树、玉兰树、凤凰树、扁桃树、红豆树、榕树、桉树、枫杨、茴香、丹桂、鸭脚木、四眼果、荔枝树、橄榄树、龙眼树、菠萝树、棕榈树等遍布整个校园，而且大多属于原生树种。放眼校园，到处都弥漫着浓郁的森林气息，到处都呈现纯朴宁静的大自然风貌。面对这一份大自然的恩赐，我们必须倍加珍惜和大力保护。我首先要求绿化管理部门停止砍伐那些已适应本土生长的所谓“杂树”“杂草”，一些不该用来耕种的地方停止耕种，恢复原有的植被。我反复强调，要充分尊重大自然的生命，要学会去欣赏和感受大自然的美，在大都市或大学校园里，各种人工制造的景观很多，而保持着天然野趣的植被却越来越稀少了。不能再随意地去破坏自然生态，要让校园里的花草树木恣意生长，自由枯荣。为了更好地保护校园里的自然生态，也是为了强化人们的环保意识，我亲自选定了两处体现着植物多样性的林地，分别设立了“亚热带自然林保护区”和“阴生植物园”。如今这“一区一园”已成为最富于原始生态特色的美丽而迷人的风景！

我喜欢在校园里漫步。晴天，看阳光在青翠欲滴的树叶上跳动并闪烁着绿色的光波；雨天，边呼吸着湿润清新的空气，边感受着雨水对树木的滋润！我最揪心的，是遇到台风、干旱和虫灾。有一年爆发了大面积松毛虫灾害，松枝上爬满了毛毛虫，有的松树几天时间就被啃光了叶子，我们用高压喷枪喷洒灭虫药，整整花了一个星期的时间。2006年一场突如其来的龙卷风，拦腰刮断了100多棵大树。目睹惨遭破坏的林木，让人有一种痛彻心扉的惋惜！我们没有把刮倒的大树清走，而是留在原地，随其自行腐朽，保持着一种自生自灭的原生状态。

原有的自然生态得到有效保护后，我们又开始规划种植一些有特色的树种。首先是红豆树，人们也习惯叫相思树。校园里有个湖，是因谢觉哉老人的诗句“还从湖畔觅相思”而被命名为相思湖的。那时湖畔生长着很多相思树。记得20年前著名作家丁玲、茹志鹃先后应邀来校讲学时，听说这里有红豆，就表示什么礼物都不要，只要红豆做纪念。当时没有准备，我只好动员女大学生们把平时捡拾珍藏的红豆捐献出来。两位女作家得到一小袋红豆后，十分高兴，当场吟诵起了那首著名的《相思》诗：“红豆生南国，春来发几枝。愿君多采撷，此物最相思。”但红豆树的自然繁殖能力不强，随着许多老树的枯死，已所剩不多了。没有了红豆树，相思湖就失去了特色，失去了浓郁的诗意。必须尽力保护并扩种红豆树！但寻遍了南宁市的苗木场都找不到树苗，我又派人到桂林、广东等地寻找，仍然一无所获。无奈之下，我让绿化管理人员试着用红豆来育苗。经过多次试验，终于培育成功了。于是校园里又多了几处连片的红豆林，现在有的已长到碗口般粗，一片蓬勃的生机。我们有一个愿望：谁想捡红豆，就要到相思湖来！

菩提树是我们精心引进的一个新品种。很多南宁人都知道，良凤江有个菩提山庄，是因那里有一棵高大茂盛的菩提树而得名的。菩提是一种热带树种，遍长于东南亚各国，生长期可达千年，但在南宁市却极少见到。我们引种的几十棵菩提，现在有的已高达数丈，枝繁叶茂，浓荫蔽日。今年初，崇左市大新县校友会特地从越南购买了两棵有着数十年树龄的大菩提树捐献给母校，种在图书馆前面的草坪上，为校园里的菩提树家族又增添了两个珍宝级的新成员。

我们还引种了许多校园里没有的新树种，如火焰木、柳树、黄槐、银杏、碧桃、大花紫薇和一些新的榕树品种等，使得校园里的植物品种更加丰富，多样性特点及立体绿化效果更加突出。

良好的生态环境，师生们环保意识的增强，也吸引了大批鸟儿的回归。在校园里可看到翠鸟、布谷鸟、喜鹊、麻雀、白鹭、黄鹂、白头翁等自由飞翔，就连在农村也很少见到的猫头鹰、斑鸠等也飞来校园的林中栖息，每到夜晚，常常听到猫头鹰的鸣叫。早晨醒来，清脆悦耳的鸟鸣声让人神清气爽。2007年4月19日上午，还有一只野生果子狸跑到化学与生态工程学院的办公室里躲避暴风雨，成为当天校园网上点击率很高的一条配图新闻。

皇天不负有心人。经过几代师生员工的悉心维护和努力建设，学校基本建成了“人与自然和谐共处、人文景点与自然生态浑然一体”的园林式生态校园。我是幸运的，在我主管校园绿化工作期间，各种荣誉接踵而来，广西设立的各种绿化荣誉称号，学校无一遗漏，并获得了“全国部门造林绿化‘400佳’单位”“全国绿化模范单位”两项国家级荣誉称号。2006年，我个人也被自治区绿化委员会授予了第1号“广西绿化奖章”。这枚奖章，既是对我的褒奖，也是对广西民族大学全体师生员工的褒奖。对我来说，其意义不在于奖励，更重要的是对我的一段人生履历的肯定与证明，是对我为实现一个绿色梦想而付出努力的肯定与证明。作为一名教师，一个文化人，能够拥有一段守护绿色的美好经历，能够把心中绿色的梦想变成绿色的现实，无疑是人生的一种运气，也是人生的一种幸福！

（原载2008年12月2日《广西日报》）

# 凝固在校园里的记忆

一个人在一个地方生活了31年，不管日子过得丰富多彩还是平淡无奇，这个地方都必定在他的生命中留下难以磨灭的痕迹与刻骨铭心的记忆。位于南宁市城西的相思湖，就是我度过了31年人生最美好年华的地方。我于1978年考入广西民族大学（原广西民族学院）时，刚好20岁，正是风华正茂的年纪，2009年调离时已是51岁，已过了“知天命”之年。母校风风雨雨60年，我陪伴她走过了一半的旅程。母校留给我的经历和记忆太丰富了，丰富得足够写一本厚厚的书。

31年，我亲历和见证了母校翻天覆地的变化和日新月异的发展，亲历和见证了母校从“学院”升格为“大学”的艰辛而壮美的过程。在母校的哺育和关爱下，我也从一名农家出身的年轻大学生一步一步地成长为一名大学教授和校级管理者。我的事业，我的情感，我的生命，早已和母校水乳般交融在一起，今生今世再也无法分离。

往事并不如烟。今年是母校60华诞，回首过去，那些并不遥远的往事又清晰地浮现在眼前。但我无法在这篇文章中把所有亲历的往事都一一叙写出来，只能选取一些往事的片段进行概略的描述与勾画。具体地说，我在这里所记述的，只是作为分管副校长的我和我的同事们所亲历的部分校园景点与基础设施建设的一些鲜为人知的故事，是那些早已凝固在校园里的无法抹去的记忆。从某种意义上说，这些故事和记忆也是学校历史和校园文化的一部分。

**相思湖诗碑及校园建设**

相思湖原是可利江的一条支流，20世纪50年代初修建水坝截流后，便形成了“S”形的校园内湖。富有诗意的湖的名称源于一首诗——中共早期“延安五老”之一、时任内务部长的谢觉哉于1958年视察广西民族学院时，面对碧波荡漾、风景如画的湖泊，诗情勃发，挥毫写下的一首七律：

一轮红日飞腾日，
千载阴云消逝时。
红水永清鱼信远，
瑶山奇险我心夷。
垦田植树地为动，
善舞能歌月亦迟。
学习好兼劳动好，
还从湖畔觅相思。

湖畔花草丛生，遍布红豆树（俗称相思树），树下红豆（相思豆）星星点点，时隐时现，令人遐想联翩。也许，谢老在视察期间还在相思树下寻觅过相思豆呢，故有“还从湖畔觅相思”的佳句。红豆不仅引发了谢老的诗情，也为两位大名鼎鼎的女作家所喜爱。20世纪80年代初，著名作家丁玲应邀来广西民族学院做学术报告，学院领导打算送一份珍贵的礼物给她。丁玲却摆摆手说：“什么东西我都不要，听说你们这里有相思豆，就送几颗相思豆给我吧。”她还随口吟诵了那首著名的《红豆》诗。我当时留校没多久，也参加陪同，领导就让我尽快去找红豆。我便找了几个女学生，让她们把手里的红豆先贡献出来。她们听说是送给丁玲的，都十分乐意和高兴。丁玲接过一小袋红豆时，脸上溢满了笑意。另一位著名女作家茹志鹃应邀前来讲学时，听说丁玲要了红豆做纪念，也表示想要红豆，当她接过我们送给她的一小袋红豆时，高兴地说一定要好好珍藏。

随着相思湖的名称越叫越响，这个美丽的湖泊已成为学校的标志和品牌，走进校园里，到处都可感受到相思湖的存在和影响——“相思湖作家群”“相思湖文学社”“相思湖学院”“相思湖网站”“相思湖广播电台”“相思湖超市”等等。广大教职工和一代又一代学子们都为学校拥有美丽的相思湖而感到骄傲和自豪。为了追溯和确认相思湖名称的起源和“正统性”，2001年，我们特地到武鸣县两江河谷运回坚硬的河石，把谢觉哉的诗刻成诗碑，立于十字路口斜坡的湖边。同时，把著名诗人臧克家题写的“相思湖”三个字，刻成石碑，石碑的背面刻上古人那首著名的《红豆》诗：“红豆生南国，春来发几枝。愿君多采撷，此物最相思。”我们还在校园里新种植了大批红豆树，让校园里弥漫出“红豆生南国”的浓郁诗意与浪漫气息。

相思湖是美丽的，但由于财力等方面的原因，湖边一直没有好好整治，没有修建挡土墙和步行道，人们无法近距离欣赏相思湖的美景。而且，每遇大暴雨和雨水连绵的季节，常年浸泡在水中的土质湖岸，往往容易发生严重坍塌，大量泥土连同倒塌的树木滑入湖中，造成环境的破坏。50周年校庆前夕，学校决定修建沿湖路和沿湖景点景观。经过精心规划、设计和艰苦的施工，下湖环山傍水的沿湖路修建起来了。白石桥、半岛亭、鸳鸯亭、五坡临湖长廊等一批沿湖景点景观和设施也陆续建成。还扩建了相思桥、连心桥，拓宽了校园主干道；设立了自然林保护区、阴生植物园等。荷塘水榭、校友教学楼紫檀树景点（很可惜，这棵珍贵的印度紫檀在2008年的南方雨雪冰冻天气中被冻死了）、国际交流处水池小游园、五坡文化广场、灯光球场露天舞台、旗杆台、游泳馆、田径运动场塑胶跑道及看台等一批校园景点及基础设施也是这一时期修建的。这是民大历史上集中修建园林景点最多的时期。学校南大门、八坡大门、基地教学楼、多媒体教学大楼、逸夫实验楼、大学生活动中心、幼儿园教学楼、附小教学楼、博士楼及一大批教工住宅楼、学生公寓楼等重要建筑也陆续在校园里拔地而起。一些后来兴建的重要建筑，如学术交流中心、国际教育大楼、四坡食堂、网球馆（教工活动中心）等项目，也是在我分管的时候进行规划的。其间还完成了新校区（即西校区）、相思湖学院校区共904亩土地的征地与校园总体规划工作。那时的校园基础建设真可谓日新月异，生机蓬勃！

顺便一提的是，现在很多人都知道南宁市有两大湖：东有南湖，西有相思湖。但如前所述，最早叫相思湖的，仅仅是指广西民族大学校园里的内湖。十年前，自治区有关领导到学校来调研和现场办公，提出把校园内的相思湖和可利江（也称为西湖）统称为相思湖，以利于相思湖片区的开发和建设，并承诺投资治理校内相思湖的污染问题。学校领导觉得统称为相思湖，既有利于南宁市的发展，又可扩大相思湖的影响并获得经费支持，当即表示同意。自此便有了“大相思湖”和“小相思湖”之称。大相思湖现已建设成为区域广阔、白鹭云集的湿地公园，是建设“绿城”南宁的重要组成部分。

**基地教学楼·公主楼**

2001年，经教育部批准，我校与北京大学、北京外国语大学、上海外国语大学一起，成为首批“国家外语非通用语种本科人才培养基地”，是当时广西仅有的两个国家级文科人才培养基地之一。自治区政府对此十分重视，次年即拨给专项经费建设基地教学楼。我校的非通用语种主要是东南亚国家语言，人们都习惯叫作小语种。既然是东南亚国家小语种，基地教学楼自然应体现出东南亚的建筑风格。承担设计任务的广西建筑综合设计研究院的设计师们查阅了大量的文字、图片和影像资料，最后确定以特色鲜明的泰国建筑风格为主进行设计，经反复修改后，给我们送来了设计效果图。

其时正值50周年校庆，以苏篾博士为团长的泰国碧武里皇家大学代表团应邀参加我校庆典。苏篾博士是泰国国王发展基金会秘书长兼碧武里皇家大学董事会主席，在泰国德高望重。会见时，我们特地请他审定基地教学楼设计效果图。他和代表团成员看了之后非常高兴，当即肯定了基地楼的设计，认为具有泰国建筑特色，并表示这栋楼建成后，将成为泰中友好交往与合作的重要见证。苏篾博士还主动提出，回去后将派两名工程师前来指导建设。

施工进入关键阶段，苏篾博士果然通过相关机构派来了两名工程师。但两名工程师到学校两天了，除了听介绍、看图纸和转工地，一直沉默不语，更别说指导施工了。中方人员急了，无论怎样请求和催促，两位老兄始终不开口。那时我既分管外事又分管后勤基建，情况反映到我这里，我决定亲自会见两名工程师询问原因。会见在外宾接待室进行，礼节性寒暄之后，一谈到正题，他们便不再说话，似乎有什么顾虑。我尽量用平和的语气对他们说，不要有什么顾虑，有什么想法可以坦诚地说出来，我们一起研究解决。沉默了半天，其中一名工程师终于吞吞吐吐地开口了，他神情有点紧张地说："我们不敢指导。"听他这样一说，我很好奇，笑着问："为什么？"他说："在泰国，耸立在屋顶上的金黄色圆锥形装饰，只有皇室建筑和寺庙才能用，政府机构和民间建筑都不能用，否则就会冒犯皇室和神灵，因此我们不敢指导。"我一听便松了一口气。我笑着告诉他们："这个设计图纸是经过泰国国王发展基金会秘书长苏篾博士亲自审定的，也就是说，是他亲自同意的，你们放心好了。"他们听后眼睛一亮，但似乎还不太相信，紧紧地追问："是真的吗？真的是苏篾秘书长同意的吗？"我说："当然，他当时就是在这个接待室里看图纸的，还称赞图纸设计得好。有个情况你们可能还不太了解，派你们两位专家来进行技术指导，也是苏篾秘书长主动提出并亲自安排的。"两位工程师对我所说的情况确认无误后，才如释重负。基建处、国际交流处负责人告诉我，其实这些情况早已和他们说过，但他们就是不肯相信，大概是由学校领导亲口说出来他们才放心。

泰式建筑与中国的建筑差异较大，基地楼的设计又融入了东南亚其他国家的一些建筑元素，如越南、柬埔寨的建筑元素等，结构和装饰都十分复杂，施工难度大，承建公司还专门成立了技术攻关小组，把技术难度最大最复杂的房顶建筑装饰当成一项科研课题来攻克。后来，在两位泰国工程师的具体指导下，顺利完成了整个工程的施工。为此，公司还给技术攻关小组发放了奖金。当时，在南宁市的泰式建筑只有两处，一处是青秀山上的泰国庙，一处就是广西民族大学的基地教学楼。据设计和施工人员说，青秀山上的泰国庙无论结构、装饰还是使用功能都没有基地楼那样复杂。

基地教学楼建成后，以其浓郁的泰国建筑风格而显得格外引人注目，成为校园里的标志性建筑和景点，许多重要的接待和外事活动都在这里进行。越南国家主席陈德良、政府副总理范家谦，老挝政府总理波松等许多外国政要来访时，都是在基地楼举行欢迎仪式。诗琳通公主泰文资料中心最初也设在基地楼，诗琳通公主应邀专程前来参加揭牌仪式和出席“中泰语言文化国际学术研讨会”，还受聘为广西民族大学名誉教授。基地教学楼真正成为中国与东盟教育文化交流的重要平台与标志。后来，学生们自发而亲切地把这栋楼称为“公主楼”。

**中国—东盟法律文化广场**

2005年9月初，由中国法学会倡议的首届“中国-东盟法律合作与发展高层论坛”在南宁隆重举行，中国和东盟10国司法界高官和法学界专家学者出席了这次区域性国际法律界的盛会。会上，各国代表签署了《南宁宣言》。论坛筹备期间，中国法学会决定建一个法律文化广场，作为这次论坛的永久性纪念物，并委托广西法学会负责联系和落实建设地点。当时的广西民族学院与东盟国家已有着广泛而深入的交流与合作，国际化办学特色不断提升，因此便成为建设法律文化广场的首选地。

法律文化广场必须在论坛举办期间建成并于论坛闭幕那天举行揭幕仪式。按照设计，法律文化广场设有论坛会徽，按圆形排列的11个国家的法律吉祥物雕塑，还有两块纪念碑墙。法律吉祥物雕塑已委托广西艺术学院的美术家负责完成，届时直接安装到柱子上即可。我们接到任务时，只有不到一个月的时间了。于是有人提出，该项目虽然不是什么大工程，但技术要求高，施工复杂细致，时间又非常紧迫，无论如何也赶不出来，干脆不要接了，若不能按时完成，还影响学校的声誉。我说这个任务必须接，理由有两个：一是配合国家外交战略，这是大局；二是我校要提升国际化办学特色，符合我校的办学定位，有利于促进与东盟国家的交流与合作。我请示了梁颖书记和何龙群校长，他们完全同意我的意见，并要求必须按时按质完成建设任务。于是由基建处尽快招标落实有实力的工程队，明确要求必须加班加点突击完成，合同明确约定，如果延期将被处以高额罚金。

按照设计，安装雕塑的11根柱子原为80厘米高的水泥柱，我觉得水泥柱不够牢固，而且80厘米太矮，不够气势和威严，法律吉祥物雕塑安装得太矮，也容易被触摸和损坏，因此，我要求做160厘米高的花岗岩石柱，但能否在短时间内完成石柱的制作是个大问题。工程队负责人是个缅甸归侨，责任心和工作能力都很强，知道这个工程的重要意义，表示全力配合按时完成施工任务。他亲自联系500多公里外的桂林市全州县石场，定制坚硬度和品质都较好的花岗岩石柱，并按要求及时送到。经过20多个日夜的加班突击，工程终于在论坛闭幕前一天竣工了。

2005年9月3日，参加首届中国–东盟法律合作与发展高层论坛的全体代表乘车来到学校，共同见证法律文化广场的落成。最高人民检察院原检察长、中国法学会会长韩杼滨，中国法学会常务副会长刘飏，东盟10国司法界高官和广西民族学院主要领导等共同为法律文化广场揭幕。中国法学会常务副会长刘飏在揭幕式上做了热情洋溢的致辞，这篇致辞语言简洁，文辞优美，内涵丰富，堪称一篇美文，特照录于此以供欣赏：

尊敬的各位嘉宾、女生们、先生们：

在首届中国–东盟法律合作与发展高层论坛闭幕之际，我们来到广西民族学院美丽的校园，为坐落在这里的法律文化广场揭幕。

在各国的历史传统或神话传说中，往往将一些神鸟或神兽作为吉祥物，他们是驱除邪恶、福佑良善、维护正义的代表和化身，寄托着人们对美好生活的向往和追求。

为此，我们经精心设计，将中国和东盟10国的法律文化“图腾”树立在圆形的广场上，目的就是展示继承中国和东盟各国的法制文明，弘扬法律文化，相互借鉴，努力培育具有共同价值的法制理念。这些标志性的建筑将成为中国-东盟法律合作与发展高层论坛的永久纪念。

在这里，让我们感谢为选择和提供本国的法律文化图腾而付出了时间和精力的各国朋友们；感谢那些为了雕塑的早日完成而辛勤劳作的技术人员；更要感谢广西民族学院，感谢你们为法律文化广场提供了如此优美的场地。正是有了各方的大力支持，我们这一构想才得以实现。现在就让我们揭下盖在图腾上面的红绸，让这些历史和传说中的神鸟神兽见证我们法学法律界为中国和东盟的睦邻友好和全面合作伙伴关系的发展所做的不懈努力！

作为工程的组成部分，我们在施工中已把揭幕式上的致辞、揭幕嘉宾名单和11个国家的法律吉祥物名称用中英文分别镌刻到了两块纪念碑墙上。揭幕式结束后，各国代表纷纷到本国的法律吉祥物前照相留念，小小的法律文化广场上洋溢着友好、喜庆而热烈的气氛！

首届法律论坛的成功举办和法律文化广场建成后，经中国法学学术交流中心主任谷昭民建议并得到中国法学会领导同意，2005年在广西民族学院设立了“中国-东盟法律培训基地”。于是我们在法律文化广场对面建立了法律培训基地碑墙。碑墙正面是中英文基地名称，背面注明创办机构、业务管理机构、协管和承办机构等，墙顶上是用不锈钢制作的中国和东盟10国的国旗。广场和基地碑墙迎面相对，相互映衬，构成了校园内一个极具东盟特色的人文景观。该基地是中国首个面向东盟的法律培训基地，自设立以来，中国法学会每年都资助东盟各国司法界官员、律师或法学专家前来参加培训，影响日益扩大，广西民族学院也由此拓展了与东盟合作与交流的领域和渠道。

## 孔子铜像

坐落在南大门西侧小花园、背靠古朴典雅的大礼堂的孔子铜像，是香港孔教学院院长汤恩佳博士捐赠的。这是校园里第一个也是目前唯一的一座名人铜像。

2000年11月底，汤恩佳博士赴桂林出席“儒学研究与21世纪全球发展”国际学术研讨会之后，应邀到南宁讲学并受聘担任广西朱熹思想研究会名誉会长和朱熹纪念中学名誉校长。其间，在朱熹后裔朱光葳先生等人的建议和陪同下，汤恩佳博士携太太汤甄得萍女士及泰国友人到民院参观访问。我因分管外事工作，便陪同汤恩佳博士一行游览校园。汤老先生学识渊博，举止儒雅，初次接触便可看出是一位深受儒家文化熏陶的饱学之士。汤老先生既彬彬有礼又很健谈。他十分赞赏民院的校园环境，说这里的地形高低错落，花草树木多，生态保护得好，环境很优美。一路走一路谈，话题很自然地转到至圣先师孔子的身上。汤老先生情绪高昂，滔滔不绝地畅谈他的宏大理想和奋斗目标。我是学中文出身的，对中国传统文化有一定的了解和领悟，因此彼此谈得十分投机。他告诉我，他在全国很多地方都捐赠了孔子铜像。我一听便暗暗高兴，很希望他也能捐一尊孔子铜像给我校。但因是第一次见面，若贸然提出这样的要求似乎有点唐突，便试探性地问道，他的捐赠有什么要求？他说，他的捐赠只有一个条件，那就是接受捐赠的单位要尊敬万世师表孔圣人，要尊重和弘扬儒家文化。我说：“我们学校历来都非常重视传承和弘扬中国传统文化，您所说的条件我们都具备，希望您也能捐赠一座孔子铜像给我们学校，后年是我校50周年大庆，如果能在庆典时揭幕，会非常有意义。”我进一步说，我们就把铜像安放在大礼堂前面的花园里，这个位置环境好，路过的人都看得见。刚才经过大礼堂时，汤恩佳博士对这座古色古香、气势非凡的建筑十分赞赏，认为非常具有中国传统特色。他稍一沉吟便点头答应了，说：“好，贵校如此重视中国传统文化，应该立一尊孔子像。”他说，铜像是在辽宁铸造的，他会通知厂家铸造好后尽快运送过来。大约2002年春节过后，我们便接到通知，说铜像铸造好了，近期将专门请车从辽宁运送过来。

从辽宁到广西相隔数千公里，路途十分遥远。厂家说，车子不好请，联系了好几个司机都因担心路上不安全，不愿意运送。几经周折，才好不容易请到了两个司机。两人轮流驾驶，日夜兼程，一路上也是提心吊胆。到达学校后，两个司机终于松了一口气。他们是第一次到广西，谈起一路上的情况，很感慨地说：“原以为广西的公路都是狭窄弯曲的山区公路，没想到进入桂林后一直到南宁都是高速公路，而且路况比湖南的还要好，广西的发展真有点出乎我们的意料。”我笑道：“百闻不如一见，你们这次来，至少改变了对广西的印象。”

我们已提前建好铜像基座，准备好吊车，当天就把铜像吊装好了。2002年50周年校庆时，汤恩佳院长应邀专程前来参加庆典，并与自治区有关领导等嘉宾一起，共同为孔子铜像揭幕。

**配电房**

配电房是学校普通的供电设施，不是什么景点景观，本来没有什么可记述的，但因为一场特大洪水而有了令人难忘的故事。

2001年7月初，受“榴莲”“尤特”两场接踵而至的强台风影响，南宁遭遇80年不遇的特大洪水袭击，最高水位达77.42米，是1913年之后

88年来的最高水位。邕江40公里长堤中最险要的10.6公里防洪堤全线告急，要普遍加高2米左右才能防止市区被淹。南宁市每天10多万军民冒着狂风暴雨上堤严防死守，我校也派出队伍日夜轮流上堤抗洪抢险！

让我们始料不及的是，我们的大半个校园也被肆虐的洪水淹没了。当时狂风肆虐，暴雨如注，邕江水位不断上涨，位于可利江上游的天雹水库又拉闸泄洪，滔滔洪水无法进入邕江，便从可利江迅猛地涌入相思湖，短短几个小时就漫上了图书馆资料中心。八坡草坪和食堂一带地势比较低，很快就变成了一片大湖泊，八坡食堂的桌椅被淹得漂浮起来，不得不停止供应餐食。五坡至八坡的道路已无法通行，但大家都表现得很平静，没有惊慌失措。有人雨中取乐，干脆拿出钓鱼竿在八坡垂钓，而且颇有收获。

洪水上涨的时候，学校领导分头组织师生员工把低洼地带的设备、图书等搬到安全的地方。位于湖边的图书馆负一楼书库，不到两个小时就搬迁一空，没有损失一本图书。我和后勤部门负责保卫配电房，保证供电，一旦配电房被淹，晚上整个校园将一片漆黑，不仅对上万师生员工的生活造成严重影响，而且会给人们造成心理上的恐慌，因此必须严防死守配电房的安全。当时有两个配电房，一个在三坡，一个在八坡，都处在洪水容易淹没的低洼地带。眼看着洪水一寸一寸地上涨，对能否守住配电房不进水，每个人的心里都没有把握，有人甚至想放弃了。我态度非常坚决，不到最后关头绝不能放弃！我们组织两批人马，分别负责保卫三坡和八坡的配电房。当时已是晚上，我们采取两大措施双管齐下，一是用砖头水泥砌墙堵住门口、窗户和裂缝，防止进水；二是同时用多台抽水机往外抽水。那时真正是与洪水上涨的速度竞赛，那种紧张惊险的场面与在阵地上抢修军事防御工事差不多，在场的每个人几乎都是一身泥水夹带着汗水。深夜时，奉江书记、何龙群校长也先后冒着大雨来到现场指挥抢险。最后，还是我们赢了，两个配电房都保住了，整个抗洪期间都没有停过电。

洪水过后，学校获得国债支持，对水电基础设施进行全面扩容改造。鉴于这次大洪水的教训，我们把三坡配电房从杂草丛生、污水淤积的低洼处移建到物理实验楼旁边的小山坡上，而且建成两层楼房。原三坡配电房所在的那一片地方，现已变成了雄伟壮观的多媒体教学大楼和曲径通幽的聚雅苑。八坡配电房也在原址上建成两层楼房。两处配电房都把配电设备安装在二楼上，今后再遇到大洪水，即使在这次大洪水的位置上再涨高两米也没有问题了。

**更名纪念柱**

2006年2月24日，经教育部批准，广西民族学院更名为广西民族大学，这是学校发展史上具有里程碑意义的大事。学校历史上曾多次更名，但都是冠名为“学院”，而这次是更名为“大学”，因此意义重大，标志着学校上了一个新的台阶和档次，真正由教学型向教学研究型大学转变。为此，学校领导决定，修建一个永久性的更名纪念物，既是为了记录学校发展的历史，也是为了传承和弘扬学校的办学传统和办学精神。

纪念物既要独特美观，又要坚固耐久。因此，以什么形式、用什么材料来建设颇费斟酌。我觉得任何钢筋混凝土建筑都不够牢固和长久，都不可能千秋万代地立在那里，不如找一块坚硬的天然大石头来刻上字，任凭日晒雨淋、刮风下雪也不怕，即使遇上大地震也会屹立不倒，倒下也不会毁坏。此外，建设地点是在大礼堂北侧，纪念物的风格也应与大礼堂的古典风格一致或接近。基于这样的考虑，我们参照法律文化广场的圆形设计，中间是更名纪念柱，环绕纪念柱的，是用天然石头刻写的广西12个世居民族名称，寓意广西民族大学是广西少数民族的最高学府，各民族学子欢聚一堂求学深造，相互间平等团结，和睦相处，共同进步。

思路确定后，我便让基建处尽快到南宁周边各个石场去物色石头。他们很快找到了一块被称为“福寿紫砚石”的天然巨石，初步谈定价格是18万元，并把照片拍了回来。两天后我亲自到现场看了，心中相当满意和喜欢，但当时并没有决定马上买，只说给我们留着。学校其他领导看了照片，都觉得这块石头品质好，有气势，而且色泽圆润斑斓。大约过了20多天，石场老板突然打来电话，说已有几拨人来看过这块石头了，现在有个上海的大酒店老总正等在这里，想出20多万买这块石头，问我们还要不要，若不要，上海老总马上请车运走。我们都知道，如今玩石头的人很多，尤其是许多商家十分钟情于石头所寄寓的“石（时）来运转、地久天长”的意涵和彩头，估计石场老板所言非虚，于是立刻回复说要，并说这是我们预先订好的。石场老板想趁机抬高点价格，但我们不同意，他也不好再坚持，还算比较守信用。后来有玩石的行家说，这块石头你们买值了，现在再增加两倍的价钱都有人愿意买。这或许是恭维话，但这块立柱型的巨石确实很漂亮，也很有气势。

有感于这块巨型石的独特之处和深刻寓意，我和袁鼎生副校长还突发文人之思，共同撰写了一篇《奇石碑记》，并将之刻在纪念柱前右侧的石头上：

福寿紫砚石形成于远古陆海边缘沉积地带，深藏于五岭山脉峡谷溪涧，与闻名遐迩的紫袍玉带石并称为稀世美石珍品。

立为“广西民族大学更名纪念柱”的福寿紫砚石为纯天然扁柱状巨型石，高5.6米，宽1.8米，厚1.1米，重约30吨。石质坚硬细密，色泽圆润斑斓。玉呈彩饰，宛若祥云萦绕，蟠龙吐瑞；墨凝丹霞，恰似画幅舒展，大美天然。得此奇石，紫气东来，红运久远，文泽万载，基业永固！

更名纪念柱在2006年5月18日隆重举行更名庆典前建成了。这里又成了校园里一处标志性的景点，外来参观者、校友们故地重游或毕业生们离校前，都喜欢在这里照相留念。

（原载《似水年华——广西民族大学建校60周年纪念文集》，广西人民出版社，2012年出版）

# 永不消逝的相思湖情结

这次中文系78级同学集体受母校邀请，回来参加“2018年校友返校月”活动，大家非常高兴和感激！今天上午聆听了谢尚果校长在“‘双一流’建设校友高峰论坛”上的主题报告，刚才又聆听了卞成林书记的致辞，对母校近年来所取得的巨大成就和跨越式发展，我感到极为鼓舞和振奋，深为自己的母校感到骄傲和自豪！

刚才茂繁同学谈了三个“感恩”：感恩时代，感恩母校，感恩同学。我有着同样的心情和感受。我和茂繁同学都是毕业后留校的，都在母校工作了二十几年，后来又先后调离母校，到别的高校工作。我在母校读书4年，工作27年，从20岁到51岁，在民大学习工作了整整31年，一生中最美好的年华都留在相思湖了。尽管我到广西教育学院工作已经9年，但感觉上从未离开过民大。我一直居住在相思湖畔，而且一直是民大的一名兼职硕导。我对相思湖的情结，早已镌刻到了我的生命之中。

我在民大工作期间，亲历和见证了母校的巨大变化与快速发展，亲历和见证了母校综合实力的不断增强和影响力的不断扩大。记得20多年前，学校曾提出两个设想，一是发展成为万人大学，二是推进国际性，当时许多人都认为是天方夜谭，不切实际。当时学校大概只有五六千人的规模，而每年招生计划的控制极为严格，争取增加招生指标极为困难，每年招生人数和毕业生人数相抵后，在校生人数增幅微乎其微，因此发展成为万人大学几乎是个遥不可及的梦想。推进国际性也几乎是一个难以实现的梦想。民大是一所地方性民族院校，要推进国际性谈何容易！但这两大设想最终都实现了。现在民大的在校生规模已达到两万多人，除了规模的发展，办学层次也提高了，学校已成为硕士、博士学位授予单位，一些学科专业已走在了全国前列。在全国十几所民族院校中，广西民大是唯一拥有理工科博士学位授权点的学校，或者说，是唯一同时拥有文科和理工科博士学位授权点的学校。学校的科研实力不断增强，科研经费呈几何级增长。这对一所原来基础薄弱的地方性民族院校来说，是一个非常了不起的成就。而在国际性办学方面广西民大也是风生水起。学校依托“国家外语非通用语种本科人才培养基地”，即东南亚小语种学科专业优势，依托南宁市成为“中国–东盟博览会”“中国–东盟商务与投资峰会”永久举办地的有利条件等，积极推进面向东盟的国际交流与合作，积极开展国际化合作办学和人才培养，积极服务国家外交战略和对外开放，从而打造和树立起了学校的国际化形象，并在服务大局中促进了自身的发展。根据经济社会发展需要和学校实际，经过充分讨论和论证，国际性被正式确定为学校三大办学定位（即民族性、区域性和国际性）之一。

我在民大做了11年副校长，分管过许多工作，分管的时间有长有短，唯一没有变动的是连续分管了11年外事和国际教育工作。现在我就谈谈这方面的一些亲身经历和感受。

我于1998年担任副校长分管外事工作的时候，学校的外国留学生只有110人。我们审时度势，把握机遇，加大对外交流和留学生招生宣传力度，留学生人数逐年增长，其中攻读本科学历的留学生呈现快速增长态势。2009年我调离民大的时候，留学生规模已发展到1013人，约相当于1998年留学生人数的10倍。广西民大成为当年广西高校和全国民族院校中招收留学生人数最多的高校，也是全国招收东盟留学生最多的高校之一。

我们还与东盟国家高校广泛开展合作，在校级代表团互访、互派教师、互派学生、学术交流等方面逐步建立起了相对稳定的合作渠道和机制。我们在东南亚小语种（越南语、老挝语、泰语、柬埔寨语、缅甸语、印度尼西亚语、马来西亚语）、国际经济与贸易、市场营销、旅游管理等十多个本科专业中采取“3+1”等模式，为我校本科生提供出国留学的机会，提高学生的外语能力，拓展学生的国际视野，丰富学生的人生阅历。这些有海外留学经历的毕业生，受到用人单位的广泛欢迎。我们还通过协商建议、选派教师、提供图书资料、为对方制定人才培养方案、提供咨询意见等方式，促使和帮助东盟国家的多所大学建立了中文系或中文专业。在商谈和签订合作协议书时，我们要求对方学校按照“3+1”模式派中文专业的学生到中国留学，这样实际上就为我校招收留学生培育了部分相对稳定的生源，也进一步加深了两校之间的合作。我们还积极争取政府留学生奖学金项目的支持，争取自治区政府专门设立老挝留学生奖学金，资助老挝学生到广西民大留学。学生大规模交流培养，成为提升学校国际化办学特色的重要渠道和方式。

由于希望赴东南亚国家留学的高考学生较多，本科生招生专业和名额又有限，于是我们经过调查摸底，于2005年申请建立了国际教育学院，由我兼任首任院长。该学院统一管理外国留学生，同时招收国内专科生。国内学生开设的专业均与外语有关，如应用泰语、应用越南语、应用法语、国际商务（泰语、越南语、印度尼西亚语方向）等。专科生实行“2+2”的培养模式，即国内2年加国外2年，双方合作院校统一教学计划，互认学分，毕业后颁发国内专科文凭和国外大学本科文凭。没想到，每年招生都极为火爆，咨询热线响个不停，家长带着儿女到学校咨询的也是络绎不绝。由于报考人数太多，我们只好对报考学生进行逐一面试之后才决定是否录取。每年热闹而有序的面试场景，成为校园里一道独特的风景。

学校非常重视推进国际化办学，认真把握各种机遇，积极争取各方支持，不断拓展办学渠道和提升国际化特色。举几个例子。

一是申请创办孔子学院。2004年，国家汉办开始在世界各地大规模创办孔子学院。2005年泰国被列入创办孔子学院的国家。民大与泰国高校有着广泛深入的合作，我们不能错过这个难得的好机会。但我们年底才得知这个消息，此时离申报截止时间只有几个月了。于是我们立即行动起来，通过多种渠道积极争取国家汉办支持我校与泰国高校合作创办孔子学院，奉江书记、何龙群校长亲自出面争取。申报有一个重要条件：必须与泰国一所大学签订合作协议书。当时时间非常紧迫，由学校领导带队出访联络商谈合作的话，因报批手续较多，时间来不及了，于是决定由国际交流处处长韦锦海带一个三人小组尽快赴泰国联系合作院校。最初曾考虑与川登喜皇家大学或孔敬大学合作，但已有国内大学捷足先登。经中国驻泰国大使馆教育组庞莉老师推荐介绍，我校与玛哈沙拉堪大学及时签订了合作创办孔子学院意向书，不久两校又正式签订了协议书，由此得以及时向国家汉办申报，并获得了批准。这是我校与国外高校合作创办的第一所孔子学院。2006年12月，何龙群校长和我率广西民大代表团和艺术团，赴泰国参加了玛哈沙拉堪大学孔子学院揭牌仪式，并开展了一系列文化交流活动，反响热烈。后来学校又先后与老挝国立大学、印尼丹戎布拉大学合作创办了两所孔子学院。后面两所孔院的创办过程也相当波折，老挝国立大学孔子学院从2005年开始商谈到2010年正式成立，经历了4年多时间。印尼丹戎布拉大学孔子学院的创办也是一波三折，从2007年由我率领广西民大代表团第一次访问印尼联系合作院校开始，到最终确定合作院校并于2011年正式揭牌，也是经历了4年多时间。我是2009年7月调离民大的，虽然当时两所孔院尚未正式成立，但作为分管外事工作的副校长，我参与了前期筹备工作。孔子学院的创办，对提升学校的国际化特色、促进学校的内涵建设、扩大学校的影响力起到了重要的作用。

二是诗琳通公主泰文资料中心的成立。2001年6月，泰国国王发展基金会秘书长兼碧武里皇家大学董事会主席苏篾博士应邀率代表团访问民大。在正式会谈之后的交谈中，他建议在民大设立一个泰文资料中心，这样既有利于泰语专业人才的培养，也有利于拓展广西民大与泰国高校的交流与合作。他还说，可帮忙想办法争取诗琳通公主的支持。我和国际交流处负责人当时听了十分高兴和振奋。泰方代表团离开后，我立即把苏篾博士的建议和想法向学校主要领导做了汇报，并根据主要领导的指示，召集国际交流处、外国语学院、图书馆等负责人研究具体方案。我亲自为何龙群校长代拟了一封给诗琳通公主的信函，委托碧武里皇家大学负责规划与外事工作的副校长宋差·茵普兰穆先生转交给苏篾博士，请苏篾博士呈给诗琳通公主。时间过去了几年，一直没有回音，我们以为没希望了。直到2005年下半年突然从泰国传来好消息：诗琳通公主同意捐资设立泰文资料中心并以她的名字命名，还表示将专程前来广西民族大学访问。两国外事部门和有关单位随即着手筹备诗琳通公主来访事宜。来访前夕，警卫部门提前到广西民大踩点，严密部署警卫工作。我们还专门装修了安排宴请的红豆轩包厢。2006年4月8日，诗琳通公主在泰国驻华大使等30多位随行人员陪同下访问广西民族大学，出席“壮泰语言文化学术研讨会”，接受广西民族大学授予的名誉教授证书，亲自为“诗琳通公主泰文资料中心”揭牌等。泰国媒体对诗琳通公主访问广西民族大学进行了广泛的报道。事后，我主编出版了中泰文对照版的图文并茂的《书香花艳四月天——诗琳通公主访问广西民族大学纪实》一书。“诗琳通公主泰文资料中心”的建立，苏篾博士发挥了十分关键的作用，我们永远铭记这位为中泰文化交流与教育合作做出了杰出贡献的老朋友。有意思的是，因“诗琳通公主泰文资料中心”设在具有浓郁泰国建筑风格的小语种基地教学楼，学生们便自发地把这栋楼亲切地称为“公主楼”。这栋充满异国风情的教学楼也是为提升学校国际化办学特色而兴建的，而且在建设过程中还发生了一些有趣的故事，我曾在《凝固在校园里的记忆》（载《似水年华——广西民族大学建校60周年纪念文集》，广西人民出版社，2012年出版）一文中有过记述，这里不再多谈。

三是中泰两国互认学历的小插曲。因民大有东盟小语种人才，因此中国驻东盟各国使领馆经常在民大选调人员协助工作，我们也因此能够比较及时地了解到一些有关信息。大约2006年初，我校在中国驻泰使馆协助工作的老师告诉我们一个信息，中泰两国正考虑商讨互认学历事宜，但初拟的21所泰方大学名单中没有碧武里皇家大学。碧武里皇家大学的校长、副校长们得知这一消息后很失望，也很焦急，尤其是负责规划与外事工作的副校长宋差·茵普兰穆先生，他认为这很不公平，因为碧武里皇家大学早在1993年就与广西民族大学有了友好往来，1998年后更是与广西民族大学以及中国的许多高校建立了广泛深入的合作关系，是促进泰中教育交流与合作贡献最大的大学之一，他认为应该将他们学校列入互认学历的名单。宋差副校长希望我们帮想办法，一定要把碧武里皇家大学列入承认学历的名单。我们对此也深感可惜，这对我们两校都将产生不利影响。正当我们双方都在努力想办法的时候，一个天赐良机帮助我们获得了圆满的结果。当年4月，我们参加玛哈沙拉堪大学孔子学院揭牌仪式后，接着参加了碧武里皇家大学建校80周年校庆活动。该校现任董事会主席、泰国政府总理素拉育将军和前任董事会主席苏篾博士等许多名人政要应邀出席庆典。许多外国大学代表团也应邀前来祝贺。庆典是晚上在运动场举行的，场面宏大，气氛隆重热烈，我校艺术团表演了精彩的节目。由于我校与碧武里皇家大学的特殊友好关系，何龙群校长和我的位置被安排在很靠近素拉育总理的地方。我们向素拉育总理和苏篾博士敬献了壮族绣球，赠送了《书香花艳四月天——诗琳通公主访问广西民族大学纪实》一书。素拉育总理和苏篾博士都很高兴。尤其是苏篾博士，在翻看书中诗琳通公主照片的时候，脸上露出了慈祥而欣慰的笑容。第二天，在参加一个学术研讨活动的茶歇时间，宋差副校长悄悄地把我和国交处副处长冯光火拉到一个僻静的地方抽烟，他又很郁闷地提起互认学历的事。我们边抽烟边商讨着补救的办法。我想起了昨晚见到素拉育总理的情景，于是向宋差副校长提出建议：素拉育总理不是碧武里皇家大学的董事会主席吗？可以直接向他反映和提出要求。宋差副校长一听，顿时醒悟过来，高兴地说："对呀，我怎么没想到这点呢，我们要尽快向我们的董事会主席素拉育总理汇报！"说完，他情不自禁地张开双臂，分别和我及冯光火拥抱起来。我们回来后没几天，宋差副校长就电话告诉冯光火：已向素拉育总理汇报过了，应该有希望了。没多久，素拉育总理率领包括教育部长在内的泰国政府代表团访华，两国教育部签订了互认学历协议书，泰国所有公立大学的学历都被认可，当然也包括碧武里皇家大学——我们不知道碧武里皇家大学向素拉育总理汇报和提出要求的这个举措，对这件事产生了多大影响，但至少最后有了一个超出预想的圆满结果。多年后，宋差副校长到访南宁并专程到广西教育学院看我时，还特别提起这件事，他颇为自豪地说："泰中两国互认学历，碧武里皇家大学和广西民族大学是有贡献的。"这个小插曲，也印证了广西民大与泰国高校的友好合作和深厚情谊！

广西民大由于在推进国际化方面成效显著，因此在东盟国家有着很高的知名度和广泛的影响力。刚才卞成林书记介绍，中国台湾某电视台曾报道，广西民族大学是在东盟国家中最著名的中国大学之一，我可以再提供一点佐证。一次，我访问泰国合作院校的时候，泰国某大学校长曾半认真半玩笑地对我说："在泰国人心里，有两所很有名的中国大学，一所是北京大学，一所是广西民族大学。"越南河内某著名大学国际交流处处长也曾对我说："我们和中国很多有名的大学都有合作，但和广西民族大学的合作时间最长、合作也最深入，广西民大在越南的名气很大。"我知道这些话或多或少都带有点恭维的成分，但广西民大在东盟国家的广泛影响确是实实在在的，绝非虚妄之言。

作为三大办学定位之一，国际性已成为广西民大的鲜明特色和内在品质，成为学校综合竞争力的重要组成部分。我衷心祝福母校奋发进取，砥砺前行，不断创造新的辉煌！

（根据2018年5月19日"一同走过四十年——中文系78级校友座谈会"发言内容整理补充，原载《广西民族大学校友通讯》2018年第1期）

# 首届写作专业助教班摭谈

举办高校助教进修班，是教育部在特定历史时期为培养高校青年教师而采取的一项重要举措。助教进修班一般都是由某所高校报请教育部批准后单独举办，写作专业助教进修班则是由教育部高等学校师资培训交流武汉中心、武汉大学和中国写作学会联合举办，结业证书由教育部统一印制，武汉大学颁发，落款处盖武汉大学的公章和刘道玉校长的印章。写作专业助教进修班的举办，不仅对学员们的专业发展和职业生涯产生了深刻影响，也在中国写作学会历史上写下了重要一笔。我是首届写作专业助教进修班的一员，现根据自己的记忆、当时的笔记以及所了解、所搜集到的信息，对首届写作助教进修班的情况做个概略性的记述，以此纪念中国写作学会成立40周年。

## 一、举办助教进修班的历史背景

恢复高考后，中国高等教育逐步回归正轨，但师资缺乏和断层问题却日益突出。1984年4月28日，教育部印发《关于在高等学校试办助教进修班的通知》〔（84）教干字009号〕（简称《通知》），决定从当年开始，在一部分师资力量较强的高等学校试办助教进修班。关于举办助教进修班的背景和目的，《通知》附件《高等学校举办助教进修班的暂行规定》说得很清楚："为了适应我国高等学校不断提高教学质量和科研水平的需要，对高等学校青年教师必须提出更高的素质要求并加强对他们的培养提高。目前高等学校助教的绝大部分是从大学本科毕业生中选留的，今后一个较长时期内也还需要选留一些优秀的大学本科毕业生承担助教工作。""助教进修班的培养目标，是使参加进修班的助教具备本专业较为扎实的理论基础和专业知识，初步掌握高等学校教学的原则和规律，为他们在教学实践中进一步提高业务能力和以后担任讲师工作打下较好的基础。"当时全国高校招收培养研究生的规模还很小，短时间内难以解决高校青年教师短缺问题，因此举办助教进修班尤为必要和迫切。

1985年5月21日，《人民日报》《光明日报》分别刊登了《写作专业助教进修班招生启事》。招生启事就写作助教进修班举办单位、专业名称、硕士研究生主要课程、招生对象、招生名额、学制及待遇、学费标准、报考事项等一一进行了说明。其中招生对象为：凡高等学校大学本科毕业或具有同等学力的青年助教，年龄在35岁以下，有两年以上写作课教学工作实践，政治思想和工作表现好，身体健康者，均可报考；具有相当于上述条件的电大、职大、业大、函大和管理干部学院的在职教师，年龄在45岁以下者，也可报考；凡已取得讲师职称的写作课教师，愿意深造者，也可报考。考试科目共两门：写作基础理论，作品评析。

当年报考首届写作专业助教进修班的考生共有166人，正式录取102人，另有进修生8人，合计110人。其中男生80人，女生30人；年龄最大的45岁，最小的22岁。学员来自24个省（区、市）和澳门特别行政区，生源地的分布很广泛。其中北京4人，上海4人，天津1人，河北3人，河南1人，山西11人，内蒙古4人，黑龙江2人，吉林5人，辽宁3人，甘肃2人，新疆3人，山东3人，江苏4人，浙江1人，安徽5人，江西7人，湖北21人，湖南2人，广东1人，广西4人，四川8人，贵州1人，云南1人，澳门1人。

武大中文系和中国写作学会对写作助教进修班十分重视，为写作助教进修班配备了很强的管理人员：负责人是中国写作学会副会长兼秘书长、《写作》杂志副主编（主编由中国写作学会会长、著名诗人臧克家先生兼任）、武大中文系教授周姬昌，班主任及管理人员有邓国强、彭文博、王修宏、赵振华、桂东湖等老师。助教进修班还成立了党支部和班委会，党支部书记由邓国强老师兼任。

## 二、求知若渴的学习热情

首届写作助教进修班分为两个班，即文科专业班和应用写作班（理工农医财经政法）。按规定，助教进修班学制为一年，一般开设6门硕士生主要课程，共约600学时。但文科专业班却开设了9门硕士生课程：写作原理研究、写作美学研究、诗歌写作研究、散文写作研究、小说写作研究、戏剧写作研究、文章学研究、《文心雕龙》研究、写作与现代汉语。应用写作班开设了7门硕士生课程：写作原理研究、写作美学研究、《文心雕龙》研究、应用写作研究、科技写作研究、司法与行政公文写作研究、写作与现代汉语。此外还不定期举办一些专题讲座。

授课教师来自全国各地，都是有造诣有建树且教学经验丰富的专家学者，计有：武汉大学周姬昌、吴林伯、刘纲纪、刘继馥、陈恩泉，南京大学裴显生、陈瘦竹，中山大学刘孟宇，湖北大学涂怀章，苏州大学范培松，杭州大学余荩、陈为良，华中师范大学邓黔生、尹均生，东北师范大学吴伯威，福建师范大学林可夫、孙绍振，山东师范大学冯中一，南京师范大学凌焕新，湖南师范大学张会恩，重庆师范学院董味甘，北京师范学院王凯符，北京师范学院分院普颖华，湖北教育学院杨昌江，湖北社科院哲学所张志杨，中国政法大学宁致远，中国科技大学司有和，中国财政金融学院霍焕民，上海科技大学蒋瑞松，天津商学院李凯元等。其中，周姬昌是中国写作学会的主要创立者之一，他为写作学人才培养和队伍建设、为学会事业的壮大与发展、为《写作》杂志的创办等呕心沥血，厥功至伟。裴显生曾参与筹建中国写作学会，长期担任学会副会长、常务副会长和会长，一生致力于写作学理论构建和写作学人才培养，是写作学科名副其实的领军人物，为推动中国现代写作学的建设与发展做出了重大贡献。林可夫毕生为写作学事业而奋斗，被称为“写作学的忠臣、功臣”，直到逝世前不久，仍以副会长身份抱病从福建前往武汉大学参加常务理事会议，并明确表示这次是来向同人们告别的，其对写作学的一腔深情与忠贞，令在场者无不动容！刘孟宇是位社会活动能力很强的作家型学者，他的《勇往直前》是第一部反映新中国大学生生活的长篇小说，他主编的写作教材发行量巨大，影响广泛。董味甘一生潜心学问、笔耕不辍，在写作学研究和诗歌创作上卓有建树，成果丰硕，直到耄耋之年，还创作了《重庆赋》《双城赋》《中国路赋》等一系列有影响的作品。涂怀章曾长期兼任湖北文艺评论家协会主席，他的研究与学术活动涉及写作学、文学、文艺批评等领域，因此他的学术见解、学术眼光自有一种开阔的胸襟与气度。吴林伯的《文心雕龙》研究，陈瘦竹的戏剧研究，刘纲纪的美学研究，孙绍振的文学创作研究，冯中一的诗歌研究，范培松的散文研究，邓黔生、尹均生的报告文学研究，王凯符的文章学研究等，都取得了令人肃然起敬的成就。高山景行，“虽不能至，然心向往之。”（司马迁语）名师荟萃、学术精深，年轻助教们不仅获得了“博采众长”的学习机会，而且近距离领略了名师们的形象风采。老师们严谨的治学态度、深厚的学识修养、各呈异彩的教学艺术与人格风范等，对同学们的思维训练、学术视野、品德修养、价值观念等都产生了重要的激励、启悟和引领作用。

值得一提的是，与首届写作助教进修班同时期，武大还开设了全国第一个作家班，学员们都是当时文坛上风头正劲、创作成就突出的年轻作家，如陈世旭、水运宪、李斌奎、袁厚春、李延国、朱秀海、熊召政、邵振国等。首个作家班的开设，不仅引起文学界的广泛关注，更让具有深厚文学传统的珞珈山成为文学潮汛的奔涌之地。在著名教育家、时任校长刘道玉的主导和推动下，武汉大学在推进高等教育改革方面更是走在了全国前列。这种求新求变的时代氛围和校园人文环境，对写作助教进修班学员们产生了直接而深刻的影响，激起了学员们更加强烈的学习热情和进取精神。

在思想大解放和社会转型的历史进程中，传统写作学理论也受到了猛烈冲击，发生了巨大而深刻的变革。写作学界一方面对“五四”以后初步建立起来的基础写作学理论体系进行全面审视和反思，一方面试图在更广阔的学术背景和理论视域下建构起现代写作学理论体系。“一批心怀忧患意识和学术自尊的前辈们率先披挂上阵，冲锋在前。他们在设坛讲授的同时，陆续推出了一部部有分量有影响的写作学著作和教材。在他们的示范、熏陶和激励下，更多有志于写作学事业的新人们纷纷把目光投向写作学研究领域，加入了振兴写作学科的行动，沉寂已久的写作学界一时烽烟遍地，群雄并起。静止而封闭的传统写作学理论被打破和颠覆，各种新的观念、思想、概念和方法被引入和吸收，新的写作学理论研究被赋予了深广的内涵和蓬勃的活力，写作学理论研究出现了争奇斗艳、气象万千的热闹局面，写作学科开始浴火重生。”这是我十几年前为杜福磊的专著《中国写作学理论研究与发展》（中央编译出版社，2004年出版）所作序言的一段话，可大致反映出当时写作学界“破旧立新”的巨大勇气和写作学理论研究的盛况。关于现代写作学理论体系的探索、建设与发展，杜福磊曾在这部专著中做过全面而深入的述评，在此不再赘言。

助教进修班学员们十分珍惜难得的学习机会，每个人都充满了求知的热情与渴望。“久旱逢甘雨”的年轻助教们似乎走进了一个既陌生又奇异的新天地。学海遨游，新鲜好奇，思维活跃，奋发向上。尽管大家的侧重点、兴趣点和主攻方向不同，但求知若渴的心态与刻苦用功的行动是一样的。大家尤其欢迎具有创新精神、创新观点的授课教师。记得孙绍振老师给我们上“写作美学”和“文学创作论”的时候，武汉大学、华中师大、湖北大学等高校的青年教师、助教班学员、进修生等都跑来旁听。20世纪80年代初，谢冕《在新的崛起面前》、孙绍振《新的美学原则在崛起》、徐敬亚《崛起的诗群》被称为“三个崛起”，在文坛影响巨大。

武大校园里有个书店，叫“新华书店珞珈山门市部”，面积不大，门面也不起眼，里面却摆满了各种西方文艺理论译著和国内学人的新成果新著作。因此，这个书店成为最吸引我们的地方之一，每到武大校园，我们几乎都要转到书店来浏览和买书。有同学发现感兴趣的新书，都会互相介绍和推荐。助教班的同学都很舍得买书，即使手头紧，也会咬紧牙关把看中的书买下。我在武大一年，就买了几十本书，如《艺术原理》《艺术与视知觉》《艺术心理学》《审美心理描述》《创作心理研究》《美的历程》《当代西方美学》《西方文艺理论名著选编》《西方现代派文学问题论争集》《外国现代文艺批评方法论》《文艺研究新方法论》《文艺研究新方法探索》等，都是这个时期购买的。此时的武大乃至整个中国，都洋溢着一种发奋读书、积极探索、努力拼搏的进取精神和社会氛围。

### 三、助教班生活的苦与乐

武大助教班都是住在校内，唯有写作助教进修班比较特殊，被安排住在武汉军区第四招待所，上课也在这里。第四招待所位于珞珈山南麓东湖之滨，紧靠武大校园，有小门通往校内，进出很方便。这里曾经是民国时期曹姓人家建造的曹家花园，当时尚保留有假山、鱼池、凉亭和水榭等。院内树木茂盛，桂花飘香，环境清幽雅静，极适宜于读书学习。第四招待所原是武汉军区内部招待所，以前不对外开放。1985年，第四招待所开始对外开放，但只接受会议安排和集体租用，不接待散客。武大中文系和中国写作学会得知消息后，马上主动联系租下招待所8号楼，写作助教进修班这才有机会享受到如此优雅的环境和住宿条件。8号楼仍然是宾馆客房摆设，每间四个床位，房间还有当时武汉尚不多见的供暖设施。男生住二楼，女生住三楼。

读助教班期间，很多人面临的最大困难是经济压力。当时本科毕业的助教每月工资是74元左右（地区类别不同会有所差别）。刚入学时伙食费每天3元，一个月90元，每个月的工资都不够支付伙食费。后几经交涉协商，降到每天1.5元，一个月45元。但许多人还是难以承受。学员们大多为人父为人母，上有老下有小，家庭负担重，扣除伙食费和零用钱，能够给家里的钱就所剩无几了。尤其是一些自费来进修的学员更是不堪重负。助教班一年的学费是2000元，若按每月74元工资计算，相当于2年3个月的工资。负责管理的老师们十分理解和体谅同学们的苦衷，积极想办法为我们减轻经济压力。经班主任和班委反复沟通反映，第四招待所同意助教班自己做饭。武汉大学后勤部门也十分关心支持，专门派出

5位炊事员为写作助教班做饭，11月下旬正式开伙。同学们自己买饭票，吃多吃少全由自己。大家都很高兴，非常感谢老师们的积极争取，也非常感谢第四招待所和武大后勤部门的关心、理解与支持！

当时还没有取消粮票。粮票有两种，即地方粮票和全国粮票。地方粮票只能在本市或本省使用，超出地域范围就不能用了。我们来自全国各地，使用的都是全国通用粮票。于是当地有人悄悄到招待所来找我们换粮票。30斤全国粮票，换30斤武汉市粮票外加15个鸡蛋。用武汉市粮票在食堂买饭票，每斤只需补1分钱，实际上等于3角钱买了15个鸡蛋，每个鸡蛋2分钱，很划算。因此，每当有人来换粮票，我们当中都会有人用全国粮票去换武汉市粮票和鸡蛋。

助教班学员们面临的最大精神煎熬是想家。当时打长途电话手续繁杂，非常麻烦，而且长途电话费很贵，因此写信成为最重要的通信方式。同学们每天都盼着家人来信，真正体会到了“家书抵万金”的含义。当时社会上正广泛传唱《十五的月亮》，这首歌也成为助教班最喜欢的一首歌。中秋节快到来的时候，班委决定以全班同学名义给每个同学的家人写一封慰问信。这封慰问信颇能反映出当时同学们的心情和某些时代痕迹，故而作为助教班的历史资料抄录于此。

### 慰问信

亲爱的××同志：

您好！

在中秋佳节到来之际，我们和××同志一起，向您，并通过您向所有亲人致以最诚挚的祝贺和最亲切的慰问，并请接受我们110位同学的崇高敬意！

我们高校写作助教进修班的学员，来自天南海北，由全国各地汇集到江城武汉，融合成了一个温暖的集体，开始了一种生机勃勃的崭新生活。

在我们班上，时时充满了兄弟姐妹之情：

学习，大家互相帮助、促进。

生活，大家互相关心、爱护。

身体，大家互相督促、锻炼。

请您和亲人们放心吧！

写作助教进修班的举办，是我国有史以来的第一次。它必将为振兴写作学科，培养高质量的高校写作教学人才，做出重要贡献！

人们不会忘记，这里面也有您的一份功劳！

十五的月亮，

照在家乡，也照在江城，

宁静的夜晚，你也思念，我们也思念

……

让我们在中秋之夜，仰望天上那一轮满月共同举杯，为伟大祖国的繁荣昌盛，为你们小家庭的幸福——

干杯！

全国写作助教进修班<br>1985·中秋于武汉

尽管承受着经济压力和思念之苦，但更多的还是快乐和振奋。1985年底的一场大雪，更是让同学们兴奋了好几天。12月8日起约一个星期，武汉市大雪纷飞，气温降到零下8摄氏度。武汉号称“火炉”，像这样严寒的天气极为少见，我们把所有御寒保暖的衣服都穿上了。但每个人都很兴奋，尤其是南方的同学，很多人都没看见过雪，大家纷纷拿出相机，到院子里、东湖边和珞珈山照相留念。有人还专程跑到磨山和长江边看雪景。33年后，写作助教班重聚珞珈山时，很多同学都在微信群里晒出当年充满朝气与活力的雪景照片。当然，这场大雪也给武汉市造成了交通堵塞。《长江日报》12月10日以《大雪袭击三镇　交通发生堵塞　市府领导上街解决群众乘车难》为题，在头版头条位置刊登了配图新闻，可见这场大雪对武汉市所造成的严重影响。

次年春天武大校园的樱花盛景，是上天赐予人间的又一场审美盛宴。3月的武大，樱花绽放，繁盛热烈，灿若云霞。助教班多数人都是第一次见到如此繁盛的樱花，兴奋之情自不待言。那段时间，班里几乎每天都有人到武大樱花大道观赏樱花和照相，正所谓："十日樱花作意开，绕花岂惜日千回?""自是东皇妆点巧，无端忙煞看花人。"

## 四、难忘的考察实习之旅

老师们十分注重助教班的第二课堂学习，强调"读万卷书行万里路"对于写作的重要意义。入学之初，就组织全班同学参观游览了武汉长江大桥、黄鹤楼、武昌起义纪念馆、湖北省博物馆等名胜古迹和文化机构；第二学期又安排到武汉钢铁集团公司下属的热轧钢厂、冷轧钢厂、炼铁厂等参观实习。

但记忆最深刻、最难忘的还是结业前夕赴重庆考察实习。这次考察实习由班主任带队，班委负责具体组织，路费和食宿费分别由办班单位和学员负责。1986年6月3日下午我们乘218次普通列车从武汉出发，沿襄渝线经湖北西北部、陕西南部、四川东北部到达重庆。火车一进入川陕交界的大巴山，铁路就变得异常险峻，高山峡谷，江流湍急，大部分时间都是在隧道和桥梁上穿行。我们乘坐的是慢车，逢站必停，乘客上上下下，火车行驶时又哐啷哐啷地响个不停，根本无法睡觉。实在困得不行，就把报纸铺在过道和座位底下，轮流躺一躺。到达重庆时，已是第二天晚上8点，我们在火车上整整度过了26个小时。

我们住在重庆中药贸易中心招待所，是打前站的同学预先联系好的。招待所位于长江岸边，可望见滔滔长江和万家灯火。客房条件不错，每个床位原价4元8角，我们享受的是优惠价，每人每天3元5角。招待所的一则温馨提示让人觉得很温暖："武汉大学的老师同学，各位旅客，早上七点半到八点餐厅有包子、馒头、稀饭、银耳汤，请前往就餐。"在重庆期间，我们马不停蹄地参观了重庆自然博物馆、西南师大历史系陈列室、红岩村等历史遗址或文化机构，还在晚上登上重庆市中心最高点枇杷山看山城夜景。在重庆5天，只安排了半天自由活动时间，趁着这难得的空隙，许多人第一次品尝了大名鼎鼎的重庆火锅。

按计划，我们乘船经长江三峡回武汉。我们因人多，船票不好买，只好分两批分别于8日和9日晚上返回。大家都很兴奋，都想好好感受一下"两岸猿声啼不住，轻舟已过万重山"的轻快心情，好好体验一下刘白羽《长江三日》所描绘的情随景生的壮美场景和勇往直前的坚定信念。傍晚时分，我们登上了"江渝4号"客轮，先在船上住一晚，次日早晨5点起航，晚上又在万县（今万州区）停泊过夜。在万县停泊一晚，既是因为晚上过三峡危险，也是因为晚上看不见三峡景色。我们趁机游览了千年古城万县的街景和夜市。过三峡是这次长江航程的高潮，整整用了一天时间。两岸景色奇绝，美不胜收，精力充沛的年轻人几乎整天都是站在甲板上看风景和照相。出了三峡的最后一峡西陵峡，江面骤然开阔，由300多米剧增至2300多米宽，举世闻名的葛洲坝就建在这里。过船闸又是一次令人惊叹的经历。巨大的船闸只有一级闸道，注满水后一降就是20多米，整个客轮快速沉到陡峭的闸道里，抬头只能望见窄窄的一线天，让人不得不感慨葛洲坝的雄伟与神奇，不得不感慨中华民族的聪慧与伟大！我们在客轮上待了三天三夜，分别于11日、12日回到武汉，结束了这次令人终生难忘的考察实习之旅。

## 五、学员风采剪影

首届写作助教进修班学员结业后，大多在普通高校、成人高校、党校、干部学院等从事教学和研究工作，也有部分学员从事文学创作、编辑出版和行政管理等工作。但无论从事何种工作或职业，学员们都以自己的才干和业绩谱写了充实而多彩的人生篇章。现就我所了解和掌握的信息，对各领域有一定代表性的若干学员做个简略介绍。

卢晓光，原为河北广播电视大学教师，历任霸州市副市长，民革河北省委会副主委兼秘书长，民革河北省委会主委、民革中央常委、河北省政协办公厅巡视员，河北省政协副主席、全国政协常委等职务。

何建洋，原为江西萍乡教育学院（现萍乡学院）教师，历任萍乡高等专科学校副校长、萍乡市副市长、江西省监察厅副厅长兼省预防腐败局副局长、民盟江西省委会副主委、江西省教育厅巡视员、江西省政协常委等职务；系第十二届全国人大代表。著有《中国古典小说审美与探索》等专著，兼任江西省诗词学会副会长。

韩建敏，原为重庆师范学院（现重庆师范大学）教师，历任重庆师范学院教务处处长，民盟重庆市委会副主委、专职副主委（正厅级）。先后兼任民盟沙坪坝区委会主委、沙坪坝区政协副主席、重庆市政协常委、民盟中央常委等职务。系第十二届全国人大代表。教授，硕士研究生导师。著有《神秘的空间——女性写作心理探索》等专著5部，发表论文40余篇，获省市级优秀成果奖多项。

吴海琴，原为广西中医学院（现广西中医药大学）教师，历任学校党委办公室副主任、组织部副部长、总务处党总支书记，自治区畜牧局党委副书记，自治区体育局纪检组组长，广西纪委派驻自治区商务厅纪检组组长，正厅级纪律检查员等职务。

杜福磊，原为信阳师范学院教师，历任信阳师范学院中文系副主任，河南政法管理干部学院教务处副处长、处长、副院长，河南财经政法大学副校长、正校级调研员等职务。二级教授，硕士研究生导师。先后兼任中国写作学会副会长、国际汉语应用写作学会副会长、中国写作学会现代写作委员会副会长、全国财经院校语文研究会副会长、河南省写作学会会长等学术职务。长期从事写作学教学与研究，著有《现代写作学理论探要》《现代文体写作学》《散文美学》《中国写作学理论研究与发展》等专著，主编出版国家级、省部级规划统编教材18部；发表学术论文90多篇（其中核心期刊41篇，CSSCI期刊9篇）。主持完成国家级、省部级科研项目7项，地厅级科研项目8项；获省部级科研和教学成果奖7项，厅级奖10余项。被授予“河南省优秀教师”“河南省优秀中青年骨干教师”“河南省优秀专家”等称号。

容本镇，原为广西民族学院（现广西民族大学）教师，历任校长办公室主任、副校长兼文学影视创作中心主任，广西教育学院院长、党委书记。三级教授，硕士研究生导师，中国作家协会会员。先后兼任中国写作学会副会长、国际汉语应用写作学会副会长、中国文艺评论家协会理事、广西社科联副主席、广西文艺评论家协会主席、广西写作学会会长等学术职务。曾被聘为教育部高等学校高职高专文化类专业教学指导委员会委员。著有长篇小说《古海角血祭》、长篇散文《岭外汉风》及《文学的感悟与自觉》《凝望八桂》《广西当代文艺理论家丛书·容本镇卷》等论文集；主编或合作出版《写作学教程》《悄然崛起的相思湖作家群》《广西文学艺术六十年》等各类著作20多种；主编出版中小学作文实验教材两套共30册，发行量巨大。作品曾入选国家新闻出版总署“三个一百”原创出版工程，曾获广西社会科学优秀成果一等奖、广西优秀图书一等奖、国家级教学成果二等奖、自治区级教学成果特等奖等。

刘东黎，原为东北林业大学教师，历任东北林业大学出版社副总编辑、副社长、社长，中国林业出版社副社长兼副总编辑、总编辑（正司局级）、社长，中国林业出版社党委书记、董事长、总编辑。著有长篇小说《黄花落，黄花开》，散文随笔集《北京的红尘旧梦》《生若幽兰》《印象玫瑰》《诗意地栖居在大地上》等10部；合作出版《人与自然》《文明的中介》等学术著作多部。曾获中宣部“五个一工程”奖、梁希林业图书期刊奖、优秀畅销书奖等奖项。

毛正天，原为鄂州大学（现湖北民族大学）教师，历任中文系副主任、主任、文学院院长，《湖北民族大学学报》编辑部主任兼执行主编等。文学博士，三级教授，硕士研究生导师。先后兼任中国写作学会副会长、国际汉语应用写作学会副会长、湖北省写作学会会长、湖北省文艺学学会副会长、国际炎黄文化研究会副理事长等学术职务。著有《中国古代心理诗学探索》《写作原理与技巧》《写作心理概论》等专著12部，主编出版各类著作20余部，在海内外发表学术论文百余篇。曾获湖北省“五个一工程”奖、湖北省社会科学优秀成果奖、香港龙文化金奖等多种奖励；多次赴国外讲学与出席国际学术会议，为美国哥伦比亚大学短期访问学者。被评为湖北省跨世纪学科带头人、“湖北省新世纪高层次人才工程”人才、恩施州十大杰出人才、享受政府特殊津贴专家。

张大成，笔名成章，原北京师范学院分院（现首都师范大学）教师，曾任首都师范大学文学院高级涉外文秘系（现文秘系）主任。教授，中国高级公务员培训中心研究员，兼任北京市写作学会副会长，受聘为中组部、人社部、教育部相关专家。长期专注于写作教学与研究，出版专著逾500万字，主要著作有《高级商务秘书实用写作》《电脑写作》《现代应用写作教程》《现代礼仪文书写作》《秘书工作实务》等。作为主要专家，参与创制国家公务员考试科目“申论”，撰写出版专著《申论典范》，为创新国家公务员考试做出了重要贡献。

黄晓峰，笔名高戈，原澳门国际成人教育协会教师。博士，诗人，评论家。历任澳门文化司署《文化杂志》中文版编辑、《澳门文化丛书》编审、《澳门艺术报》主编，澳门特区政府文化顾问等职务。20世纪80年代与陶里、汪浩瀚等人组织澳门五月诗社，曾任理事长，策划出版《五月诗丛》和《澳门现代诗刊》。20世纪90年代参与组建澳门写作学会，任副会长兼《澳门写作学刊》主编。著有《梦回情天》等诗集及《澳门现代艺术和现代诗论评》等专著，选编出版《神往——澳门现代抒情诗选》及多次学术研讨会论文集等。

彭金山，笔名金山、菊山，原庆阳师专（现陇东学院）教师，历任西北师范大学文学院院长、《敦煌》诗刊主编等职务。教授、硕士研究生导师，中国作家协会会员。先后兼任中国当代文学研究会常务理事、甘肃省当代文学研究会会长、甘肃省民间文艺家协会副主席等学术职务。著有《象背上的童话》《看花的时候》等诗集，《中国新诗艺术论》《文学批评与文体透析》《陇东风俗》《20世纪中国散文诗精品赏析》等专著；主编《别一种风景》《母亲颂》《父亲颂》《中国现当代抒情诗选》等诗歌选集。曾获中国民间文艺最高奖“山花奖”首届学术著作奖、中国文联文艺评论奖、全国当代少数民族文学研究优秀评论奖、甘肃省社会科学优秀成果二等奖、甘肃省“五个一工程”奖、甘肃省优秀教学成果二等奖等；荣获“全国师德先进个人”“甘肃省德艺双馨文艺家”等称号。

潘小平，原淮北煤炭师范学院（现淮北师范大学）教师，曾任安徽省文联《清明》杂志副主编、《安徽文学》主编、安徽文学院院长、安徽作家协会副主席。中国作家协会会员，享受政府特殊津贴专家。已创作发表散文、纪实文学、影视文学、小说、论文等约980万字。主要著作有散文随笔集和纪实文学《北方驿站》《城市呓语》《文化徽州》《风韵新安》《坐拥江淮：合肥》《烟雨黄山》《季风来临》《爱情这逃犯》《一条大河波浪宽》等10多部；长篇小说《美丽的村庄》（与曹多勇合作）、《翁同龢》等。广泛参与电视策划与创作。担任《跨越》《城的灯》《红色记忆》《安徽民间工艺》《潮起江淮》《巨变》等多部大型文化专题片和纪录片撰稿；担任电视连续剧《同门兄弟》《鲍家花园》《古城旧事》《天问》和电影《美丽的村庄》《子高地》等编剧；主持拍摄系列电视散文《皖赋》《皖地风流》《永远的大别山》等。曾获中宣部“五个一工程”奖、安徽省“五个一工程”奖、中国电视专题二等奖、安徽电视一等奖、中国广播电视协会纪录片工作委员会纪念改革开放三十周年中国优秀纪录片银奖（学术奖）等。

薛贤荣，原阜阳师范学院（现阜阳师范大学）教师，历任安徽少年儿童出版社副总编辑、安徽电子音像出版社（时代新媒体出版社）总编辑。中国作家协会会员。在寓言创作与研究方面成就显著，著有《小猴躲雨》《否否先生》《国王与海盗》《四季寓言》《老鼠和神灯》《狼兄弟猎驴》《得意的大灰狼》等寓言集以及《寓言学概论》等专著，选编出版《中国民间寓言宝典》等。

戴达奎，笔名戴达，上海大学教师。诗人，中国作家协会会员。著（编著）有诗集《与情人节跳舞》、长诗《旧事重提》，短篇童话集《月光梯子》，长篇童话《吹牛大王》《幻想大王》《怪鼠与割影刀》《盲鸭子阿嘎》，中篇童话《蓝蜘蛛》等；主编出版《中外童话鉴赏辞典》等。曾获《星星》诗刊新诗大赛一等奖、中国童诗崇文奖、冰心儿童文学图书新作奖、《儿童文学》佳作奖等。作品入选《中国新文学大系》，有作品被译成英文、日文介绍到海外。

梁志林，号长谷、长谷山人。河北大学中文系毕业并留校任教，先后在文学院、新闻传播学院、河北大学出版社从事教学和编辑工作。教授，硕士生导师，书法家，画家。著（编写）有《长谷诗书选》《长谷绘画选》《汉语正名正音词典》等；主编或合作出版《大学写作教程》《河北当代文学史》《影响中国文化的20大悲壮英杰》《中华诗魂》《中国诗词曲赋名句鉴赏大词典》《〈水浒传〉校注》等30多种。被评为河北省高校优秀青年骨干教师。曾获河北省文艺振兴奖、河北社会科学优秀成果奖、华北优秀图书奖、全国优秀图书发行奖等。

高朝俊，原南京师范学院（现南京师范大学）教师，曾任南京师范大学出版社研究所常务副所长、人民教育出版社教材发展部主任等。教授，编审，硕士研究生导师，兼任中国写作学会现代写作委员会副会长、江苏省写作学会副会长等学术职务。著有《文学乱弹》等专著，发表《阿薇，你在哪里?》《无声的歌》等文学作品，主编或合作出版著作多部。曾应邀在北京、上海、天津、太原等10多个城市做作文教学讲座数百场次。曾获霍英东教育基金会高等院校青年教师奖、“全国优秀语文教师奖”、全国优秀教育图书编辑奖等奖励。

李大伟，原吕梁师专（现吕梁学院）教师，历任学校党委宣传部副部长、山西高校联合出版社副总编辑、兰州大学出版社副总编辑、中国海关出版社副总编辑、中国新闻出版研究院产业发展咨询中心主任、中国出版协会泰山新闻出版小镇总顾问、中国音像与数字出版协会副秘书长等职务。受国家部委和所在单位委派，策划和组织创办了中国数字出版博览会、中国数字出版年会、中国（深圳）文博会数字出版展示交易会、中国民营书业发展高峰论坛等国家新闻出版行业重大项目，受到业界的广泛关注和重视。

曹毅，原为湖北民族学院（现湖北民族大学）教师，曾任恩施土家族苗族自治州人民政府副州长。

张杰、张明、李道荣、张得一、周淼龙、邱安昌、顾宝艳、谢志礼、郭望泰、宋影萍、高直、王锡渭、王进、施文青、黄笑笑、格日乐等在写作教学与研究方面均取得了显著成绩。有的学员则在其他学科领域彰显出自己的学识与才华，如刘月莲的妈祖文化和澳门历史文化研究，邱国珍的民俗学研究，葛彬的文化学和妇女学研究，薛国林的新闻传播学研究，张明芳的影视研究与评论，吴伯义的文艺研究与评论，刘崇奎的公安文化研究，卓朝君的司法文书和民事诉讼法学研究，张万仪的巴渝文化研究，韩虎山的广告学研究，吕植家的微型小说研究等。有的学员则兼具学者与作家的双重身份，如梁中杰、吴志昆、姚国建、孔德选等。有的则成为所在单位的“双肩挑”人员，如湖北汉江师范学院党委副书记、纪委书记周进芳，山西晋中师专副校长、晋中学院副院级调研员韩士生等。

2018年10月，首届写作专业助教进修班曾在珞珈山举行33周年聚会，班长张大成领衔创作了班歌《珞珈诗篇》，现以这首班歌歌词结束本文：

珞珈灵秀舒怀 / 曹园桂馨染卷 / 添香了多少吟诵 / 东湖映青莲 / 培育了几多才俊 / 挥毫写楚天 // 首届写作研修 / 师生宏论前沿 / 丈量了多少锦绣 / 载道学群贤 / 教诲了几多弟子 / 大业竟文翰 // 啊，武大写作班 / 唱不完的传奇 // 啊，武大写作班 / 写不尽的诗篇 // 珞珈诗篇同窗著就 / 梦绕魂牵 / 珞珈诗篇与时俱进 / 风采无限！

（原载《写作》杂志2020年第2期）

# 相思湖作家群中的评论家

自1995年“相思湖作家群”这一概念正式提出以来，已过去整整25年。25年来，相思湖作家群奋楫扬帆，踵事增华，不断谱写着锦绣华章。

有几个具有标志性意义的事件，颇能说明和体现出相思湖作家群的卓然之姿和勃发态势。一是2000年隆重召开“相思湖作家群现象研讨会”。这次研讨会规模大、规格高、媒体报道多，相思湖作家群从此以整体形象进入文坛视野，引起文坛关注。汇集这次研讨会成果的《悄然崛起的相思湖作家群》成为首部相思湖作家群研究专集。二是2005年引进著名作家东西、凡一平为驻校作家。这是加强相思湖作家群建设、打造学科特色品牌的重要举措，广西民族大学也成为全国较早引进驻校作家的高校之一。后来又相继引进黄佩华、朱山坡两位著名作家。驻校作家的加盟，不仅极大地增强了相思湖作家群的实力，也强有力地推进了相思湖作家群的建设与发展。三是广西民族大学文学院先后于1998年、2013年获得硕士、博士学位授权点。这是培养青年才俊和汇聚高层次人才的重要学科平台，是确保相思湖作家群人才辈出、薪火相传的有效机制和重要保证。四是2013年获准设立“八桂学者文学创作岗”。这是广西高层次人才岗位，设立条件和人才选拔标准十分严格。该岗位组成以东西为负责人，凡一平、黄佩华、李约热、朱山坡为成员的创作团队，5年期间创作发表了一批长篇小说精品力作，把新世纪广西文学尤其是长篇小说创作推上了一个新的高度。五是2019年成功举办“首届相思湖作家论坛”。这次论坛名家云集、研讨深入、媒体关注、影响深远，有力推进了相思湖作家群品牌建设。

多年来，很多人都强烈希望出版一套相思湖作家群作品选，以此集中展示相思湖作家群的创作成就，增强相思湖作家群的凝聚力。现在，这一愿望终于实现了。广西民族大学文学影视创作中心经精心策划和组织，按文体类别推出了一套共4本的相思湖作家群作品选。这是推进相思湖作家群发展的又一具有标志性意义的大事。

作为相思湖作家群的重要成员，评论家们在相思湖作家群中扮演着重要角色，发挥着重要作用。他们活跃在不同时期的文坛上，为繁荣发展文艺事业奉献出自己的智慧与才情，也见证和推动着相思湖作家群的发展。《相思湖作家群评论选》收录了22位有一定代表性的评论家的作品，其中出生于20世纪30年代的有5人，20世纪40年代3人，20世纪50年代4人，20世纪60年代4人，20世纪70年代6人。这些分布在全国各地的评论家，除个别人外，基本上都执教于高等院校，而且绝大多数都曾经或正在广西民族大学任教。本书主编张柱林就长期驻守在相思湖畔，是文学院现当代文学学科带头人和博士生导师，又兼任广西文艺评论家协会副主席，对相思湖作家群和广西评论界的情况十分了解和熟悉，由他负责选编《相思湖作家群评论选》当属顺理成章、责无旁贷。这项工作看似简单易行，实际上并不轻松，毕竟相思湖作家群中评论家人数较多，评论作品更多，又是首次选编，大到如何确定评论家人选和遴选评论作品，小至如何排列次序、统一文本格式等，都需要耗费诸多心血，考虑诸多因素和细节。柱林教授尽心尽责，投入大量时间和精力来做好这件事。因篇幅所限，各个年代一些有成就有影响的评论家未能悉数收入，其中出生于20世纪80年代以后的青年评论家均未能收入。虽有所遗憾，但也是在所难免和可以理解的。

相思湖作家群的源头可追溯到广西民族大学建校初期，是伴随着学校的发展而发展的，至今已走过近70年风雨历程。我坚信，有着坚韧品格和蓬勃生命力的相思湖作家群，定将踔厉风发，笃行致远，生生不息！

（原载《相思湖作家群评论选》，漓江出版社，2021年出版）

# 那一汪湖水

在这个多雨的夏天，在林木葱茏的相思湖畔，我的脑海里总是萦绕着两首优美动人的校园歌曲。一首是《缘分》："毫不犹豫我选择了你 / 像选择给予生命的母亲 / 你微笑的脸庞接住我渴望的眼神 / 漂泊的梦想像种子落定 / 这是不是传说 / 传说中的缘分 / 此生我必定有一片红豆林 / 这是不是传说中的缘分 / 我的生命注定烙上你的基因……"浓烈的情感，诗意的语言，唯美的意象，把源于相思湖的"缘分"诠释得深挚、透彻而浪漫。我庆幸我也在相思湖留下了身影，我的生命也烙上了相思湖的基因。《缘分》由东西作词，浮克作曲，严当当首唱，这是一个高端的创作组合。因此，当这首荡气回肠的校园歌曲成为网红歌曲并冲上央视音乐频道时，我并不感到意外。

相对于《缘分》的哲思与意境，《那湖相思》则带着泥土的质朴与芬芳。一群毕业近三十年的同学和他们的班主任，用"献歌"的方式为母校七十华诞庆生。整首歌曲的MV创作、演唱、出演、拍摄、剪辑等，均由本班同学完成。“东望西乡一塘秋／不见曾经陌人柳 ／榕荫翠影风与月／一湖相思几多愁／都说一别难回头／总有朝露湿眼眸……”这首由谢勇云作词谱曲、班主任李继兵教授担纲演唱的歌曲，没有明星大腕，没有高级伴奏，有的只是学子们的深情告白和那湖浓得化不开的相思之情。歌曲一经推出，立即受到广大校友的热捧和母校的鼎力推介。

在这个蝉声盈耳、鸟语花香的季节，我还被一首广为传诵的诗歌拨动着心弦。“我在一颗石榴里看见我的祖国／硕大而饱满的天地之果／它怀抱着亲密无间的子民／裸露的肌肤护着水晶的心／亿万儿女手牵着手／在枝头上酸酸甜甜微笑……”《我在一颗石榴里看见了我的祖国》，作者杨克。近年来，杨克的这首名作被众多的名演员、名主播、名歌手争相朗诵，被无数的文艺晚会或娱乐频道选作朗诵节目。在这首诗中，在那颗硕大而饱满的石榴里，我们看到了华夏子孙心手相连的血脉亲情，看到了中华民族生生不息的生命源泉，看到了伟大祖国巍然屹立的壮美身姿。如今，这首诗已被镌刻在广西民族大学“民族园”的一块巨石上。这是母校第一次把校友的作品雕刻在校园里。一方硕大的诗碑，既是对诗人校友的肯定和褒扬，更是对中华各族儿女团结奋进、坚不可摧的豪迈宣示。

三位歌词和诗歌作者，都因为相思湖而联系在一起。他们都有一个共同的身份：相思湖作家群成员。我也因相思湖而与他们结下了缘分。我和杨克是大学同学，在那个令人心驰神往的年代，我们曾一起仰望李白和杜甫，一起接触鲁迅和托尔斯泰，一起观看卓别林的电影，一起聆听在校园里悄悄流传的港台歌曲。大学毕业，我由一名大学生变成一名年轻教师，继续留守相思湖。已在诗坛崭露头角的杨克，则怀揣满满的自信和梦想，奔向充满诱惑的诗和远方。他从广西走向全国，从全国走向世界。他被称为“中国第三代实力派诗人”和“民间写作”代表性诗人，他当选第四届中国诗歌学会会长，也印证了他在中国诗坛的实力地位。在英国剑桥大学国王学院举办的“徐志摩诗歌艺术节”上，杨克荣获“剑桥徐志摩诗歌奖”。两位不同时代的中国诗人穿越时空在人文荟萃的剑桥邂逅，他们的作品同时在剑桥湛蓝的天空中回响。

荣获首届鲁迅文学奖的东西，被广西民族大学引进成为驻校作家后，我和他便成了同事。在学校新成立的文学影视创作中心，我和东西、凡一平成为首批在岗人员。后来，黄佩华、朱山坡等陆续加入。四位驻校作家的加盟，极大地增强了相思湖作家群的实力和声威，并强有力地引领着相思湖作家群不断发展壮大。东西现任广西文联主席、广西作协主席和广西民族大学文学影视创作中心主任，是文学桂军和相思湖作家群众望所归的领军人物。

现任钦州市文联主席和党组书记的谢勇云是个多面手，在散文、诗歌、音乐、摄影等领域都颇具禀赋和才华。但他所处的位置，决定了他必须把主要精力和重心放在组织管理工作上。他属于默默奉献的那一类文艺组织者。

相思湖，一个美丽神奇的湖。那一汪波光粼粼的湖水，一头连接着广袤缤纷的世界，一头凝聚着学子们无尽的相思与眷恋！

（原载2022年7月1日《广西日报》）

# 葛麻岭足迹

# 致青年教师

根据学院发展的需要，也是为了优化我院的师资队伍结构，今年我们公开招聘了21位具有博士或硕士学位的青年教师。为了让青年教师们尽快适应新的工作岗位，尽快进入教师的角色，也是为了让大家更好地规划自己的未来，明确自己的发展方向，学院专门举办这样一个青年教师教学业务培训班，同时也是为大家举行一个欢迎仪式，真诚地欢迎各位青年才俊加盟广西教育学院这个大集体，我也非常高兴能够和大家成为同事。参加这个培训班的，还有近三年来新进学院从事教学工作或由其他岗位转到教学岗位的青年教师。

在今天的开班仪式上，我先做一个发言，不是讲课，算是开班致辞。既然是开班致辞，按常规，我应该首先简要地谈一谈高等教育的发展态势，向新来的教师介绍一下学院建设与发展的基本情况。但高等教育的发展态势，相信大家有所关注，专家们在讲课中也会涉及这方面的内容；另外，从报名应聘到正式聘用，已有半年多的时间，相信大家对学院的情况也已经有了一定的了解，而且以后你们慢慢还会有更多更深入的了解的。因此这些我就不再谈了。我也是教师出身，至今仍然是一名教师。今天，我只想借这个宝贵的机会，和大家谈一点实实在在的感想、体会和建议，算是和大家进行一个交流，也是和大家进行共勉。

第一点，要树立职业自豪感和自信心。社会上有无数种职业，按照过去的说法，至少有三百六十行，教师也是其中的一行。但教师这种职业不是每个人都能够从事的，从事这种职业需要具备“传道、授业、解惑”的学问和本领。因此，能做一名教师是值得自豪的，能做一名大学教师尤其值得自豪。什么是大学？在古希腊、古罗马是这样定义的：大学是研究和传播高深学问的教育机构。能在这样的机构里工作，应该是很值得自豪的。如果我们当不了总统，当不了将军，当不了省长和市长，也当不了大企业家，那么选择当一名大学老师绝对是一个好的职业，是一个可以通过自己的努力实现自己人生价值的职业。或许有的人原来的志向和兴趣不是做教师，这很正常，每个人都可能有自己的志向和兴趣，比如有人可能很想做个公务员，将来当个处长、厅长，有这样的想法也没有什么不好。但现在既然选择了做老师，就要安定下来，要培养对老师的兴趣，培养对教育事业的兴趣，或者说，要培养教师职业的情感。只有这样，你才会很快乐很投入地去从事教师的工作。我们可能都读过钱锺书的小说《围城》。“围城”是什么意思，就是里面的人想出去，外面的人想进来，也就是常言所说的“这山看着那山高”。我们常常有这种“围城”的心理。其实，真正走出围城，到了那座山上，可能你会发现，这并不是你原来想象的那座山，也不是你想要的那座山。我年轻的时候也有过这种冲动，并已付诸行动。大概是1989年吧，广西首次公开选调公务员到自治区人事厅工作，我报考了，而且考上了。但最终还是放弃了，还是选择了留在学校这座“围城”里。20世纪90年代初，我的班主任推荐我到广东一家出版社工作，也还是没有去。我做了校办主任后，有个领导想平调我到一个地区行署当副秘书长，我还是婉拒了。现在回过头来看，我当时的选择是对的。不仅是因为我当了教授，当了校长，更重要的是没有丢掉我的专业，我能够写出一些东西，至少在广西，我也算是一个文化人。因此，我希望大家一定要安下心来，扎扎实实地工作，一步一步地向前发展。

第二点，要成为教学上的行家里手。我们都知道大学有三大职能：人才培养、科学研究、社会服务。近年来有人提出还有一项职能：文化传承与创新。不管有多少项职能，人才培养始终是学校最核心、最重要的职能。作为一名大学教师，最核心、最重要的工作，当然也就是教学工作。因此，我们必须成为教学上的行家里手，要具备做一名教师的基本素质、知识结构、专业水平和职业技能。教学是一门科学，也是一门艺术。不仅要能够表达出来，还要让学生能够接受、乐于接受，把听课当成一种享受，让人如沐春风、如览胜景。有人很有水平、很有学问，但如同水壶煮饺子——倒不出来；有的课程内容本来就很丰富很生动，却被讲得枯燥乏味，让人昏昏欲睡，听课如同精神折磨。

作为一名老师，还要不断地吸收新知识新成果，不断充实和更新自己的知识结构，上课的讲义和课件要不断补充新的内容，不要老是拿着老讲义老课件照本宣科，一劳永逸。尤其是青年教师，刚刚起步和入门，更要不断地探索、补充和提高。我们正处在信息时代，新知识新信息每天都海量产生，获取知识和信息的方式和渠道也非常广泛。因此，现在的老师已不是传统意义的老师，学生也不是传统意义的学生，老师已不能垄断知识，甚至不一定比学生懂得多，这就对我们老师提出了严峻的挑战。老师需要不断地去学习和改进教学的方式方法，启发、交流和研讨的方法会比传统的灌输方法更受学生欢迎，也可尽可能避免被学生诘难和问倒的尴尬和风险。同时，老师比以往任何时候都更需要增强平等的意识，需要更宽广的胸襟和雅量。

作为一名老师，不仅要上好课，还要关爱学生、指导学生，要与学生多交流多接触，建立起良好的沟通和信任关系。学校一切工作的出发点和落脚点都是为了人才培养，而在人才培养的过程中，教师肩负着最直接的责任和使命。教师要以人为本，以学生为本。西方的许多著名高校，都非常注重对学生的个别指导和个性化发展，有的大学还以此作为自己的特色和传统，如牛津大学一直在本科生中实行导师制等。因此，教师不能只在课堂上完课就算完成任务。有教育学专家提出，衡量一个老师是不是关心学生，有两个很简单的标准，第一个是，老师上完一个学期课之后，要认识每一个学生，即使在路上碰见，也能够叫得出学生的名字；第二个是，每个学期都能够分别安排一个小时的时间对学生进行个别指导或交流，哪怕是聊聊天也好。这样做还有一个好处，就是可以更好地了解学生的情况，记住学生的特点和名字。能记住学生的名字，学生会很高兴，对你也会产生一种亲切感和信任感。这两条标准不算高吧？但真正做到并不容易。我希望我们的老师特别是青年老师能够做到。

第三点，希望老师们重视科研。这个问题，分管科研工作的副院长唐晓萍博士还要专门和你们讲，我在这里只简单地谈一下。前面谈过，教学是教师最核心、最重要的职责，是最主要的工作。有人说，教学是饭碗，科研是锦上添花。这话有一定道理，但不完全正确，因为两者是相辅相成、互相促进的。著名科学家和教育家钱伟长说过，教学没有科研做底蕴，就是一种没有观点的教育、没有灵魂的教育，“你不教课，就不是教师；你不搞科研，就不是好教师”。前面还说过，大学是研究和传播高深学问的教育机构。大学教师理所当然也应该是高深学问的研究者和传播者，也就是说，大学教师必须具有知识传播和科学探索的双重职责，必须把作为知识传播者的教师与作为知识探索者的学者统一于一身。还有人说，大学是一个学者的社团，是一群富有探索精神和独立思考能力的知识分子的俱乐部。因此，大学教师没有理由不成为一名学者。科研强调创新，创新就需要你去博览群书，积累知识和材料，需要你去关注和掌握学科的前沿动态和信息，需要你去做艰苦的探索和深入的研究。这个过程实际上也是一个学习和提高的过程。我们不要求也不可能要求每个教师都能成为造诣高深的知名的学者，但应该具有一定的科研能力和学术水平，要有一定的科研成果或作品，否则不仅在学术交流中底气不足，也会直接影响到教学水平和教学质量的提高。最现实的效果是，如果你有论文有著作，即使口头表达能力欠缺一点，学生也会比较佩服你，认为你有水平。我们的新教师都拥有硕士以上学位，受过专门的学术训练，搞科研应该是没有问题的，相信你们在科研上是有发展潜力的。

第四点，要有良好的团队意识与合作精神。这点非常重要。要把团队意识与合作精神真正内化为一种基本的素质，在现实工作中自觉地体现出来。在一个单位、一个团队里，不管是领导还是员工，是业务骨干还是一般老师，都要严格遵守规章制度，要互相尊重、互相支持，密切配合、团结合作，要共同营造一种宽松、宽容、和谐的工作环境和人际关系。我们需要维护合法、合理的权利，但有些事情不要过于偏执，不要老是去钻牛角尖。人一旦陷入偏执，在一些细枝末节、鸡毛蒜皮的小事上钻牛角尖，就容易产生摩擦和矛盾，工作时就不会心情舒畅。有人一有了矛盾就想到跳槽，想换个新的工作环境，这也是解决问题的一个办法，但绝不是根本的解决办法。因为如果不好好进行自我反思，不注意创造良好和谐的人际关系，还是那样以自我为中心，也还是会产生新的矛盾。老实说，凡是明确说是因为与原来的单位有矛盾而要求调来我这里工作的，我是不会要的。原因很简单，你和原来的单位搞不好团结，到了我这里也有可能搞不好团结。另外，年轻人也不要在工作上挑三拣四、斤斤计较，辛苦一点，压力大一点，不是什么坏事，也不要觉得吃了什么大亏。古人说，桃李无言，下自成蹊。你做了工作，有了成绩，领导和同事是看得见的，是心中有数的。如果什么事领导都不让你干，或者让你干得很少，轻松是轻松了，但不一定愉快，因为这也有可能意味着失去了领导和同事的信任，意味着你要坐冷板凳。这种感觉和滋味，大概也不会太好受吧？当然，我相信我们的年轻老师的素质是好的，是经得起考验的，这些事情是不会发生在同志们身上的。

最后，祝年轻的老师们奋发有为，前程似锦！

（2011 年 11 月 5 日，在广西教育学院青年教师培训班开班仪式上的发言）

# “桂学研究瞭望”专栏开设四周年记略

《桂学研究瞭望》论文集是《广西教育学院学报》同名栏目近四年来所发表的论文汇编，也是桂学研究成果的一次集中回顾与展示。

《广西教育学院学报》是最早参与桂学研究、积极推动桂学发展的学术刊物。从提出创立桂学之初，学报就与桂学深度结缘，成为推动桂学研究与发展的一个重要学术阵地与平台。

2009年4月15日，首次桂学研究专家座谈会在古树参天、宁静幽雅的桂林雁山园召开。座谈会由广西文联主席潘琦召集并做主题发言。正是在这次座谈会上，潘琦正式提出了创立桂学的构想。在自由宽松的学术氛围中，与会专家们围绕着创立桂学的构想、意义以及桂学的含义、范畴、特征等问题进行了热烈的讨论，形成了广泛的共识。我有幸出席了这次座谈会并被潘琦指定为会议主持人。会上，专家们提出应该成立一个学术组织来凝聚各方力量，以期有组织、有计划、有步骤地推动桂学的研究与发展。学术组织的名称就叫广西桂学研究会。潘琦当即采纳了大家的意见，并指示由广西文艺理论家协会负责办理相关申请登记手续和具体的筹备工作，涉及重要的问题再由他出面沟通协调和解决。在潘琦的直接领导下，经过近一年的紧张筹备，广西桂学研究会于次年11月正式宣告成立。

2009年7月，我从广西民族大学副校长任上调到广西教育学院任院长。秋季学期开学之初，我分别向我的新同事——学院党委书记、学报主编陈洛教授，学报副主编、编辑部主任韦吉锋教授，分管学报工作的副院长唐晓萍研究员简要介绍了创立桂学的背景、意义和发展前景等情况，建议在学报开辟一个桂学研究专栏，尽快参与到桂学研究之中，这样既可抢占桂学研究的先机，也有利于提升学报的学术特色。其时提出创立桂学还不到半年，对桂学的基本含义、范畴和特点等基本理论问题，还没有展开研究，除了此前《广西日报》刊登过一篇该报记者对潘琦的长篇访谈，桂学理论方面的研究还没有任何成果。但学报的三位“主政者”都敏锐而清楚地意识到，开展桂学研究是一件有助于树立广西文化自觉与自信、繁荣发展广西文化事业、提升广西文化形象的有意义的事，也是凸显学报办刊特色、提高学报学术品位的重要契机，因此一致赞同在学报开设桂学研究专栏。从这一点上来说，《广西教育学院学报》之所以能够在桂学创立之初就与之深度结缘，表面上看似乎是一种机缘巧合，实际上是学报基于学术上的敏锐与自觉而做出的一个重大抉择与决定。后来，陈洛、唐晓萍、韦吉锋、潘顺安、潘启富、周本良、何婵娟等一批教授、博士和青年教师都积极参与到桂学研究的实际行动之中，成为浩荡行进的桂学研究队伍中的一员，广西教育学院也成为桂学研究的重要基地之一。

决定开辟桂学研究专栏之后，学报几经斟酌，将专栏定名为“桂学研究瞭望”，在2009年第6期（学报为双月刊）学报上正式开栏。这是第一家开设桂学研究专栏的学术刊物。为了引起学术界的注意与重视，我为栏目写了个含有“广而告之”意思的简短的“主持人开栏语”，同期刊登了著名学者潘琦、吕余生、陈洛的桂学研究论文和唐春烨撰写的《首次桂学研究专家座谈会综述》一文。这是首次集中推出的最早的一批桂学研究论文。从此，“桂学研究瞭望”成为学报的一个常设栏目，后来又被确定为学报的主打栏目和特色栏目。同时，该栏目也成为桂学研究的一个重要阵地和窗口，并且很快就受到学术界的关注和好评。自治区新闻出版局《报刊管理与审读动态》2010年第1期刊登的《〈桂海论丛〉等8种期刊审读报告》指出：“同样都是研究地域文化，《广西教育学院学报》的‘桂学研究瞭望’栏目，其学术的前瞻性、厚重感就比其他学院学报的同类栏目更胜一筹。”栏目开设4年来，各学科领域的许多著名专家学者如陈学璞、李建平、黄伟林、黄健、韦苏文、胡大雷、张利群、过伟、郑超雄、蒋钦挥、周大鸣、秦红增、王建平、过竹、韦秀康、李海、李江、顾凤威、覃振锋、王绍辉等，都先后在该栏目发表过桂学研究论文，其中有的还不止发表过一篇。在一个栏目里汇聚了大批有成就有影响的专家学者的研究成果，堪称学术界的一件盛事。2010年10月由广西师范大学出版社出版的第一本桂学研究论文集《桂学序论》，其中所收录的文章，绝大部分都是在“桂学研究瞭望”栏目发表过的。从2010年第4期开始，广西桂学研究会又成为该栏目的合作单位，从而增强了该栏目的权威性和社会影响力。

2011年5月，《广西教育学院学报》创刊25周年暨“桂学研究瞭望”栏目建设座谈会在南宁举行，广西文联主席、广西桂学研究会会长潘琦，广西期刊学会副会长、《广西民族大学学报》执行主编秦红增等专家学者共50多人出席了座谈会。潘琦在讲话中指出：“《广西教育学院学报》文风正、文理清、文道明、文品高，一贯重视本土研究成果，是一本高质量的学术期刊。”他对“桂学研究瞭望”栏目的开设表示赞赏，对栏目的建设寄予深切的期望与祝福。与会专家也对“桂学研究瞭望”栏目给予了高度的评价，并就如何进一步办好该栏目提出了许多富有建设性的意见和建议。2012年，《广西教育学院学报》被全国高校社会科学学报研究会评为全国民族地区高校优秀学报，主打栏目“桂学研究瞭望”被评为全国民族地区高校学报优秀栏目，标志着这一栏目得到了全国同行的认可和肯定。

2013年是广西教育学院创办60周年，也是“桂学研究瞭望”栏目开设4周年。我们谨以《桂学研究瞭望》论文集，作为向广西教育学院60周年华诞献上的一份珍贵礼物，也借此对关心支持广西教育学院建设与发展的各位作者和各界贤达致以诚挚的谢意！

（原载《桂学研究瞭望》第1卷，广西人民出版社，2013年出版；《广西教育学院学报》2014年第6期）

# 把学术权力还给教授

今天会议的名称是“学术委员会建设与发展工作会议”，也是新一届学术委员会成立大会。刚才已经宣读了相关文件，并给新一届的学术委员会委员颁发了聘书。我觉得，新一届学术委员会有两大亮点：一个是设立了学术委员会分会，分会按照学科设立，改变了过去按照教学单位来设立的模式，有利于确立学术机构的独立性和权威性；另一个是调整了教学指导委员会的隶属关系。过去，学术委员会和教学指导委员会属于平行的关系，如今把教学指导委员会调整为学术委员会下属的一个直属分会，强化了学术委员会的学术权力和职能。还有一点，学校领导是否都需要参加学术委员会的问题。科研处提出的最初方案，我也被列为学术委员会委员，我明确表示，党委书记不参加学术委员会，学术委员会行使的是学术权力，不能变成第二个行政机构。学术委员会主要由教授们组成，参加学术委员会的学校领导就安排3个人，正如学术委员会章程规定的一样，由校长及分管教学和分管科研的校领导参加即可。这个构成模式，既体现学校切实把学术权力还给学术委员会，又体现了学术权力的相对独立性。

我是上一届学术委员会主任，今天来参加学术委员会建设与发展会议，也是做一个学术委员会工作上的交接。这次会议，学校非常重视，所有学校领导和各单位的主要领导都参加了。下一步，学术委员会如何在新形势下开展工作，如何规范有序地运行，要不断总结经验，不断完善各项规章制度，充分发挥学术委员会在办学治校中的重要作用。

从各个小组汇报的讨论情况可看出，刚才各个小组讨论的时候谈到了很多问题，我所在的小组也就学校权力划分的问题进行了热烈的讨论。其实总的大方向是很清楚的，即党委领导、校长负责、教授治学、民主管理和社会参与，五句话说得很清楚，但关键在于我们怎么划分这个权力，在于如何去落实。刚才的讨论，很多人也提到这个问题。学校学术委员会的权力边界在什么地方？主要职责在什么地方？这个是我们接下来要弄清楚的具体问题，也是我们下一步制定具体细则的根据。

由此，我进一步想到党委领导下的校长负责制。党委领导怎么领导？校长负责又如何负责？今年5月，自治区党委组织部、高校工委在自治区党校举办了一期书记校长培训班，我和袁旭校长都参加了。11月初，我又到中国井冈山干部学院参加了中组部举办的一个高校书记校长培训班，同样都谈到了这个问题。《中华人民共和国高等教育法》《中国共产党普通高等学校基层组织工作条例》，对学校党委和行政的职责做出了规定。重大事项由学校党委决定，但是往往容易造成将权力收缩到党委这里来的局面。所以，我认为党委领导、校长负责这个问题也是需要好好研究和明确的。我们学校尽管党政沟通很顺畅，相互支持配合也很好，但有些职责同样没有划分清楚，比如说组织人事问题。按照惯例，我校都是书记负责组织人事工作，所以很多人事问题就都拿到党委会上来讨论。其实这是不太妥当的。因为人事问题是属于行政工作的范畴，是应该放在校长办公会上去讨论，而不应该放在党委会上去讨论的。之所以出现这种情况，是因为现在我们还没有制定出相关的规定和细则，一直都是沿用过去的做法。再比如经费开支问题。多少经费需要分管领导审批，多少经费需要校长审批，多少经费要上校长办公会讨论，多少经费要在党委会讨论。具体的审批权限已有了规定，但多少额度在校长办公会讨论、多少额度在党委会讨论，一直没有具体明确的规定，在实际工作中，不管额度大小，校长办公会、党委会都可以讨论决定。而这样的工作并不规范。这次我去井冈山干部学院学习时，曾和外校的一些书记校长交流和讨论过这个事情。很多学校都是以50万元为杠杠，50万元以上党委会讨论，50万元以下校长办公会讨论。这些规则我们在下个学期要研究确定下来，要进一步明确和完善党委会、校长办公会、党政联席会的议事规则。

学校学术委员会的运行，也要建立健全相关的规章制度。我们在2011年就制定了学术委员会章程，而教育部《高等学校学术委员会规程》是2014年3月才实施的，说明我们还是比较超前的。当时我们制定章程所依据的是教育法和高等教育法。现在我们要与时俱进，要根据新形势来修订完善学术委员会章程，特别是要好好学习教育部新颁布的《高等学校学术委员会规程》。修改章程的时候，要和国家的相关规定保持一致，不能与国家法律法规相抵触。规则制定好了，制度建立起来了，在实际工作中就能够确保规范有序地运行。因此，我们下一步要认真研究和修订完善相关的规章制度。我们要通过学校学术委员会这个平台把治学的权力还给教授，逐步理顺和规范学校权力的运行机制。

现代大学制度一项很重要的内容就是教授治学，即把治学的权力交给教授。我们有很多职能部门，有很多权力机构，但都不能代替学术权力，不能代替学术委员会的权力和职责，这样对学校的发展是没有好处的。在学术问题上，最专业最有发言权的就是教授们。所以我们要理解和支持学术委员会的工作，要让学术委员会好好发挥自己的作用。比如，我们的职称评审，以后申报者的学术水平等学术方面的问题都应该交给学术委员会来审定。当然，职称评审的工作还不能全部交给学术委员会来做，因为还有师德师风和工作表现等方面的条件需要审核。再比如，我们招聘专业教师，也要发挥学术委员会的作用，像试讲评审、学术论文审阅、学术水平认定等，这些工作都应该由学术委员会来做，要由学术委员会提出，这个人行不行，或者适不适合我们的学科专业。没有学术委员会的意见，就不要提出来讨论。再比如说科研成果的鉴定和评奖，申报课题立项的评审等，这些也应当是学术委员会的职责范围。以后行政不要包揽这些工作。哪些是行政该管的，哪些是党委该管的，我们要把它理顺理清楚，做到职能归位、各司其职，这样学校的运行就会顺畅起来、规范起来。

新的一届学术委员会以及下属各分会责任重大，使命光荣。我相信，在新一届学术委员会主任袁旭校长的带领下，学术委员会一定能够认真肩负起自己的使命，履行好自己的职责，开创出学术委员会工作的新局面。我衷心祝愿你们开局良好、工作顺利，祝愿你们为学校的建设与发展做出新的更大的贡献！

[2014年12月16日，在广西教育学院学术委员会建设与发展工作会议上的发言（根据录音整理）]

# 我们一起走过

2014年3月27日，一个风轻微凉、春意渐浓的早春的日子，位于南宁市繁华区域的葛麻岭上的几棵参天古榕树，似乎一点也不在意刚刚经历过的冬天的寒风冷雨，依然枝繁叶茂、生机勃勃，几只不知名的鸟儿在浓密苍翠的枝叶间自由地飞翔鸣唱。

这天上午，自治区社科联领导来到广西教育学院进行工作调研。在简洁古朴的会议室里，在轻松愉快的气氛中，广西伦理学会会长卫荣凡教授、广西教育学院社科联副主席韦吉锋教授先后做了汇报。我作为广西写作学会会长，也汇报了学会近年来积极开展学术活动的情况。自治区社科联领导对两个学会和广西教育学院社科联的工作都给予了充分的肯定和积极的评价。他还透露说，今年是自治区社科联成立30周年，他们准备以适当的方式举行一些纪念活动，回顾一下自治区社科联走过的历程。听他这一说，我骤然想起，今年广西写作学会也已成立28年了，若从学会的前身算起，则已经成立31年。机缘巧合，原来广西写作学会与自治区社科联已相伴走过了风风雨雨的30年，我个人也和自治区社科联、广西写作学会一起走过了令人难忘和值得珍视的30年。

1983年10月，广西写作学会的前身中国写作学会广西分会在南宁成立，当时是隶属于广西语文学会的二级学会。后经自治区社科联批准，1986年12月正式成立具有独立法人资格的广西写作学会，业务主管单位为自治区社科联。学会成立之初，大学毕业没多久的我，就有幸成为第一批会员，此后历任理事、常务理事、副会长、常务副会长，直至2008年11月在第六次会员代表大会上当选为第四任会长。此前的三任会长是写作学界的三位著名学者：欧阳若修教授、林士良教授和陈学璞教授。

广西写作学会成立以来，每年都至少组织举办一至两次学术研讨及交流活动，多的达三至四次，会员之间的交往就更加密切了。学会是个纯粹的民间学术团体，无专职人员、无固定经费来源、无任何物质利益，会员们都是因为热爱写作、因为对学术的敬重与追求、因为志同道合而走到了一起。学会组织开展的所有活动，全靠会员特别是学会负责人积极筹备，多方联络，努力争取社会各界的支持。最突出的是陈学璞教授，他从1986年学会正式成立起就担任常务副会长，后来担任了两届会长。在长达20多年的时间里，他一直尽心尽力地为学会的事奔波操劳，带领着同人们不断往前走，学会的吸引力和凝聚力也不断得到增强。他为了学会的生存与发展可谓殚精竭虑，无私奉献。

在学会的成长和发展历程中，一直得到社会各界特别是自治区社科联的关心、支持和指导。10多年来，自治区社科联的多位主席、副主席多次出席过广西写作学会的活动，给予学会巨大的支持与鼓励。比如，自治区社科联与广西先进文化发展促进会、广西写作学会联合举办一年一度的“广西校园文化论坛”，至今已举办了6届。每年的论坛活动，无论是在首府南宁还是在外地举办，自治区社科联都安排领导参加，并在大会上做了讲话。每年的论坛研讨活动，都有多家媒体进行报道。“广西校园文化论坛”已逐渐成为社科联系统的一个学术活动品牌。

为了推动中小学作文教学改革，破解作文教学难题，提高作文教学水平，广西写作学会、广西教育学院教研部、广西华苑教育研究院决定充分发挥自身的专业优势和人才优势，联手进行作文教改实验。这一教改实验工程得到了中国写作学会会长於可训教授、湖北大学洪威雷教授、河南财经政法大学杜福磊教授、上海师范大学吴立岗教授等一批国内著名专家学者的赞赏和支持。自治区社科联则在课题立项上给予大力支持，极大地鼓舞了新派作文团队推进作文教改的决心和信心。近年来，广西写作学会几乎每年都被评为先进学会，一方面表明学会的工作得到了认可和肯定，同时也体现了自治区社科联对学会的关心、支持和鼓励。

我与自治区社科联，最早是通过并依托广西写作学会而发生联系的。但到了后来，我与自治区社科联的关系就有点“错综复杂”。为了把这种“错综复杂”的关系梳理得稍为清楚一点，只好采取“花开两朵、各表一枝”的老方法来讲述了。

首先是受聘当评委。我受聘做过各种评委，如广西文艺创作铜鼓奖评委、广西少数民族文学创作“花山奖”评委、广西文艺评论奖评委、各种征文奖评委、职称评委等。但我印象最深刻的却是受聘为广西社会科学优秀成果奖评委。每次做评委，都要参与评奖细则的讨论和修订，都要阅读大量的著作和论文。于我来说，这既是一次集中学习、更新和补充新知识新信息的绝好机会，同时也是一次炼狱般的精力和身体透支。几十本厚厚的书、一两百篇并不像小说那样生动有趣的论文或研究报告，没日没夜地看下来，不仅累得头昏目眩，而且整个人似乎都要虚脱了。除了阅读，还要打分，还要集中评选，还要掌握好评选标准和评分细则，个中的辛劳与压力，没做过评委的人恐怕是难以体会的。记得2008年，所有评委集中到北海市合浦县星岛湖度假村封闭一个星期进行评选。一天，正当大家忘我工作的时候，突然停水停电，虽然当地有关部门积极查找原因，抢修线路，但一时半会儿无法修复。正值酷暑天气，白天热得无法工作，晚上热得无法入睡，评奖办只好临时决定让大家自由活动。但所谓自由活动，也只能在湖边和附近的树林里转一转，因为星岛湖远离城镇，又没有公交车，即使想到县城里去逛逛街都成了一种奢望。星岛湖有个颇具规模的水浒城，是为拍电视连续剧《水浒传》而修建的，是星岛湖的招牌景点，但需要乘船才能抵达，很不方便，这时候也没有人打算到水浒城去看一看。大家一门心思只想着工作，一恢复供水供电，就立即投入到紧张的工作之中。

我平生很少申报评奖，却申报过两次广西社会科学优秀成果奖。2002年申报的是《张承志小说论》系列论文，获得三等奖。第二次申报是2012年，与第一次已相隔整整10年，这次申报的是集体成果《广西文学艺术六十年》。这是首部广西当代文学艺术发展史专著，是广西文联下属13个文艺家协会参与撰写、由广西文艺理论家协会具体组织实施的重点项目，我是执行主编和主要执笔者之一。评奖结果公布，这部60余万字的专著获得广西社会科学优秀成果一等奖。

每年的广西社科专家学者活动日，是自治区社科联联系和关心社科专家学者的一项常规性活动，每次活动基本上都是由自治区社科联直接邀请或由各学会推荐专家学者代表参加。这么多年来，我大概只参加过一两次活动，不是没有机会，而往往是没有时间。只要学会有名额，我都尽量推荐别的专家去参加。尽管我参加这样的活动不多，但我还是非常赞成专家活动日的举办，我觉得，这既是对社科专家的关心、爱护和尊重，同时也能让社科工作者增强对社科联的认同感和归属感。

我与自治区社科联关系最密切的时期，是我担任社科联第六届兼职副主席的时候。虽是一个虚职，但在任期的五年间，却参加了不少社科联的活动，每年至少一至两次的社科联常委会议是必须参加的；每年的迎春茶话会、一些专题座谈会等也受邀参加；社科联每年的工作计划、年终总结、某些重要活动方案等，一般也征求兼职副主席的意见。因此，我与自治区社科联的接触和联系自然而然地也就多了起来，谈起自治区社科联，就有了一种亲切感和自豪感。

2005年，经自治区党委、政府批准，自治区社科联承担了一项向广西壮族自治区成立50周年大庆献礼的重大文化工程——组织编撰《广西大百科全书》。这部集数千人之力、历时3年完成的，共分13卷逾2100万字的皇皇巨著，于2008年公开出版。我作为一名文化学者有幸入选“当代人物卷”，这也算是我与自治区社科联的又一种关联与缘分吧！

30年，弹指一挥间。

30年，我与自治区社科联一起走过。

（原载《我与社科联》文集，广西科学技术出版社，2014年出版）

# 翰墨丹青艺长留

我有缘认识何韵之先生，是在四年多以前。2009年，我从广西民族大学调到广西教育学院工作。上班时我几乎每天都看见一位年过八旬的老人在校园里自由自在地散步锻炼。老人头发稀疏、肩背微驼，但身体健朗、声音洪亮、思维清晰、耳聪目明。坐落在葛麻岭的校园，地势高低起伏、弯多坡陡，老人穿行其中，步履稳健、轻松自如。对这位颇具仙风道骨的耄耋老者，我开始时并不太注意，后来一打听，才知道老先生名叫何冠群，字韵之，是一位执着于书画创作几十年的老书画家。得知自己供职的学院里竟然有这样一位功力深厚而又深藏不露的老书画家，我心中自然十分惊讶和惊喜！于是，我很快便在何老的忘年朋友、学院办公室主任庞冠锋的引荐和陪同下登门拜访。在何老堆满书籍和书画作品，案桌上摆放着文房四宝的书房里，我们围绕着书画艺术和读书之类的话题谈得十分投缘。何老的书房面积不大，摆设又极为简朴，但高雅的情趣爱好、浓郁的书香气息，却让人身临其境地领悟到了“斯是陋室，惟吾德馨”的含义。

随着接触交往的增多，我对何老也渐渐地有了更多的了解。何老自小就开始练习书画，1946年考取广西艺术专科学校（今广西艺术学院前身）美术专业。毕业时恰逢祖国解放，全国各地都回荡着“解放区的天是晴朗的天”的嘹亮歌声，人们载歌载舞、兴高采烈地迎接中华人民共和国的诞生。年轻的何冠群也燃烧着沸腾的激情投笔从戎，成为铁流奔涌、凯歌高奏的人民解放军的一员。当时部队里的大学生犹如凤毛麟角，何冠群作为科班出身的大学生，理所当然地受到了部队首长的器重，先后在团部和师部从事文化宣传工作。他在军营里一干就是十五年，由此培养锻炼了严谨的作风和坚强的意志。转业到地方后，他曾在政府部门工作，“文革”时被发配到“五七干校”劳动改造，后来被重新安排工作，成为广西教育学院的一名大学教师，退休前是学院工会主席。何老一生痴迷翰墨丹青，几十年来虽然走南闯北、历经坎坷，但从未放弃书画创作，如今已89岁高龄，仍然热情不减，创作不辍。他刻苦钻研书画技法，潜心探寻和领悟书画作品中的艺术境界。他十分注重书画家的学识修养，强调书画家要有书卷气，要有吐纳风云的胸襟和气度，不能仅凭技艺进行创作。他还特别把别人对书卷气的阐释书写成条幅以自励：“书卷气是指书家在书迹中自然流露出的一种高雅的气息风度。”

何老国学根基深厚，中国古代士子中那种退居山林、超然物外的旷达情怀对他似乎有着特别的熏陶和影响。“闲中觅伴书为上，身外无求睡最安。”他认为，从古至今唯淡泊名利者距离艺术最近，而且艺术的最高境界不在于艺术本身，而在于创作者的人格修养。因此，面对纷纷扰扰、物欲横流的尘俗世界，他淡然如水，安之若素。他一生与书画为伴，且功力不凡，完全有条件和能力把自己的作品推向市场，但他从未想过靠书画谋取名利。几十年来，书画于他来说既是一种实用的专业技能，更是一种唯美的高雅艺术，一种修身养性的方式方法，而不是追逐名利的途径。到了晚年，他的胸襟更加豁达，心境更加恬淡。他曾抄录古人的一首诗："绿蚁新醅酒，红泥小火炉，晚来天欲雪，能饮一杯无？"诗中散淡闲适的心境与情调，实际上也是何老内心的写照。

何老是广西书法家协会、广西对外友好交流书画家协会等专业团体的资深会员，他的作品多次被选送参加广西和全国性的书画展并获奖，有的作品被收入《中国当代艺术名人选集》。他的艺术成就早已被同行专家充分认可和肯定。但他一直不愿出版个人书画集，直到80岁时，才在书画界好友的关心催促下，由广西老年书画研究会编印了一本《韵之书画集》。潘琦、帅立志、周邦良等书法名家分别为之作序或题词，还有多位文朋诗友写诗祝贺。时任广西壮族自治区党委副书记、著名作家、书法家潘琦在序中对何老的书画作品给予了很有见地的分析和中肯的评价："何先生的画多为水彩和国画，他绘画的手法、着色、布局十分讲究，也很协调，看了之后便有一种舒适感和亲切感。他画的花草、农舍、村庄，极有生活气息，给人一种纯朴、真切、高风雅韵印象，耐人寻味。何老的书法更是一绝，风格别具一格，章法疏朗，笔法熟练流畅，刚柔相济，跌宕多变，潇洒自然；字里行间，可见功底。"何老的好友、广西书法家协会首届秘书长、广西老年书画研究会常务副会长、著名书法家帅立志先生认为何韵之的书法作品已"具备个性"。帅老说："广西老年书画研究会每年都举办大型书画展，参展作品都要经过评选，评委一看就知道是何韵之的书法，何故？说明他的字已具备个性，一看便知。"对于艺术创作者来说，能够形成自己的风格和个性，是创作臻于成熟的重要标志。但何老对创作风格却有自己的看法："风格是阻碍前进的绊脚石，现在许多创作者就是因为满足于自己的所谓风格，不再追求，不再创新，一辈子都是原地踏步。”因此，他在书画创作中总是随心所欲、求新求变，从来不受某种风格和定式的限制，不受任何条条框框的束缚。其实，变也是一种风格。

最近几年，何老先后举办了两次个人书画展，一次是在南宁市中心的一个画廊里，一次是在学院的离退休人员活动中心。一如何老以往的低调风格，两次书画展都没有邀请媒体记者对外宣传，只告知亲朋好友和学院的部分老师学生前往参观，给人的感觉不像是举办书画展，而是举行一场雅人雅趣的艺术沙龙。两次书画展我都去参观了，何老亲自引导和讲解，让我对作品有了更加深入的理解和感悟。徜徉在展览室里，驻足在一幅幅精心创作的书画作品前，我仿佛走进了一个丰富多彩、意境悠远的艺术世界。透过这个艺术世界，我又真切地感受到了创作者那颗永远年轻的心灵和超凡脱俗的高远境界。

去年，学院决定对位于校园中心的陶园进行改造。为了更好地传承和弘扬伟大的人民教育家陶行知先生的教育思想，也是为了建造一处具有丰厚文化内涵的校园精品景点，我们请著名雕塑家石向东教授设计制作了一尊陶行知铜像，还邀请了潘琦、韦克义、郑军健、韦守德、赵如锋、周榕林、石锋、刘炳玉等十多位著名书法家和文化名人书写陶行知的名言名句，镌刻到六座书本造型的花岗岩上，以传后世。我觉得，广西教育学院也应该有一位书法家代表在陶园里留下书迹，而首选者则非何老莫属了。但何老十分谦虚低调，认为自己不够资格，多次婉言谢绝，但最终还是应允了。他书写的陶行知名言是：“千教万教教人求真，千学万学学做真人。”这副对子以阳刻的方式镌刻到石板上之后，悬挂在陶园南门的两边，成为激励广大师生的醒世恒言。

何老还是一位热情关心学生成长、深得学生敬重和爱戴的好老师。他于1984年退休至今已有二十九年，但实际上是退而不休。他一直应邀担任学院大学生书法协会的指导老师，经常义务给学生们上书法课，悉心指导学生练习书法。他的家里，经常有学生登门请教。大学生们一届届毕业离校，他却几十年如一日地坚守在校园里，培育着一批又一批书法新苗。在何老及各位书法教师的引领带动下，广西教育学院校园里已形成了一股学习书法的浓郁氛围，广西书法家协会还把学院确定为书法志愿者服务基地。2013 年 11 月，以广西教育学院建校 60 周年华诞为契机，校团委在校园里的露天篮球场组织举办了一场大学生“三笔字”（即粉笔字、钢笔字、毛笔字）现场大赛，89 岁高龄的何老欣然受聘担任大赛评委。比赛结束后，他站在台前，手持话筒，以洪亮的声音、生动的讲述和独到的见解，对参赛作品做了精当而精彩的点评，赢得在场师生一片热烈的掌声。我当时也在场，目睹了这生动感人的一幕！

何老曾自撰两联并写成条幅，一联是：“一枝秃笔抒胸臆，几轴丹青慰暮年。”一联是：“画愿难随身老去，书功自有艺长留。”两副对联既道出了晚年的心境与愿望，也是何老艺术人生的高度概括与真实记录！

（原载《红豆》2014 年第 2 期）

# 红色土地上的洗礼

受自治区党委组织部选派，我有机会来到中国井冈山干部学院（简称中冈院），参加为期三个星期的高校党委书记、校长党性专题教育培训班。通过聆听报告、现场教学、学习原著、研讨交流等方式进行学习，我受到了一次深刻的党史党性教育和红色精神洗礼。

在庄严肃穆的井冈山革命烈士陵园，当我凝视着镌刻在墙壁上密密麻麻的革命烈士的名字，当我的目光停留在那块代表着数万名无名烈士的大理石无字碑上时，我的心灵被强烈地震撼了，一股无以言表的崇敬之情如潮水般涌上胸膛。

在小井红军医院和红军烈士墓前，当我的思绪穿越历史时空，想象着那一百多位伤残病重的红军战士被凶残的敌人集体杀害的惨烈情景，我的眼睛模糊了，泪水顺着脸颊涌流而下。

在险峻陡峭的黄洋界哨口，当我徜徉在当年留下的战壕边上时，当我抚摸着那门在悬崖顶上昂首挺立的小钢炮时，我似乎闻到了当年那场著名保卫战弥漫在山谷密林里的战火硝烟，心里不禁默诵起毛主席挥笔书写的豪迈诗篇：“黄洋界上炮声隆，报道敌军宵遁。”

在中国井冈山干部学院学习期间，每到一个现场教学点进行实地教学和参观，我的心灵都会受到一次强烈的冲击与震撼，思想上都会受到一次深刻的洗礼。

在这里，我看到了共产党人对理想信念的无比忠诚与坚定。在中华民族危难之际，在强大的敌人面前，他们高举起马克思列宁主义的鲜红大旗，挺身而出，勇于担当。为了民族的解放、人民的幸福，他们义无反顾，勇往直前。在井冈山斗争时期，牺牲者达四万多人，而留下姓名的烈士只有一万多人。然而，一次次战场上的失利，一批批英勇将士的倒下，并没有吓倒中国共产党人。“他们从地下爬起来，揩干净身上的血迹，掩埋好同伴的尸首，他们又继续战斗了。”（毛泽东语）一个仅有二十三万多人口的兴国县，在五年多时间里就有九万余人参军参战，其中编入主力红军的就有五万多人。一个农民党员手书的仅有二十多个字的入党誓词，尽管有近三分之一的错别字，但他对党的忠诚、对理想信念的坚贞与执着，日月可鉴！敌人的残忍暴戾，惨绝人寰的白色恐怖，都无法阻挡共产党人及其追随者们前进的步伐，都无法阻挡他们为了共产主义信仰而前赴后继！

在这里，我看到了实事求是这一思想武器的强大力量和旺盛生命力。以毛泽东为主要代表的中国共产党人，坚决摒弃教条主义，坚持把马克思主义理论与中国革命的实际相结合，一切从实际出发，从中国的具体国情出发，从而开创出了一条武装割据、农村包围城市的正确道路，最终推翻了国民党的反动统治，建立了人民当家做主的中华人民共和国。

在这里，我真切地看到了共产党与人民群众之间的血肉联系和鱼水深情。共产党的根本宗旨是全心全意为人民服务。在井冈山，在中央苏区，共产党人用自己的行动忠实地践行着这一根本宗旨。“苏区干部好作风，自带干粮去办公。日着草鞋干革命，夜打灯笼访贫农。”共产党人全心全意为人民服务的实际行动和工作作风，赢得了广大人民群众的真心拥护和支持。“一双草鞋一片心，红军打仗为人民，人人争送慰劳品，双双草鞋送红军。”人民送上的岂止是慰劳品，他们还将自己挚爱的亲人送上战场。那一幕幕母亲送儿子、妻子送丈夫参军参战的感人画面，永远留在了共产党的史册上。一位名叫池煜华的年轻媳妇，自送走自己的丈夫李才莲之后，并不知道丈夫已在战斗中牺牲，她日复一日年复一年地盼望着丈夫和工农红军凯旋，而这一等就是七十多年！共产党的天下是紧紧依靠广大人民群众打下来的。因此，共产党人永远都不能忘记人民群众，永远都要关心人民群众，永远都要依靠人民群众，永远都要代表最广大人民群众的根本利益。人民群众是我们党的执政之基，基础不牢，地动山摇。

在这里，我看到了共产党军队对组织纪律的高度重视。秋收起义后，尽管部队接连失利，战士们饥寒交迫；尽管敌人紧追不舍，危险步步逼近，但胸怀远大理想的毛委员并没有放松对部队的约束，绝不允许部队损害群众的利益。在一个叫荆竹山雷打石的地方，毛委员严肃而坚定地宣布了“三大纪律”，为共产党领导的军队建立最早最基本的规矩。后来又相继颁布了“六项注意”“八项注意”。经过不断修订和完善，最终形成了闻名遐迩并传承至今的“三大纪律，八项注意”。没有规矩不成方圆，正因为有了铁的纪律，共产党领导的军队才有了强大的战斗力和生命力，才得到了人民的真心拥护和支持，最终赢得了革命的胜利。今天，在执政为民的新的历史条件下，我们共产党人更要自觉遵守党纪党规和国家的法律法规，永葆共产党人的政治本色和先进性。

在这里，我也感受到了中国井冈山干部学院在教学、管理和服务工作中所体现出来的水平与效率，感受到了一种无言的示范效应。一是教学内容丰富多彩。丰富的红色资源，贴近现实的时政讲座，等等，让我们受到了一场全面而深刻的思想教育。二是教学方法灵活多样。专题教学、现场教学、体验式教学、访谈式教学、音像教学、激情教学、教学演出、研讨交流等等，形式之灵活与多样，堪称中冈院的一大特色和亮点。让我们印象尤为深刻的是，老师们对课程内容精心钻研、准备充分，讲授时繁简有度、重点突出、精彩生动，尤其是现场教学，老师们声情并茂的讲述，极富感染力！三是组织管理严密有序。整个教学活动的组织和安排严谨周密，环环相扣。带班的组织员、联络员、评估员等责任心强，工作认真负责、耐心细致、不辞劳苦，受到学员们的一致好评。四是后勤服务热情周到。优雅的校园环境、完善的生活设施、人性化的后勤服务，为学员们提供了良好的学习条件。

在这里，我还特别感受到了肩上沉甸甸的责任。作为高校党委书记，在办学治校过程中，一定要坚持社会主义办学方向，坚决贯彻落实党的教育方针，坚定不移地培养社会主义事业建设者和接班人。要大力传承、弘扬井冈山精神和苏区精神，让共产党的红色基因一代代地传承下去，确保共产党领导的红色政权永不变色！

（2015年11月 · 井冈山干部学院）

# 七年，与桂学结伴同行

“桂学研究瞭望”栏目是伴随着桂学的诞生而诞生、伴随着桂学的发展而发展的。2009年，以广西地域文化为主要研究对象和范围的桂学在桂林雁山园宣告诞生，当年《广西教育学院学报》就开辟了“桂学研究瞭望”专栏，发表了第一批桂学研究论文。2010年，广西桂学研究会在南宁正式成立，又成为“桂学研究瞭望”专栏的唯一合作单位。“桂学研究瞭望”专栏是开设时间最早、不间断地持续时间最长并得到广西桂学研究会直接支持的桂学研究栏目。七年来，该栏目已成为展示桂学研究成果的重要窗口和学术交流平台。

学术刊物的生存与发展，必须有充裕的稿源做保证；而刊物学术品位和影响力的提升，则有赖于学术名家的鼎力支持和高水平稿件的支撑。令我们感到欣喜和鼓舞的是，七年来，“桂学研究瞭望”栏目不仅稿源不断，而且许多著名专家学者都给予了大力支持，都乐意把自己的精品力作交给该栏目发表。其中有的论文还获得了省部级奖项，如张利群教授的“桂学理论与方法论研究”系列论文、陈学璞教授的“桂学的学科性质和特色研究”系列论文分别获广西社会科学优秀成果二等奖，吕余生研究员的《谈谈桂学研究》获广西社会科学优秀成果三等奖，陈学璞教授的《发展广西地域文化　彰显八桂地方特色》获广西社会科学界学术年会优秀成果一等奖等。

经过七年的打磨和发展，“桂学研究瞭望”栏目不仅成为学报的主打栏目和特色栏目，而且获得了学术界的认可和肯定，知名度和影响力也在逐步扩大，《广西教育学院学报》也因这一栏目的开设而逐渐受到业界的关注。2010年该栏目首次被评为全国民族地区高校学报优秀栏目。2014年，经教育部社科司批准开展的全国高校文科学报研究会第五届全国高校社科期刊评优活动中，“桂学研究瞭望”荣获“全国高校社科期刊特色栏目”，在全国高校社科期刊217种特色栏目中排在第46位，跻身前50强。

为了更好地宣传桂学、展示桂学学人的风采和业绩，从2015年第2期开始，《广西教育学院学报》又在封二开设了“桂学学者图谱”栏目，每期介绍一位桂学学者。将来，“桂学学者图谱”不仅将形成一个富于特色的人物系列，同时也将从不同的侧面记录桂学研究与发展的足迹。

七年来，“桂学研究瞭望”栏目发表了数量众多的桂学研究论文，充分显示了桂学研究的成果和实绩，展现了桂学良好的发展态势。2013年，我们把该栏目发表的论文汇编成《桂学研究瞭望》第1卷出版，受到了学术界的关注和好评。现在，我们又汇编出版《桂学研究瞭望》第2卷。我们将持续不断地把这个栏目的论文汇编成册，以形成一个完整的系列，并作为一份重要的桂学研究成果和珍贵的文化资料保存下来。

七年来，虽然《广西教育学院学报》编委会因学校领导变动而几经调整，但学报与桂学研究深度结缘、与桂学携手同行的办刊特色和学术品位始终保持不变，积极参与广西文化建设、助推文化强桂的初心与自觉性始终保持不变。此外，广西教育学院作为最早参与桂学研究的重要基地之一，除了努力办好“桂学研究瞭望”栏目之外，还积极参与桂学的许多重要学术活动。这里仅略举近几年参与的一些重要活动。

2012年4月27日，由广西桂学研究会主办、广西教育学院协办的“桂学讲坛”启动暨桂学网站开通仪式在广西教育学院大礼堂隆重举行，数十位专家学者和800多名师生汇聚一堂，共同见证这一重要时刻。仪式由容本镇副会长主持，潘琦会长做题为“加强桂学研究，助推文化强桂”的“桂学讲坛”开坛首讲。

2012年10月25日，广西教育学院党委书记、广西桂学研究会特聘研究员陈洛教授做客“桂学讲坛”，为本校800多名师生做了题为“桂学研究的价值分析”学术报告。

2013年10月29日，广西桂学研究会广西教育学院研究基地正式揭牌。潘琦、韦守德、黄德昌、唐春烨、陈洛、容本镇、唐晓萍、韦吉锋等出席揭牌仪式。潘琦会长还代表广西桂学研究会捐赠了支持“桂学研究瞭望”栏目建设的经费。

2013年10月至2015年10月，广西桂学研究会与广西师范大学联合举办中国语言文学专业（桂学研究方向）在职研究生班，有组织有计划地培养桂学研究后备人才。容本镇教授、韦吉锋教授受聘担任导师，承担研究生班教学任务，参与指导研究生的培养。

2014年9月26日，由自治区政府驻京办、广西桂学研究会联合举办的“桂学研究北京座谈会”在京举行。自治区相关领导出席座谈会并讲话。著名学者李京文、梁庭望、聂震宁、黄凤显、石一宁等50多位专家出席座谈会并踊跃发言。座谈会先后由潘琦会长、容本镇副会长主持。会上，《桂学研究瞭望》第1卷被作为重要的阅读和研究资料之一赠送给与会人员，受到专家学者们的重视和好评。

2014年，为了加强广西与东盟国家的文化交流与合作，增进中国与东盟国家人民之间的友谊，经自治区领导批准并拨给专项经费，决定由广西文联、广西桂学研究会负责组织实施面向东盟国家的“中国·东盟国家图书书架工程”项目。该项目的主要内容是，由中方向东盟国家文化教育机构捐赠中文图书，每个国家原则上选择两个受赠机构，其中接受捐赠的大学必须设立有中文系或中文专业。每个受赠机构的预算经费为50万元人民币，其中40万元用于购置中文图书，10万元用于图书发运、国际差旅费等相关费用。项目为期五年。根据项目要求，受赠方设立专门书架集中陈列、保管和供师生借阅中方捐赠的图书，并在醒目位置设立标志牌。广西教育学院全面参与了项目实施工作，为该项目分别在泰国碧武里皇家大学、老挝国立大学的成功实施付出了艰苦的努力，取得了良好的成效。其中，在与老挝国立大学联络商谈项目实施过程中，老挝国立大学孔子学院中方院长李肖教授和广西民族大学国际交流处领导发挥了重要的作用。

2015年12月18日，广西桂学研究会成立五周年座谈会在南宁隆重举行。自治区党委常委、统战部部长李康，自治区人大常委会副主任荣仕星，自治区政协副主席高枫，自治区高级人民法院院长罗殿龙，自治区老领导潘琦、蒋济雄、苏道严、张少康，广西文联主席洪波以及100多位社会各界代表出席座谈会。李康、荣仕星、高枫、潘琦、洪波等做讲话。容本镇副会长对广西桂学研究会成立五周年的历程及所取得的显著成绩进行了全面回顾和总结。当天还举行了大型古籍丛书《广西历代文献集成》发行仪式和广西书画家创作笔会等系列活动。袁旭校长代表广西教育学院接受广西桂学研究会捐赠的《广西历代文献集成》（第二批）70册。2012年，广西桂学研究会已捐赠我校第一批53册，两批合计123册。

2015年12月25日至29日，由广西文联、广西桂学研究会、泰国皇家大学总会联合主办的“中泰民俗文化与民间文学研讨会”在南宁成功举行。这是广西桂学研究会成立以来首次组织举办的国际性学术研讨会。泰方对这次研讨会高度重视，泰国驻南宁总领事馆总领事琶姹妮女士应邀出席会议并发表了热情洋溢的讲话；泰国皇家大学总会主席、碧武里皇家大学校长尼瓦·克林格姆博士亲率10多位泰方专家专程前来参加研讨会。潘琦会长等中方专家近20人出席研讨会。广西教育学院作为这次研讨会的主要承办单位，全面参与了历时长、头绪多、任务重、要求高的各项筹备工作，为研讨会的顺利举办奠定了良好的基础。广西外国语学院、广西文艺理论家协会、广西民间文艺家协会等承办单位也做了大量繁杂而有效的筹备工作。这次研讨会受到中泰双方专家的一致好评，扩大了桂学研究在泰国学术界的影响力。经双方商定，今后每年轮流在中泰两国举办学术研讨会，不断深化彼此间的文化交流与合作。

积极开展桂学研究，是广西教育学院与桂学深度结缘的又一重要方式。自提出创立桂学以来，陈洛、容本镇、袁旭、唐晓萍、耿法禹、潘启富、罗勇岐、韦吉锋、潘顺安、周本良、何禅娟、彭谊、张淑云、张亚莎等一批教授、博士和中青年学者，积极撰写桂学论文，或参与桂学课题研究，其中多人成为桂学立项课题主持人。老师们先后发表或出版了一批桂学研究论文或专著。

七年来，广西教育学院作为桂学研究基地，始终坚守承诺、不改初衷，始终以传承中华文化根脉为宗旨，以促进八桂文化建设为依归，以提升广西人的文化自觉与自信为己任。今后，我们将在广西桂学研究会的关心支持下，充分发挥自身优势，继续与桂学结伴同行，继续为推动桂学的发展做出新的努力与贡献！

（原载《桂学研究瞭望》第2卷，广西教育出版社，2016年出版）

# 葛麻岭与陶园

葛麻岭是一座拔地而起的小孤岭。虽称之为“岭”，实际上海拔不到两百米，方圆不足千米，叫作“小山坡”或“小高地”似乎更为贴切。但这个并不巍峨险峻的小孤岭，却是邕州古八景之一，名为“葛岭望月”。但葛麻岭的名气与魅力，不仅仅因为引人遐想的无边风月，更源自于蕴藉深厚的文化根脉与芬芳馥郁的人文气息，这才是葛麻岭真正的魂魄所在，正印证了古人那句名言：“山不在高，有仙则名，水不在深，有龙则灵。”

葛麻岭是南宁市区屈指可数的高地之一，岭上有许多参天大树，高山榕、橡胶榕、大叶榕、铁冬青、木菠萝、玉兰树、荔枝树、杨桃树、扁桃树、桄榔树、阴香树、香樟树、桉树、人面树、盆架树等，像一把把巨型绿伞撑开在苍穹之下，舒展而壮美。屹立在葛麻岭山顶的两棵高山古榕，树龄分别为355岁和237岁，仍然枝繁叶茂、生机勃勃、气势非凡！那棵

355岁古榕上还长出了一颗栩栩如生的、神奇而又神秘的“羊头”，许多人闻之争相前来观赏和拍照，连报纸也刊登了照片。这两棵高山古榕一直被附近村民奉为“神树”，逢年过节，必持香火祭拜，祈愿求福。直到这里成为广西教育学院校区之后，村民们才逐渐停止了烧香祭拜。但这两棵高山古榕，始终是人们心目中充满敬畏感的“神树”。2009年，这两棵古榕被确定为南宁市古树名木，每年享受着政府绿化专款保护的待遇。

真正让葛麻岭闪耀出人文之光和文化气象的，是一所高等学府的到来！

1953年创办于桂林将军桥的广西教育学院，1955年搬迁到首府南宁市，1979年定址于葛麻岭。从此，葛麻岭的琅琅书声便年复一年地回荡在寒暑晨昏，葛麻岭的书香墨韵便日日夜夜地流淌在花间树丛。昔日的荒山野岭，变成了学府书院，昔日的清冷月光，融进了读书人的辉煌灯火。一代又一代教师在此传道授业解惑，默默奉献，“春蚕到死丝方尽，蜡炬成灰泪始干”。万千学子在此问学求知，修身励志，生生不息地传承着中华优秀传统文化的强大基因。

几十年来，校园的周边矗立起了鳞次栉比的高楼大厦，小小的葛麻岭陷入了水泥丛林的重重包围之中。位于葛麻岭北面的建政路，更是一条充满了浓郁文化气息和市井风情的著名街道。校园里，也因办学的需要而兴建了许多依山就势、高低错落的楼房。但那些陡峭的山坡还在，那些参天的大树和绿色的空间还在，相对于大门外车水马龙、熙熙攘攘的繁华街道，校园内始终保持着一份脱俗的幽雅与宁静。

走在葛麻岭上，有一处标志性文化景观会自然而然地映入眼帘，那就是陶园。1990年，学院在葛麻岭南侧兴建了一个小巧雅致的陶园——陶行知主题文化公园。2012年，学院对陶园进行了全面改造和提升，于当年的9月10日教师节，举行了一个简朴而隆重的陶行知铜像揭幕暨陶园改造竣工仪式。自此，一个融生态园林、文化景观于一体的小型主题文化公园，以全新的面貌出现在葛麻岭之上。陶园依地势而建，布局精巧、环境幽雅、意境悠远。徜徉园中，林木森森、清风习习，书香四溢、墨韵流转，浓郁的文化氛围，让人从心底里深刻地领悟和感受到“腹有诗书气自华”的妙义与境界！

端坐于陶园中心的陶行知铜像，是当代著名雕塑家石向东教授精心创作的艺术珍品。沉稳平静的外表，坚定执着的目光，学贯中西的儒雅，平民教育家的责任担当，等等，体现了一代教育巨匠的博大胸襟与情怀。陶行知原籍安徽，因此陶园中的风雨长廊采用了徽派建筑风格的设计，既喻示陶行知的祖籍地，又象征着中原文化在岭南地区的传播与融合，体现了中华民族文化开放、包容的特征和超强的凝聚力。

陶园的书法石刻，是陶园又一文化精华所在。园中所有石刻的内容均选自陶行知的名言名句或与陶行知有关，突出了陶园的主题和特点。大门上“陶园”两个劲健丰润的大字，是广西书法家协会名誉主席、著名书法家黄云所题。北门的对联联句和书法作者均为陶行知。南门的对联，刻的是陶行知名言，书法作者则为年近90的老书画家何韵之。园中六本打开的大理石“书本”，汇集了潘琦、韦克义、郑军健、韦守德、赵如锋、周榕林、刘炳清、刘德宏、黄大业、石锋、刘炳玉、刘世全等12位广西当代文化名人和著名书法家的书法作品。陶行知生平简介的清劲小楷，则是青年书法家李达旭的苦心孤诣之作。陶园所有的书法石刻，均出自著名雕刻艺术家黄岩之手。陶园堪称一座主题鲜明、底蕴深厚、异彩纷呈的小型书法艺术碑林，是留在葛麻岭上的一份厚重的文化印记。

在中华文明史上，有两位伟大先贤被尊崇为“万世师表”，一位是儒家学说的开山祖师孔子，另一位是平民教育的倡导者和实践者陶行知。2012年，陶行知铜像落成于陶园。2014年，中华儒商总会捐赠的一尊孔子铜像又矗立在学校图书馆东面，斜对面就是那两棵百年古榕。至此，两位万世师表的铜像双双“落户”在了葛麻岭上。这是两位至圣先师穿越历史时空的一次隆重聚会，是葛麻岭对传承源远流长的中华优秀传统文化的一次庄严承诺。

“况是圣明文化阔，玄歌几处月当楼。”在中华民族走向伟大复兴的历史进程中，葛麻岭的文化根脉将更加坚韧丰满，葛麻岭的人文气象将更加灿烂辉煌！

（原载《知行合一　爱满天下——陶行知主题文化公园》，广西科学技术出版社，2018年出版；《领导月读》2018年第5期）

# 放弃与选择

我从事文艺批评的过程，实际上是一个不断“放弃”与“选择”的过程。

我最早的兴趣是创作，是写小说，想当一个作家，也曾写过一部长篇小说《古海角血祭》，还引起过争议，但一个机缘却让我转向了评论。1995年广西文艺理论家协会（简称广西理协，2017年更名为广西文艺评论家协会）成立，文联领导说：“搞评论的人少，你就参加广西理协吧。”筹备成立广西理协的负责人也希望我到广西理协来。于是，我成了广西理协第一届理事，后来又成为第二届副主席，第三届、第四届、第五届主席，直到现在。一路走来，我只好放弃小说创作，不由自主地选择了评论。或许，今后还会写点散文之类的作品，但写小说的可能性很小了。

二十世纪八十年代中期，我考取武汉大学首届写作专业助教进修班，那时正掀起西方方法论热潮。面对各种新理论、新方法、新概念、新名词等，虽然常有一种云里雾里、眼花缭乱的感觉，但确实让封闭已久的我们开阔了视野、振奋了精神，一下子似乎走进了一个既陌生又奇异的新天地。那时候助教班的同学们都很年轻，每个人都充满了求知的热情和探索精神，西方文艺思潮和方法论一时间成为课堂上、宿舍里、散步时的热门话题。武大校园的书店，摆满了各种西方文艺思潮译著和国内学人的新成果新著作，我们常到书店来浏览和买书。同时期武大还举办有一个作家班，学员们都是当时文坛上风头正劲的年轻作家。来给我们助教班上课的来自全国各地的名家名师，往往也应邀给作家班上课。武大历史上就是个作家云集、人才荟萃之地，此时的珞珈山和东湖之滨更是洋溢着一种积极探索、勇于创新的极为活跃的学术氛围。我们助教班一些思想比较敏锐和前卫、接受新事物比较快的同学，很快就组成课题组，运用西方新理论新方法编写出版了一套写作学新教材。此后几年间，一大批写作学新教材新论著纷纷面世。虽然这些教材和论著在同行中受到不同的评价和议论，但对传统写作学理论确实产生了很大的冲击，为写作学理论研究带来了一股清新的风气。那时的整个文坛和学术界，可谓风云激荡、百舸争流！

我是怀着一种久旱逢甘雨的心情，如饥似渴地学习新理论新知识新方法的，并买了很多这方面的书回来研读。我很羡慕那些理论功底深厚、观念新潮、文思泉涌的学者和批评家，很想学习写那种体现新理论新知识新方法且充满新名词新概念的文章，很想学习和运用那些“欧化”的话语体系和表达方式，觉得这样的文章理论性很强并能够显示出前沿性和创新性。但我发现，自己无论怎样努力，怎样绞尽脑汁，怎样学习模仿，还是无法做到融会贯通。于是，我不得不放弃这种努力，不得不放弃写那些理论性很强的文章，那不是我的所长。我选择了一种比较适合自己的写作方法。我曾在我的第一本评论集《文学的感悟与自觉》的跋中写过这样一段话："我不太喜欢离开评论对象而空发议论，或名为评论，实际上却只是借题发挥，一味地鼓吹自己的观点和主张。若这样，不如去写专门的论文好了。或许，我这种写法'理论性'不那么强，但起码不至于隔靴搔痒或有论无评。我以为，既然是对作家作品的评论，不管你是仁者之言，还是智者之言，总得让被评论者听到一些具体的看法，而不是让作家眼睁睁地看着你借他的名义在那里高谈阔论，搔首弄姿。"这是我在评论写作上的一些想法和做法，实际上也是一种藏拙避短的方法。

二十世纪九十年代末，我曾计划写若干位作家专论，并初拟了一份名单，包括王蒙、张承志、路遥、张贤亮、霍达、莫言、阿来等，这些都是新时期有重要影响又是我喜欢的作家。我首先以极大的热情写了《张承志小说论》系列论文共九篇，十余万字，发表后受到学术界的关注和好评。但写完这组系列论文之后，我很快就发现，我根本没有这么多时间和精力去完成这个"宏大"的写作计划。作为一名高校"双肩挑"人员，我的本职工作不允许我全力以赴地去做学术研究。而且我没有那种倚马可待或一气呵成的才华，历来写作速度都很慢，对文稿总是要反复修改（为此我非常感谢电脑的普及，写稿和修改时可随意增删调整）。后来我对写作计划做了大幅度缩减，打算再写两个少数民族作家，即霍达和阿来。结果，连这个想法最终也没能实现。我不是一个专职的研究者和评论家，这些只是我的业余工作或业余爱好而已，因此我不得不放弃一些不切实际或力所不逮的计划和设想，选择了"向内转"，把目光转向广西本土文学艺术，而不是老盯着那些大名鼎鼎的作家。1995 年广西理协的成立，更促使我坚定了这一选择。或者说我已是别无选择，我必须履行应该担负的职责。近二十年来，研究制定广西理协发展规划和年度工作计划，参与策划和组织开展各种文艺研讨活动，评论和推介广西作家艺术家作品，主持开展集体课题研究，推出文艺理论评论成果，参加学术研讨与交流，受聘担任各种评委，等等，已成为我本职工作以外的常规性工作，由此耗去了大量时间和精力。但能够亲历和见证新时期文学桂军的崛起，能够亲历和见证新时期广西文学艺术的兴盛和发展，又是值得庆幸并留下美好记忆的。

作为一个读者，我喜欢读书；作为一个评论家，我需要读书。我曾打算每年都要抽出时间，阅读一定数量的文艺作品，特别是新出版的长篇小说，尽可能扩大阅读量和知识面，了解多一点当下文艺信息和创作动态。但我越来越觉得，这基本上是一种奢望，因为每年新问世的文艺作品太多了，多到只能“望书兴叹”！仅就长篇小说而言，我查了一下“文学蓝皮书：中国文情报告”：2011—2014年，每年长篇小说出版总量都在四千部以上，其中2013年高达四千八百多部；还有中短篇小说、散文、诗歌、报告文学呢，还有其他艺术门类的作品呢。我就是不吃不睡，并以一目十行的速度走马观花，恐怕也浏览不完，就连那些获得全国性奖项的作品都读不过来。古人说皓首穷经，如果用“经”泛指书籍的话，现在“皓首”也无法“穷经”了。

大学者金克木先生曾写过一篇精彩短文《书读完了》，我读后受益匪浅。文中所说的“书读完了”，并非把世界上所有的书都读完了，而是把那些最基础的源头之书读完了。“就书籍而言，总有些书是绝大部分书的基础，离了这些书，其他书就无所依附，因为书籍和文化一样都是累积起来的。”他认为，有些不依附其他而为其他所依附的书应当是少不了的必读书。“举例说，想要了解西方文化，必须有《圣经》（包括《旧约》《新约》）的知识，这是不依傍其他而其他都依傍它的。没有《圣经》的知识，就无法读懂西方公元以后的书。”中国也有源头性的古书，那就是《易经》《诗经》《尚书》《春秋左氏传》《礼记》《论语》《孟子》《荀子》

《老子》《庄子》。“这十部书若不知道，唐朝的韩愈、宋朝的朱熹、明朝的王守仁的书都无法读。连《镜花缘》《红楼梦》《西厢记》《牡丹亭》里的许多词句和用意也难以体会。”这是一种抓住牛鼻子的事半功倍的读书方法，是大学者大学问家的经验之谈。读书做学问就得掌握这样的读书方法。但文艺批评家除了要好好读这些源头之书，还需要不断阅读新的作品，因为文艺批评比较注重当下性，比较注重对新作品新现象进行批评，因此不能光读源头之书。而新作品每年又如潮水般涌来，令人应接不暇、眼花缭乱，怎么办？那就只能有选择地阅读了。于我来说，一般只选择那些自己感兴趣或自认为重要或引起较大反响的作品来读。当然也不全然这样，有的作品不一定感兴趣，也不一定很重要，更没有引起较大的反响和关注，但因为值得评论和推介，也必须花时间认真去读，尤其是那些“小荷才露尖尖角”的有潜力有后劲的新人新作，是需要关注和助推一下的。关注和评论名家是锦上添花，关注和评论新人是雪中送炭，两者都很重要，但后者更需要。

（原载《广西文艺界》2018年第2期）

# 在动荡岁月中成就辉煌的学术人生

一个出生在南流江畔客家家庭的年轻人，仅有小学文凭，却以“同等学力”考上上海南方大学。入学没多久，因积极参加“五卅”运动被开除学籍，几经周折，得以转入上海国民大学。在两所大学刚学习一年，又以“同等学力”考取清华大学国学研究院攻读研究生，直接受教于国学院四大名师王国维、梁启超、陈寅恪、赵元任先生。一年后，经诸位恩师大力推荐和帮助，这位年轻人又负笈法国，进入巴黎大学文学院攻读语言学博士学位。这位年轻人，就是后来享誉世界的语言学大师王力先生。

在王力先生逝世30多年后，一部讲述这位学界泰斗传奇人生的传记《王力的为人与居家》问世了。这部出自耄耋老人耿法禹先生之手的洋洋30余万言的传记作品，以富于表现力的文学手法和朴实流畅的语言，娓娓地讲述了王力先生跌宕起伏而又富于传奇色彩的一生，讲述了王力先生在动荡的岁月中所取得的辉煌学术成就。作品还对王力先生之所以能够成长为一代语言学大师的生活环境、时代背景、个人天赋、人生机缘等因素进行了分析和点评。全书以人物为中心和主线，以人述史、史论结合、述评并用，脉络清晰，内容丰富。作品既呈现出王力先生作为一位语言学大师所取得的常人难以企及的学术成就，又把他还原为一个具有七情六欲的普通人，生动地叙述了他在内忧外患的时代背景及特定生活环境下丰富多彩的内心世界和情感生活，从而刻画了王力先生真实和丰满的形象。在结构安排和材料取舍上也颇具匠心，书中很注意选取人物成长的重要节点和最能体现人物性格的细节来叙写，做到见事见人，重点突出，避免出现面面俱到和见事不见人的弊端。比如，王力先生对客家语言的深刻领悟和痴迷，在法国攻读语言学博士学位时的杰出才华和优异表现，受清华大学中文系主任朱自清先生委派赴苏州高级女子师范学校讲学而成就一桩美丽姻缘的佳话，随西南联大在炮火硝烟中西迁昆明的艰难历程及途经越南时与河内远东学院建立的友谊，先后改名为“王了一”和“王力”的独特寓意及其折射出的社会变迁历史，中华人民共和国成立后受邀担任中国文字改革委员会副主任而为中国语言文字改革所做出的重大贡献，等等，都是极具重要意义的生活经历和令人印象深刻的人生节点。

作者声称：“本书不是人物传记，而是人物传奇，是主人公在特定的历史条件和具体的生活环境中，依其生命历程的顺序，留下的生活片段的集锦及其伦理。”无论是“人物传记”还是“人物传奇”，既然写的是王力的人生历程，就不可避免地要写到他的亲人，写到许多与他有交集或有关联的各色人等。在这部作品中，除了主人公王力先生之外，着墨较多且人物形象比较鲜明的，是王力先生的两任夫人秦祖瑛、夏蔚霞，以及长子秦似。秦祖瑛是王力先生奉父母之命、媒妁之言娶进家门的，她是一名农村女子，不认识字，很少出门，没见过什么世面，甚至连正式的名字都没有，“秦祖瑛”这个名字还是她嫁进王家时公公给她起的。但她恪守中国妇女的传统美德，她以自己的贤惠、孝顺、勤劳和坚强赢得王家上下和村邻乡舍的尊敬和好评。王力离家北上求学和长年在外地工作，她一个人把家庭支撑起来，并含辛茹苦地把三个子女抚养成人，让孩子们上学读书，最终成器成才。当知道王力在外面遇到知书达理而又能够细心照顾他、辅助他的苏州女子夏蔚霞时，她内心虽然也有过震动和难过，但她以难得的豁达大度，成全了王力与夏蔚霞的姻缘。秦祖瑛是一位质朴而坚强的、令人尊敬的传统妇女。而夏蔚霞则是一位接受过新式教育的才貌双全的现代女性，她与王力从相识、相知、相恋到相濡以沫地厮守一生，谱写了一曲动人的乱世恋歌。尤其是夏蔚霞在战乱中辗转千里、历尽千辛万苦寻找王力，最终与王力在昆明相聚的故事，至情至性，感人肺腑！夏蔚霞是《王力的为人与居家》中最为鲜活和出彩的人物形象之一。

秦似是《王力的为人与居家》中着意表现的又一重要人物。秦似，原名王缉和，是王力先生的长子。王力先生离开家乡后，很少回到博白老家，与留在家乡跟随母亲秦祖瑛生活的秦似相处的时间极少。但秦似受家风影响与熏陶，又有母亲严格管教和督促，自小好学上进，聪慧过人。他爱好写作，积极给进步报纸《救亡日报》投稿，给该报主编夏衍留下了深刻印象。抗日战争时期，来自全国各地的大批文化人云集桂林，使桂林成为闻名遐迩的文化之都。夏衍等邀请年仅22岁的秦似共同创办《野草》月刊，实际工作主要由秦似一人负责。秦似以初生之犊的勇气和干劲，既管编务杂事，又执笔为文。在秦似的精心操持下，《野草》月刊以其进步思想和战斗风格，广受社会各界的关注和读者的喜爱，成为桂林文化城一家有影响的文化名刊，年轻的秦似也成为一位知名的作家和媒体人。

乱世之中，山高水远，天各一方，王力先生与秦似多年都没有见过面，但王力一直非常关心和留意秦似的信息，对儿子的思念也与日俱增。有一段峰回路转的戏剧性插曲，足见父子情深。抗战胜利前夕，身在昆明的王力先生在报纸上突然看到秦似在桂东南抗日起义中“牺牲”的消息，顿如五雷轰顶，悲痛万分，连夜写下了《吊和儿》一诗：“运泽阳九苦时难，七载音书鲜往还。问道隽才堪跨灶，不图孤愤竟逾闲。属文共惜呕心李，弃世终成短命颜。谁复桂林寻野草，梦魂长绕月牙山。”著名诗人柳亚子也从重庆给王力寄来了悼念秦似的两首诗作，更证实了秦似确已牺牲的消息。但事实上秦似并没有牺牲，他因事先得到情报而及时跳出了敌人的包围圈。秦似夫妇被乱枪击毙的报道是敌人故意编造的假新闻。秦似在报纸上看到父亲的《吊和儿》诗后，深感父亲对自己的关爱与牵挂，于是以深情的笔触写了《答父》诗：“万里烽烟战乱间，坎坷几许蚁民还。胸怀浩气余生苦，志切时潮死等闲。道路满传伤慈泪，衙廷悔过耻赧颜。漫怜民主一砖石，俯仰屡当巨泰山。”秦似同样把诗作发表在报纸上，既是告知父亲自己还活着，也是表达对父亲的安慰与思念，同时还表达了自己坚定不移的抱负和志向。王力和夏蔚霞看到《答父》诗后，欣喜不已，父子之间的心贴得更近了。

新中国成立后，秦似先在党政机关任职，后到高校任教。根据专业教学和人才培养需要，他被学校派往北大进修语言学，师从父亲。秦似又一头扑进了语言学研究，尤其是在被称为“绝学”的音韵学领域，他的研究取得了骄人的成就，他于1975年编著出版的《现代诗韵》一书，曾经风行全国，发行量逾百万册，可谓洛阳纸贵。集作家、学者和媒体人于一身的秦似，也是文化界和学界的一个传奇。

长期以来，耿法禹十分注意搜集有关王力先生的资料，《王力的为人与居家》是他在多年积累的基础上写成的。但他最初并没有这一写作计划，正如他在后记中所说，他写《王力的为人与居家》是被“逼上梁山”的，是众多友人希望甚至是“紧逼”他写出来的。这当然是一个重要原因。但更内在的原因，则是他对王力先生怀着深深的崇敬之情与感恩之心。改革开放之初，身为广西教育学院教研员的耿法禹和同事们抱着“语文救灾”的想法，积极在广西推广“以作文为中心组织语文教学”教改实验成果。但由于当时“文革”遗风还在，一些人对推广工作横加指责和阻挠。在面临巨大阻力和困难的情况下，耿法禹奉广西教育学院领导派遣，前往北京大学未名湖畔，拜访和请教德高望重的王力先生。王力先生见是家乡来人，不仅拨冗听取了汇报，对语文教改实验成果推广工作表示支持，还亲笔撰写了《我赞成以作文为中心的语文教学》一文。语文泰斗的发声，不仅止住了那些反对的声音，使得推广工作得以顺利开展，而且极大地鼓舞了广西教育学院研究开发序化语文实验教材的决心和信心。30多年过去了，耿法禹对这次拜访始终铭感于心，并一直珍藏着王力先生这篇珍贵的文章手稿。一次，他特意把王力先生的手稿原件送到办公室给我看。当他谈起这段往事时，仍然记忆犹新，心怀感激。我建议他把这段史实写出来，交给学报发表，也是为学校留下一份难得的史料。他很高兴，很快就写出了《著名语言学家王力先生给力广西教育事业》一文，发表在2017年第2期《广西教育学院学报》“桂学研究瞭望”栏目上。2013年，广西教育学院成立60周年时，他曾应约写了3万多字的长文《从“作文中心论”到“建设序化语文教材”——广西教育学院史劄记》，文中也提到了赴京拜访王力先生一事。这篇回忆文章被收录在《从将军桥到葛麻岭——广西教育学院建校60周年纪念文集》一书中。

耿法禹不是广西人，却把一生都奉献给了广西的教育事业。1953年春，年仅23岁的耿法禹从河南大学中文系本科毕业，是新中国首批大学毕业生。受当时的中南军政委员会人事部派遣，耿法禹和14位年轻的大学生一起，千里迢迢地从中原腹地来到南国边陲——广西，支援边疆建设。耿法禹被分配到革命老区百色。那时从首府南宁到百色的公路是泥土路，蜿蜒崎岖，坑洼不平，他是乘坐运木炭的汽车，走了两天才到达百色的。耿法禹被分配到百色中学做一名语文教师，在这里，他一干就是27年。他从一名普通教师，逐步成长为教导主任、副校长。1979年，备受“文革”摧残的教育界百废待兴，教研工作亟待恢复。耿法禹被自治区教育厅和广西教育学院领导看中，调到广西教育学院教研部任语文教研员，开启了新时期筚路蓝缕的教研工作。正是在这个时候，他们获得了王力先生的鼎力支持。

就在“作文中心论”稳步发展之际，广西教育学院领导及时提出，我们要立足实际，编写语文教材，不能只推广别人的经验。任务落到了耿法禹身上。经过深入调研、思考和研究，耿法禹主持编写了序化语文读写训练实验教材。1987年，该教材被评为广西教育科学一等奖；1997年，经教育部审定，《初中语文读写训练教材》被确定为国家级教材。在教材编写与教改实验中卓有建树的耿法禹，在全国语文教育界名声渐起，成为知名的语文教育专家。也正是在这一时期，他又与王力先生的长子秦似有了较为密切的交往。“序化语文读写训练实验教材”结题评审时，就是秦似先生宣读权威性评审意见的。1980年秦似先生创办《语文园地》月刊，一开始就把广西教育学院作为重要的稿源地。同年，广西中小学语文教学研究会宣告成立，秦似先生被推举为首任会长，但研究会挂靠单位则是广西教育学院。因此，耿法禹和他所在的广西教育学院便与秦似先生有了特殊的渊源。

《王力的为人与居家》不仅让我们真实地领略到了高山景行的大师风范，同时也深切地感受到了作者耿法禹深挚绵长的别样情怀。当然，于我来说，捧读这部作品还有一种特别的亲切感。这不仅仅因为我与广西教育学院有着重要的生命联结，不仅仅因为耿法禹先生是我熟悉和敬重的前辈，还因为我的家乡钦州市浦北县与王力先生的家乡玉林市博白县毗邻，也是客家人聚居地，我的母亲就是客家人。还有非常重要的一点，1978年我刚到广西民族学院（今广西民族大学）就读的时候，曾有幸到广西大学聆听过已是78岁高龄的王力先生的学术讲座“谈谈学习古代汉语”，当时秦似先生就是广西大学中文系主任。王力先生主编的权威教材《古代汉语》，是我们“古代汉语”课程的专业教材。此外，我对秦似先生也是敬仰已久。1976年，我曾在家乡小镇龙门的书店里购得秦似先生的《现代诗韵》，此后数十年一直珍藏着，偶然写诗，必翻阅此书。

耿法禹对民族文化、客家文化一直怀着浓厚的兴趣，1990年退休后，他把主要精力投入到了这方面的研究之中，相继出版了《中华生肖文化新解说》《珍珠之路》等著作，还以充沛的激情创作了《钧州娃》《绿珠女》等小说。经过多年积累和努力，数易其稿，又在耄耋之年推出了《王力的为人与居家》。当然，细读完这部作品之后，我觉得书中也有某些值得推敲和斟酌之处，如某些过程和细节描写，虽然具体生动，但容易让人产生“凭空想象”和“虚构”的感觉，从而或多或少地削弱了作品内容的真实性和严谨性；对某些历史片段或生活场景的叙述，也可处理得简约、含蓄和平实一些，不必那么直白地表露出作者的观点和主观情绪；一些无关宏旨的材料和内容，也可适当舍弃——这些看法，或许有点苛求了。

耿老已是望九之年，借此机会，我们诚挚地祝福他健康长寿！

（原载《广西教育学院学报》2019年第4期）

# 缘结“书架工程”

2015年4月，泰国碧武里皇家大学代表团应邀访问广西桂学研究会。代表团团长是我的老朋友尼瓦·克林格姆校长，团员有人文学院院长拉琵攀博士等。在亲切友好的气氛中，双方签订了“中国·东盟国家图书书架工程”项目协议书。之后，我陪同尼瓦校长一行到龙门水都景区参观了桂学楼、桂学园、碑林雕刻、水上栈道等特色景观。

在参观游览过程中，我们一起回忆了多年前的交往与友谊，回忆了我访泰时尼瓦校长与我在小河边的餐馆悠闲小酌的情景。我担任广西民族大学副校长10余年间，一直分管外事和国际教育工作，推动学校与泰国10多所大学和机构建立了友好合作关系，还与玛哈沙拉堪大学联合创办了孔子学院。我调任广西教育学院院长后，他们没有忘记老朋友，到访南宁时，一有机会就约我见面叙叙旧。这次尼瓦校长专程前来商谈和签订合作项目，就缘于一年前访问广西合作院校的拉琵攀院长来看望我时，拉琵攀院长得知广西桂学研究会设立有面向东盟的“中国·东盟国家图书书架工程”项目，于是热切希望能够把她的学校列为实施项目的院校。碧武里皇家大学人文学院开设有中文专业，当年广西民族大学曾给他们捐赠过中文图书，双方一直互派教师和留学生。

潘琦会长和尼瓦校长会面时商定，依托书架工程项目，加强双方的学术交流与合作，如轮流在中泰两国举办学术研讨会等。当年12月25日至29日，广西文联、广西桂学研究会与泰国皇家大学总会就联合在南宁召开了“中泰民俗文化与民间文学研讨会”。泰国驻南宁总领事馆总领事琶姹妮女士，泰国皇家大学总会主席、碧武里皇家大学校长尼瓦先生，以及来自清迈皇家大学、武里南皇家大学、那空是贪玛叻皇家大学等多所大学的泰方专家共10多人前来出席；自治区党委原副书记、广西桂学研究会会长潘琦等20多位中方专家参加研讨。会议共收到27篇论文，分别就泰国历史与社会文化、广西各民族民俗文化等进行探讨交流。会议还组织泰方专家赴广西柳州市融水苗族自治县对少数民族民俗文化进行考察调研。这次研讨会主要由我牵头筹备，我统筹协调广西多所大学和科研机构的力量分工合作，在时间短、头绪多、任务重、人员分散的情况下，从商定会议主题、征集论文，到申报办理泰方专家入境手续、邀请泰国总领事出席会议、配备翻译、交通与食宿安排、编印论文集和会议手册、会议研讨、考察活动等各个环节，都考虑和准备得比较周全，受到了双方专家学者的充分肯定和一致好评。关于这次研讨会的成果和收获，陆晓芹博士撰写的《“中泰民俗文化与民间文学研讨会”综述》（《广西教育学院学报》2016年第4期）一文做了较为全面而具体的述评。

2016年下半年，泰方按计划在碧武里皇家大学举办第二次中泰学术研讨会。桂学研究会拟组织中方专家前往出席，但因跨单位组团出访遇到诸多困难等原因，最终未能成行，甚为遗憾。人去不了，我只好通过邮箱给他们发去一篇论文。他们很认真负责，把论文收录在用中泰两国文字印制的论文集中。

2017年5月，尼瓦校长再次率团来访。这是一次特殊的访问，因为他刚刚调任宋卡皇家大学校长，接替他担任碧武里皇家大学校长的则是他的亲弟弟赛诺·克林格姆博士。他这次和他的兄弟共同率代表团来访，实际上是一次引荐和新老交接之旅。代表团首先访问广西教育学院桂学研究基地，我们十分热情地欢迎他们的到访，我还特地安排曾赴泰访问或任教的校领导、系领导及教师同他们见面，宾主都非常高兴。接下来，广西桂学研究会与泰方代表团共同举办中泰学术交流座谈会。会上，碧武里皇家大学以视频和幻灯片的方式，详细介绍了在图书馆专门设立“桂学图书室”的情况，展示了大学生们在宽敞、整洁、明亮的图书室读书学习的情景。他们对设立桂学图书室非常重视，从装修、摆设到桂学徽标设置等，都考虑得很周到细致。这次座谈会，自始至终都洋溢着合作成功的喜悦气氛。

“中国·东盟国家图书书架工程”项目是广西桂学研究会面向东盟开展国际交流与合作的重要抓手和亮点，但在实施过程中也遇到诸多困难和障碍。因此，我们只能借助各种资源，通过各种渠道和方式来推进项目的实施。2014年以来，我们借助广西师范大学出版社、广西民族大学国际交流处、广西教育学院国际交流处、广西外国语学院、老挝国立大学孔子学院、印尼丹戎布拉大学孔子学院等机构的力量和资源，以及个人的一些老关系，先后与新加坡国家图书馆、新加坡国立大学、新加坡南洋理工大学、新加坡广西暨高州会馆、老挝国立大学、泰国朱拉隆功大学、泰国碧武里皇家大学、泰国清迈皇家大学、马来西亚马来亚大学、印尼坤甸共同希望教育基金会、印尼坤甸共同希望语言学院等签订了合作协议书。迄今为止，广西桂学研究会所捐赠的中文图书，累计价值近300万元人民币，今后还将按协议书继续分批捐赠。“中国·东盟国家图书书架工程”项目为中国-东盟文化交流与合作架设了一道友好的桥梁。

（原载《红豆》2020年第10、11期合刊）

# 这里，开放发展气息浓

每到中国-东盟博览会（简称东博会）公众开放日，广西南宁国际会展中心总是人流如织，热闹非凡。人们在摆满各国名特优商品的展区里参观、游览、购物，乐而忘返。作为东博会的亲历者和见证者，每次来到这里，我心里都会涌起一种莫名兴奋的感受。

我工作过的广西民族大学，是一所拥有东盟国家小语种学科专业和人才优势的高校，一开始就积极主动地为东博会提供服务。首届东博会，学校就选派一千多名师生担任联络官、翻译官和专业志愿者，广泛参与东博会服务，受到主办方和中外宾客普遍好评，学校也被评为“首届中国-东盟博览会志愿者组织先进集体”。此后每届东博会都活跃着大批民大师生的身影。

2004年，中国-东盟博览会永久落户南宁。中国-东盟博览会是一个万商云集、政要齐聚的国际商务盛会，是密切贸易投资合作的重要渠道，颇受社会各界和中外媒体关注，至今已成功举办18届。可以说，一年一度的中国-东盟博览会，也是举办地南宁的高光时刻。距离南宁国际会展中心不远，是占地面积3平方千米的东盟商务区。这里集商品集散、文化交流、娱乐休闲、生活居住、观光旅游等功能为一体。商务区内各个园区，其建筑风格、街道布局、店铺装饰等，都带有各自鲜明的特色，如越南园区、泰国园区、老挝园区、印度尼西亚园区、柬埔寨园区。街道命名也别具一格，如中越路、中泰路、中老路、中柬路、东盟一街、东盟二街、东盟三街等。最引人瞩目的，是东盟成员国中有6个国家（越南、柬埔寨、泰国、老挝、缅甸、马来西亚）的驻南宁总领事馆都设立在这里，成为商务区的一大景观。漫步在东盟商务区，可领略到浓浓的异国风情。

位于南宁市的许多机构、企业和建设项目等，都以“东盟”为名称，如东盟经济开发区、东盟企业总部基地、东盟金融城、东盟信息港、东盟信息交流中心、东盟技术转移中心等，都打上了东盟的标记，表明了面向东盟的特色。南宁国际民歌艺术节、东盟文化周、东盟戏剧周、东盟电影周、中国-东盟文化论坛等丰富多彩的文化活动，则为南宁市增添了浓厚的东盟人文气息和文化氛围。

3年前，南宁市又迎来一个重大机遇：中国（广西）自由贸易试验区南宁片区设立。实施范围近50平方千米的南宁片区，其功能定位涵盖四个“面向”，而每个“面向”都是指向东盟：打造面向东盟金融开放门户核心区、打造面向东盟的数字经济协同发展集聚区、打造面向东盟的人文交流合作示范区、打造面向东盟的区域性先进制造业基地和国际陆海贸易新通道重要节点。自贸区设立以来，成效显著，发展态势强劲。

2021年9月，第18届中国-东盟博览会在南宁落下帷幕，共组织签订国际、国内合作项目179个，总投资额超3000亿元，签约项目总投资额创新高。以东博会为主要平台和着力点、深度融入“一带一路”建设的“南宁渠道”，推动广西开放发展的作用越来越凸显。2012年，广西对东盟国家外贸进出口总额747.5亿元，到2021年增长为2821.2亿元，9年增长了3.7倍，年均增长15.8%。东盟已连续多年成为广西最大的贸易伙伴。

南宁，一座“半城绿树半城楼”的绿色之都，一座流淌着浓郁东盟气息的开放之城，一座奋力谱写新时代壮美广西篇章的龙头城市。

（原载2022年7月30日《光明日报》）

# 附 录

# 容本镇和他的文学研究

蒋登科

**并非题外话：认识容本镇**

我一直比较相信文如其人的观念。即使再熟悉的人，我们或许都很难了解其全部的本质，但如果他是作家或者评论家，其创作的文本反而可以多侧面、更完整地体现出人的本质之所在。因此，在评价文学作品、学术成果的时候，我们可以通过其文本反观作者本人，也可以通过知人论世的切入角度将文本和作者有效地结合起来。总之，作者、文本之间的对应关系是很密切的，我们可以从文本中了解到和作者有关的一些隐秘的人格信息。

容本镇是我的兄长，曾经也是同事。我和他认识，是1990年夏天去广西民族大学文学院（当时叫广西民族学院中文系）工作的时候。当时，他已经是中文系的讲师，我们在中文系组织的多次会议上有过一些交流。从其他老师和学生口中，我也听到了不少关于他的评价，说他学问做得不错，为人善良，对学生真诚、包容，除了教书、研究，他还刚刚出版了一部长篇小说。恰好，我担任“中国当代文学”课程教学老师的1989级两个本科班中，有一个班是他担任班主任。这个班的同学比较活跃，凝聚力强，而且班里爱好文学创作的学生不少，有些学生已经在报刊上发表了文学作品。在和同学们的交流中，我得知他们对文学创作的热爱和容老师有很大的关系。容老师一直鼓励学生在课程学习之余，写下自己的人生感受，而且还经常给他们举办文学讲座，关键是他自己创作了不少作品，给同学们树立了榜样，提供了引领。

在广西民族大学工作的两年多时间里，我和容本镇有过不少交往。我们一起参加中文系的学术活动、创作辅导，接待了来自广西区内外的一些专家、作家。我们一起参加广西的文学活动、学术活动。他是个热心人，我因为私人原因去北海，他知道之后主动联系他在北海的同学，希望他们能够接待，安排好我的行程。节假日的时候，他有时还邀请我去他家吃饭，说我离家太远，一个人在外奔波不容易。回想起来，我在去广西民族大学工作之前，和他没有任何私人交往，但成为同事之后，或许是因为有着共同的兴趣爱好，或许他本身就是一个热心人，他一直没有把我当外人看待，使我感觉到一种特别的温暖。1992年10月，我离开广西调回了重庆，和容本镇的交流也就越来越少了，平常几乎没有联系，但是每每想起广西，他一定是我首先想起的朋友之一。几次到广西出差，想回到广西民族大学看看，我都只是私下联系了容本镇。他后来担任了广西民族大学校长办公室主任、副校长，但他还和过去一样，亲自陪着我在校园里面散步，介绍学校的发展变化。之后，他又到广西教育学院担任院长、书记，但他对广西民族大学的感情没有淡化，他在那里成长、创作、研究，相思湖永远是他藏在心中的一块文学的“圣地”。

在我的印象中，容本镇是一个温和、热情、勤奋、有追求的人，他的心里总是装着他人和世界，而且，无论职务发生多大的变化，他对文学的爱好、对文学研究的投入都没有改变，成为广西文学界、文艺评论界的佼佼者，为此还担任了广西文艺评论家协会主席等学术职务。早在1993年，林建华先生就说过：“本镇一旦确定自己当作家的理想，就锲而不舍，一步一个脚印地走下去，一直沿着艰难困苦的崎岖小路攀登。”当时，容本镇才35岁，他后来在文学创作、研究、教育等方面取得了更大的成绩，肯定和他的这种理想和追求密不可分。他年轻时对文学的选择，其实也就是他一生的选择。

**从应用写作、文学写作到群体观照**

文学创作主要是个人的行为。但是，良好的文学氛围可以在很大程度上促进文学的创作。历史上的各种文学流派、文学群落，在很大程度上都和文学氛围有关。

容本镇1982年毕业于广西民族大学并留校任教，担任中文系写作学教研室教师。在当时，写作课程是中文系的必修课，讲授内容广泛，涉及应用写作的诸多领域。在这个学科中，容本镇投入了不少心血，取得了相当出色的成绩，一方面是到武汉大学进修写作学硕士生课程，另一方面参与了多部写作学著作的编写，比如《写作成语类典》（合作，1986）、《写作学教程》（副主编，1991），而且他在1995年、1998年、2002年连续当选为广西写作学会第三届、第四届、第五届副会长，并于2008年当选为广西写作学会第六届会长，2012年当选中国写作学会第八届副会长。如果从容本镇从事写作学教学研究这个角度说，这条学术线索已经很有说服力，他从一个普通的写作学教师，逐渐成为在这个领域具有影响力的专家，担任了行业学会的领导职务，而且从广西逐渐走向了全国。但是，我们需要注意他的另外一些学术身份，2007年容本镇当选广西文艺理论家协会第三届主席，2012年连任广西文艺理论家协会第四届主席，2017年当选广西文艺评论家协会第五届主席，在这个协会连任三届负责人。写作学会和文艺评论家协会属于不同学科领域，后者主要关注文艺理论研究，关注文学批评，与文学艺术的关系更为密切。我们或许可以说，容本镇理解的“写作”既具有传统内涵，同时也在他的工作内容中有了很大的拓展，尤其是把文学写作和文学研究作为了其中的重要内容。

更值得我们关注的是，作为一个具有包容情怀、奉献精神的领导、学者，容本镇在实际工作中不只是考虑自己的创作和研究，他试图发现、联络更多的人，以团队的方式为文学的发展注入活力。

容本镇长期在广西民族大学工作，先后担任中文系教师、院办主任、副院长（副校长）等职务。这所学校位于南宁的西边，校园中有一个很大的湖泊，因为湖边长有红豆树，于是被命名为相思湖。学校有着浓郁的文学氛围，推出了很多在文坛上具有一定影响力的作家、诗人、评论家。这些作家、诗人主要由两部分组成，一部分是学校的教师，他们来自全国各地，一直坚持文学创作、研究，并通过组织文学社团，参加文学交流、学术报告等方式将这种爱好传递给一代又一代的学生；另一部分是学生，他们主要是来自广西的各民族青年，带着不同的文化、经历，甚至带着文学的梦想来到校园，在浓郁的文学氛围之中，他们开始了真正的文学创作，有些同学在读书时就发表了不少作品，毕业后将这种爱好带到了各自的行业，在文化传承、文明建设等方面发挥了重要作用，有些人在离开校园之后继续坚持文学创作，推出了不少具有影响力的文学作品。在广西，无论是文学教育，还是文学创作、组织、编辑、出版等和文学相关的领域，广西民族大学毕业的学生所占的比例都较高。

事实上，在中国现代大学中，尤其是在一些人文底蕴深厚的大学中，文学创作（尤其是诗歌创作）在学校人文精神的塑造、延续等方面发挥了重要作用，也为推动文学的发展做出了贡献，西南联大、北京大学、中国人民大学、复旦大学、吉林大学、武汉大学、北京师范大学、华东师范大学、重庆大学、西南大学等学校都出现过不少知名作家、诗人，尤其是20世纪80年代以来，这些学校的大学生诗人为推动新时期诗歌观念的新变、诗歌思潮的多元、诗歌艺术的拓展发挥了极其重要的作用。广西民族大学在1952年建校之后，在师生中陆续出现了一大批作家，比如诗歌方面的韦其麟、苗延秀、侬易天、王一桃、杨克、黄堃、黄神彪、蒙飞、顾文、鲁西、梁肇佐、石才夫、梁洪、刘浪等，小说方面的刘文勇、莫义明、黄佩华、柴立扬、严小丁、陈修龄、容本镇、廖振斌等，散文和报告文学方面的徐治平、农耘、严风华、林宝、黄天源、黄志钢、李绿江、张频、黄金凡等，文学评论与理论研究方面的梁超然、农学冠、朱慧珍、覃伊平、林建华、林士良、徐治平、吴立德、梁成林、梁其彦、黄盛陆、胡树琨、肖远新、邓小飞、陈实、黄伦生、杨长勋等。但是，这个名单是在后来整理出来的，在2000年之前，“相思湖作家群”只是一种民间的说法，并没有专家对其进行全面梳理、深入研究和讨论，在文学圈子里也没有多少人知道。

在推动相思湖作家群进入公众视野、受到学术关注等方面，我们必须谈到容本镇。时任广西民族学院副院长的容本镇意识到，有些工作需要开展起来，通过有效的方式把相思湖作家群这个名片擦亮，于是在2000年6月上旬策划召开了“相思湖作家群现象研讨会”，来自全国各地，尤其是来自广西文艺界的专家，相思湖作家群的代表等聚集一堂，梳理、讨论了这个群落的人员构成、发展历史、艺术追求、文学影响等方面的话题，受到了文学界、学术界的密切关注。冯艺认为：“‘相思湖作家群现象’说得通俗一点，就是广西民族学院在近半个世纪的办学过程中，培育了一批活跃在广西文坛的作家，形成了一个文学观念新颖、人数可观、作品出众的文学群体。”这是对相思湖作家群的整体定位和评价。

关于相思湖作家群的形成，石一宁说：“一所边疆的普通高等学校涌现出这么一个庞大的作家群，这在全国是很罕见的，或许也可以称为‘广西民族学院现象’。我认为，这与广西民族学院有意识地、精心地培养和指导有关。文学创作虽然是一项个人性的劳动，但一个作家的成长，除了依靠他自己的奋斗，还要依靠周围环境和其他外在条件的支持。广西民族学院真正理解文学是民族文化的重要载体，真正理解文学对改造国民精神、提高国民素质和提升人的生活品质的意义，所以才会长期地、一贯地开辟文学园地，栽种文学之苗，浇灌文学之花。”这种说法是有道理的。文学氛围的建构对于文学群落的形成具有不可忽视的影响。

在相思湖作家群的形成过程中，作为集体名词的广西民族大学当然非常重要，它提供了氛围、提供了资源、培养了人才，但是在积极推动相思湖作家群发展、研讨的过程中，作为其中一员的容本镇发挥了不可忽视的作用，这是他长期关注、推动的重要事项之一。作为一个有情怀的作家和评论家，他不只是关注自己是否能够成为作家、评论家，也不只是考虑怎样将其长期研究的“写作学”由应用写作延展到文学写作，他还注重对文学群体的培育和宣传，关注更好的文学氛围的建构。

2004年，在容本镇的大力倡导和推动下，广西民族大学又在全国率先将著名作家引进校园。学校设立了文学影视创作中心，由容本镇担任主任，把当时在全国已经具有重要影响的作家东西、凡一平、黄佩华直接引进学校，为他们提供良好的创作环境，使相思湖作家群的队伍和影响进一步扩大。这些作家每年都要在学校举行文学创作讲座，指导学生的创作实践，使学校在培养人才、推出作品、扩大影响等方面具有了更强的实力。

可以说，广西民族大学在引进专业作家方面走在全国高校的前列。在那以后，国内其他的一些高校才逐渐开始把作家引进校园。在这方面，容本镇的关心、关注、支持、参与，为相思湖作家群的扩容和影响，发挥了积极而重要的作用。我们在谈论一个作家、评论家的时候，当然要研究他的文本，但他在推动文学发展方面所做出的其他努力也不应该被忽视。这至少说明，在容本镇的心目中，除了自己的创作、研究之外，他同样关注更大范围内的文学发展，并且尽力为平台的搭建提供条件，其胸怀是宽广的，成效也是明显的。

**本色是作家：创作经验与文学批评**

在文学发展中，文学创作和研究属于一体两面，二者难以截然分开。对于文学研究者来说，具有一定的创作经验往往有助于文学研究的深入，尤其是可以更好地抓住文本的细部，发现独到的特色。在中国文学发展史上，很多文学评论不是来自专业的研究者，而是来自文学创作者，是他们对自己创作经验的总结。这种对文学的思考具有感悟性、经验性特征，更符合文学的自身特征和发展规律。而在现代文学史上，尤其是在当代，文学批评成了一种专门的学问，批评者更多的只是关注成型的文本，而不少专业批评者并没有丰富的创作经历。在这种情况下，文学批评者的学术视野、学术积累、学术眼光肯定有其独到之处，甚至可以借用不同学科的理论来研究文学，但也出现了一些问题，由于对创作缺乏切身体验，他们更多地注重理论体系的建构，用一些成型的理论来讨论作品，存在先入为主的情况，而对作品的解读用力甚少，尤其是对作品的生成过程缺乏关注，其文学批评就和作家的创作初衷出现了一些差异，甚至可能忽视了作品的一些特色，而去关注其中的一些细枝末节。

容本镇首先是一个作家。1990年5月，广西民族出版社出版了容本镇的长篇小说《古海角血祭》，在读者中产生了不错的影响，也引起了观点分明的讨论。

文学研究者的构成往往比较复杂，有的是专门的学者，有的是创作者，有的是创作者兼学者，有的是普通读者，有的甚至来自文学之外的其他领域，由此带来了文学批评的丰富和多元，但也可能因为切入角度的差别而出现争鸣，甚至导向不同的结论。容本镇属于创作者兼学者，他有较为丰富的创作经验，理解文学创作的独特性，感受过文学创作的艰辛，也了解文学的特征和规律，这就使他在文学研究中，可以将个人的感悟和文学的规律较好地结合起来，形成属于自己的独特的批评风格。

**批评话语：以感悟为基础的深入**

自从开始文学创作和研究以来，容本镇出版了长篇小说《古海角血祭》，长篇文化散文《岭外汉风》，论文集《文学的感悟与自觉》《广西当代文艺理论家丛书·容本镇卷》《凝望八桂》等；主编及合作出版《广西文学艺术六十年》《广西当代少数民族文学概观》《悄然崛起的相思湖作家群》《书香花艳四月天——诗琳通公主访问广西民族大学纪实》《同一条河流——中泰当代文学作品选》《广西文艺理论家协会二十年》等，另外还有涉及写作学、文学教育、教育理论等方面的著述多种。应该说，容本镇是一个勤奋的作家和学者，涉及领域广、推出成果多，但他自己似乎更看重文学创作和批评这两个相互关联、相互影响而又各具特色的领域。

在容本镇的文学批评中，有少数谈论文学基本理论的文章，比如

《作家的境遇与境界》《写作感受论》《小说意蕴管窥》《心理距离与人物塑造》等，但他更多的成果是对作家、作家群的研究。

在作家作品研究中，容本镇关注的主要对象是广西作家，广西是我国五个少数民族自治区之一，生活着以壮族为主的多个民族，民族文化资源非常丰富，各民族都有自己的作家作品，不少作家在国内具有相当的影响力。作为生活在广西的评论家，容本镇和这些作家都比较熟悉，也比较了解广西的文学发展，于是他就在对这些作家的研究上投入了较多的心血。

“文学研究”“文学批评”虽然以“文学”二字作为中心词，但它们的领域其实非常广泛。容本镇的创作和研究都以小说为主，广西的小说家自然会成为他学术观照的对象，比如东西、鬼子、黄佩华、凡一平、刘峰、杨松、谢凤芹、任君、班源泽等，但容本镇的文学批评远远不只是涉及小说，他在其他文体的研究上也投入了不少的心血，比如诗歌、散文、报告文学等，还对多种文学评论著作、影视作品等发表了自己的意见。容本镇本人也说：“一路走来，我兼有多种身份，可以说是一个地地道道的‘杂家’和边缘人。”对于批评家来说，“杂家”自有杂家的好处，可以将多种文体、学科的知识融合在文学批评中，拓展文学批评的领域，更新文学批评的视角。但是，“杂家”也有杂家的不足，因为涉及文体、学科太多，有可能导致在每个领域都难以深入，难以取得具有分量的研究成果。

不过，对于容本镇来说，他在文学批评方面还是体现出了自己的独到之处。

在切入角度上，容本镇的评论文章往往以作家的身份去理解作家和作品，能够较好地切入到文本中。在他的很多批评文章中，他的生活经历、创作体验、阅读感受、学术储备等总是有意无意地体现出来。东西是具有影响的广西作家之一，在讨论他的小说中的荒诞书写的时候，容本镇借用了一些西方的文学观念解读和分析其作品，但更结合中国现实来切入，比如在谈到《不要问我》时，他说："在当今高度发达的经济社会，我们需要各种各样的证件和材料去证明我们的身份。身份证和其他证件一样是现代社会一种有效的管理手段和方式，是证明我们在现实社会存在的一个符号。但是伴随着现代社会的急遽发展，'身份证'这一符号却渐渐取代了'人'这一本体的存在。没有了身份证，我们就什么都不是。"由此揭示了文学的荒诞性和现实的荒诞性的关系，使读者能够更好地将文本阅读和现实理解结合起来。

在话语方式上，容本镇往往以感悟性的语言表达自己的文本观念。他的《文学的感悟与自觉》一书的"内容提要"中有这样一段话："文学批评自古以来就存在两种基本模式，一种是通过创作范畴和概念提示文学现象的规律与本质，一种是借感悟和对话拓展文学现象内在的文心与诗心。欧美学者以及中国部分受西方文艺理论影响较深的学者在前一种模式上见长，东方学者尤其是中国作家型学者则在后一种模式上卓有建树。"这种概括虽然不甚准确，但还是有一定道理的。经验性、感悟性是东方文学批评的基本特征，虽然在现代以来受到了西方文艺理论和批评话语的影响，但依然具有较强的生命力，受到很多学者，尤其是具有创作经历的研究者的青睐。他们不愿意使用大量的术语，不愿意大量引用别人的观点，而是通过对文本的解读，通过对文学基本特征的感悟，直接说出对文学和具体文本的理解。容本镇应该是这些学者中的一员。在谈到黄佩华早期的探索小说时，容本镇说："综观黄佩华的这几篇小说，其最大的特点就是不把自己要说的话说得太满太白，不把自己的思想见解和盘托出，而是在作品中尽量留出较大的空间；或者说，作者只是提供文本，却不提供结论，他对自己所反映的生活作深入思考的同时，也给别人留下思考的机会，让不同的人在作品中自由地驰骋自己的想象，做出自己的理解。在表现形式上，他采用了一些有别于传统的艺术手法，这就使得他的小说逸出了一种新的美学趣味。”黄佩华是广西文坛上一位长期坚持创作且具有不俗成绩和特色的作家，容本镇在讨论了他的小说特色的同时，对其整体追求进行概括，而这种概括不是概念化的，而是来自文本的解读，从批评者、读者、作者多角度切入，因而较为准确地描述了黄佩华前期小说的基本特点。这种概括没有使用高深的理论，而是借鉴了创作体验、阅读经历，谈得实在而真切，对读者、作者都有所助益。

在文学批评中，容本镇很少堆砌概念、术语，在表达中显得亲切、自然，尽力做到深入浅出，用散文式、诗意化的语言描述出研究对象的特征。在容本镇的批评文章中，《小说意蕴管窥》是较少见到的理论性文章，主要针对当时一些关于小说意蕴的观点提出了自己的看法。即使在这种理论性较强的文章中，他也主要是从大量经典文本中提炼自己的观点，而不是把各种相关理论罗列出来，更不是借用一套严密的学术术语来建构自己的所谓理论。文章一开篇便说：“无论什么体裁的文学作品，也不管你是有感而发或应命而作，你总是要说点什么，表示点什么，或流露点什么。这就是你的目的，就是凝聚于作品的主题或意蕴。”主题、意蕴是非常复杂的话题，但作者却通过日常的话语来描述，看似平常，却实实在在地说到了点子上，也说出了“意蕴”的基本内涵。针对主题的多样性追求，容本镇说：“生活的概括性、情感的倾向性、思想的深刻性、审美的多样性，构成了小说意蕴深邃而博大的容量。我们无论搞创作或分析鉴赏作品，都不能过分强调主题的集中和明确。它的蕴含应该是丰富的，甚至是多义性的。”看似不经意的表述中，却说出了这样一种观点：意蕴多样性追求是小说艺术发展的必然，也是小说发展的一种结果。

在西方化特征比较明显的学术方式、学术话语流行于学界的时候，容本镇一直以中国的传统话语方式为基础，并吸收他人的学术研究新成果、学术表达新方式，在文学批评的话语中将感悟性、经验性和学理性有机地结合起来，形成了属于自己的看似浅显实则独到深刻的批评文本。他并不反对学习和借鉴西方的文艺主张，而是尽量将学来的东西消化、融合在中国的话语体系中，张扬的是中国式的文化自信。

**并非结语：期待未来更丰满**

容本镇生于1958年，从生理年龄上说，他已到花甲之年。回顾其几十年的学习、工作经历，他有很多时间是在高校从事教学、管理工作。和其他一些专业的管理者有所不同，他并没有完全放弃自己热爱的文学事业。认真梳理其文学批评成果，我们或许会发现，他的有些文章在一定程度上存在着“应付”之嫌，在观点上也存在不够完善的地方，没有对有关作家、作品或者话题进行更深入的学理探讨。我有时在想，凭着容本镇的天赋和勤奋，凭着他对文学的挚爱，他在文学创作、研究上的收成应该远远超过现在已经取得的成绩。

和单纯的管理者不同，从事文学创作、研究的人，似乎不存在“退休”之说，很多作家和评论家在古稀、耄耋之后，依然保持着创造活力，不断推出新的成果。过了花甲之后，作为管理者的容本镇应该说真正退休了，但是他作为作家、评论家的身份依然存在，而且和过去相比，这个身份会显得更加单纯、突出一些，少了许多其他杂务。在60岁之后，他的经验积累、知识储备、学术视野都达到了更高的层面，从事创作、研究的时间会更加充裕，如果他对文学的兴趣依然没有发生改变的话，我相信，他会在以后的岁月里，在文学创作、研究方面做出更大的成绩，甚至比他身兼多职的青壮年时期还可以做得更好一些。

作为同行，我对本镇兄未来的创作、研究成果充满了期待！

2017年6月11日—7月3日，于重庆之北

（原载《贺州学院学报》2019年第3期，有删节）

# 文学，让人的内心世界丰富充盈

——文艺评论家容本镇访谈

张淑云　容本镇

## 一、少年记忆与文学梦的起点

张淑云：容教授，您好！感谢您在百忙之中接受我的访谈。我自 2004 年进入广西民族大学文学院攻读中国少数民族语言文学专业的硕士研究生开始，就与您结下了师生之缘。我是在聆听您讲授的“当代广西文学研究”“现当代民族作家个案研究”“中国少数民族文学导读”等课程，读着您的一系列著作中走上广西本土文学研究道路的。借这个机会很想听您谈谈从事文学活动的宝贵经验。您对文学的追求始于什么时候？少年时期的生活经历对您走上文学之路有什么影响？

容本镇：我出生在钦州市浦北县南流江畔一个背靠黄土岭的小山村。我出生的那一年，恰好在南流江的一条重要支流上建起了一座后来叫“越州天湖”的大水库，我们村子变成了库区，水淹没了村子东面和南面的稻田。在当地政府的统一安排下，我们家搬迁了几次。但大人们故土难离，最终还是搬回了原来的村子。由于大部分水田被淹没，全村人的日子过得很艰难。母亲后来常对我说，小时候我经常饿肚子，吃隔夜发馊的白粥。村里的男孩子一般都是七八岁就开始拉着牛绳放牛，十多岁就开始上山砍柴，我也一样。这些经历，对我今后的人生道路和文学创作都产生了重要的影响。

我们村子很穷，按身份都是贫农出身。村里的长辈们几乎没读过什么书，大多是文盲或半文盲，我的父亲读过小学，算是有文化的人，母亲也认识一些字。奇怪的是，我从小对书本就有一种特别的喜爱。我读小学时正值“文革”时期，当时红卫兵们收缴了许多所谓的“毒草”小说，都堆放在大队队部的破旧仓库里，平时没有人专门看管。我和一两个比较要好的小伙伴趁没人的时候，悄悄地打开仓库的破门，把书偷偷拿出来看，看完了再悄悄地送回去。我们还把弄到手的书互相交换着看。偷看“禁书”是很危险的。所幸我们没有被发现。只有父亲知道我偷看这些“禁书”，他有点担心，但并没有严厉阻止，只是时不时地提醒要小心，千万不要被人发现。这是一段尽情尽意地遨游在文学海洋里并充满了奇思妙想的快乐时光。我对文学的爱好，就从那时起根深蒂固地种植在心底里了，以至于恢复高考后，我填报的志愿几乎全是汉语言文学专业，希望将来做一个能自由自在地写作的作家。

张淑云：我曾在一篇文章中看到过您因为看书险些酿成大祸的故事，能谈谈当时的情形吗？

容本镇：那是读初中的时候，“双抢”季节，学生们都放假回家参加夏收夏种。农村的“双抢”季节是非常紧张辛苦的，天气又炎热，白天除了吃饭，基本上没有休息时间，劳动时都带着一条擦汗的毛巾，用力一拧，毛巾就像从水里捞出来的一样。但到了晚上，我还坚持看书。村里不通电，只能点一盏小煤油灯照明。我住在一个低矮的小阁楼上。一天晚上，我把煤油灯放在床边，躺着看《林海雪原》。我特别喜欢这部小说，反复看过好几遍了，但还是看不够。我实在太累了，边看边打瞌睡，不知不觉就睡着了。第二天早上醒来，迷迷糊糊中手一动，身边发出了窸窸窣窣的声音。我心里一惊，立即清醒了，睁眼一看，不禁吓出了一身冷汗：煤油灯倒在床边，玻璃灯罩和瓶子被烧破了，身边的草席烧掉了一角，床沿床板也烧焦了一小块。更悬的是藤枕头也烧了一个洞。但匪夷所思的是，我居然毫发无伤；《林海雪原》扣压在胸口，也完好无损；蚊帐没有放下来，也没有烧到。我住的是木板阁楼，整个村子都是砖瓦房，如果引起大火，不仅我会葬身火海，整个村子也将变成一片废墟。我暗暗庆幸上天保佑！为了不被父母发现，我赶紧爬起来清理干净，然后赶紧下楼出工去了，但心里老惦记着被烧破的煤油灯。到了晚上，只要我的灯不亮，父亲肯定会追问，到时我就无法隐瞒了。于是，趁着从田里挑稻谷到打谷场的空隙，我悄悄溜回小阁楼，拿出烧破的煤油灯，想把灯头拧下来，安装到空墨水瓶上。但灯头和玻璃连接处经火烧过，粘得太紧了，我心情又紧张，用力一扭，玻璃啪的一声碎裂了，锋利的玻璃戳到了左手腕上，刮掉了一小块皮肉，顿时血流如注。我赶紧扯下一团蜘蛛网敷在伤口上止血，这是一种土偏方，很管用。草草地包扎一下，再缠上一条擦汗的毛巾掩饰住，又赶紧到田里挑稻谷去了。但这件事还是被父母发现了。母亲吓得脸色发白，她声音颤抖地说："你真是命大！惊得我现在心头还扑扑地跳！"当晚，母亲专门带上香烛供品，偷偷到几里外的大榕树下祭拜了佛祖，虔诚地感谢神灵保佑！直到现在，我左手腕上还有一块疤痕，也算是个纪念吧。

## 二、瞒着父母考大学

张淑云：在那个特殊的年代能够坚持读书很不容易。您是在哪里上的中学？高中毕业以后有过什么考虑和打算吗？

容本镇：我的初中是在日新小学附设初中班上的，读高中是在龙门中学。那时候的中学都是半工半读，上午学习，下午劳动。1975年高中毕业，城镇的同学下乡插队，农家子弟就回家务农。我回到了水库边上的小村子。我因为力气大，又肯吃苦，成了生产队里的强劳力，拿的是最高工分。我干过各种各样的农活，还到极为艰苦的水利工地做过计算和登记土方工程量的施工员。当时不可能不考虑自己的前途，但前途在哪里、出路在哪里？根本不清楚，也看不到什么希望。一年后，我被招收到龙门第一中学做了一名民办教师，那年刚好18岁。这所学校名称很响亮，实际上是一所农业中学，只有两排平房，校舍非常简陋，教师学生每天吃的蔬菜都是自己种的。做民办教师不是我所期待的工作，但当时也没有别的选择，只能走一步看一步了。暑假期间，我曾被抽调到公社革委会写作组参与材料写作，是写作组最年轻的成员。做了一年多民办教师后，因表现突出，我被吸收为国家干部，分配在浦北县委宣传部工作。

张淑云：成为国家干部，又是在县委宣传部工作，这是很多人梦寐以求的事，您为什么放弃这么好的工作而参加高考呢？

容本镇：能够成为国家干部确实很不容易，而且是在县委宣传部工作，这是许多人所向往和羡慕的。但我的愿望是读大学，成为一名大学生。1977年恢复高考，我已做好了参加高考的准备。但就在高考前一天，公社党委组织委员通知我说，我已被正式吸收为国家干部，要马上到县委组织部报到。在极端矛盾和无奈之中，我放弃了高考，选择了看得见和触手可及的“铁饭碗”。但我不甘心就此放弃高考的机会。第二年，我还是下定决心走进了高考考场。高考成绩公布，我的总分超过了本科录取线，其中语文考得了全县最高分。不久，我就收到了广西民族学院的录取通知书。但我是瞒着父母报名参加高考的，他们不赞成我考大学，原因是家里穷，还有弟弟、妹妹要读书，特别是我已是国家干部，即使经济上帮补不了家里，至少不会增加负担。但父母见我态度坚决，最终还是同意我上大学了，我成了我们村的第一个大学生。

## 三、从创作转向批评

张淑云：除了写小说，您也写散文，其中长篇散文《岭外汉风》作为“广西世居民族文化丛书”的一种，曾入选国家新闻出版总署“三个一百”原创图书出版工程，荣获广西优秀图书一等奖。您的散文很注意挖掘和表现地域文化，作品有一种强烈的家乡情怀和丰富的文化内涵。但您的注意力好像并不在散文创作上，写散文只是偶尔为之，带有一定的随意性。

容本镇：因工作关系，我到过许多地方，包括访问过二十个国家，又在多个层级岗位上工作过，有比较丰富的阅历和生活积累，因此，写散文是不缺少题材的。但由于本职工作繁忙，而且主要注意力又转移到了文艺批评，因此几乎没有时间去考虑创作上的事了。除了那本《岭外汉风》陆陆续续花了两年多时间外，其他散文确实只是偶尔为之，好些都是报刊约稿才写的，某种程度上是“逼”出来的。但可以说，我每一篇都写得很认真，像《守护绿色》《美丽南方：千里景千变，一山诗一篇》《激荡在八桂大地上的爱国主义精神》《凝固在校园里的记忆》《天湖边上的炊烟》等。

张淑云：现在很多人可能只注意到您的评论家身份，却忽略了您的作家身份。您是怎么想到要转向文艺评论呢？

容本镇：我的转向带有一定的偶然性，或者说是机缘巧合。1995年广西文艺理论家协会（简称广西理协，2017年更名为广西文艺评论家协会）成立的时候，文联领导对我说："搞评论的人少，你写过评论，就参加广西理协吧。"筹备成立广西理协的负责人也希望我到广西理协来。于是，我成了广西理协第一届理事，后来又成为第二届副主席，第三届、第四届、第五届主席，直到现在。也就是说，我是伴随着广西文艺理论家协会一路走过来的，我参加广西文艺界的活动，基本上也是以评论家的身份出现，而且这些年来已经很少进行创作，因此，很多人只注意到我的评论家身份也就不奇怪了。

张淑云：研究张承志的小说创作后，您的关注点基本上都放到了对广西本土文学艺术的评论上，而且非常努力地推动广西文学艺术的发展。

容本镇：二十世纪九十年代末，我曾计划写若干位作家专论，并初拟了一份名单，包括王蒙、张承志、路遥、张贤亮、霍达、莫言、阿来等。这些都是新时期有重要影响又是我喜欢的作家。但写完张承志后，我很快就发现，我根本没有这么多时间和精力去完成这个"宏大"的写作计划。作为一名高校"双肩挑"人员，我的本职工作不允许我全力以赴地去做学术研究。而且我没有那种倚马可待或一气呵成的才华，历来写作速度都很慢，对文稿总要反复修改。后来我对写作计划做了大幅度缩减，打算再写两个少数民族作家。结果，连这个想法最终也没能实现。我不是一个专职的研究者和评论家，这些只是我的业余工作或业余爱好而已，因此我不得不放弃一些不切实际的设想或力所不逮的计划。我选择了"向内转"，把目光转向广西本土文学艺术，这是我根据自身实际而做出的选择。一个人的精力有限、时间有限，只能因地制宜、因人而异地去选择一些适合自己做的事情。还有一个重要原因，作为广西文艺评论家协会（简称广西评协）主席，关注和推动广西本土文艺发展，是我的职责所在，是我必须履行的责任。

### 四、桂海文坛推手

张淑云：作为广西文艺评论家协会主席和本土评论家，您很大一部分精力都投入到组织策划文艺研讨活动、推动文艺发展的工作中了。《广西文艺理论家协会二十年》一书，收录了许多重要的文史资料，其中有一部分就是文艺研讨活动的资料。近二十年来，您深度参与和见证了广西文学艺术的发展，既是桂海评论的掌灯人，也是桂海文坛的重要推手。

容本镇：我曾半开玩笑地对广西文联领导说过，我是半个广西文联的人。我担任广西评协负责人以来，经历了五任广西文联主席，我和每一任广西文联主席都建立有良好的工作关系。多年来，除了我的本职工作，我参加广西文联和广西评协的活动最多，投入的时间和精力也最多，我和广西文联机关的许多工作人员都很熟悉。在策划和组织开展文艺活动、推动广西文艺发展方面，可以说付出了不少努力。

张淑云：比如“相思湖作家群”“独秀作家群”“会仙作家群”的打造与推介等，您都起到了重要推手的作用。

容本镇：我是相思湖作家群的一员，推出相思湖作家群，是我比较用心策划和努力推动的一件事。2000年召开“相思湖作家群现象研讨会”正式推出相思湖作家群的时候，没想到会有这样好的发展态势和持续效应。近二十年过去了，相思湖作家群已成为广西民族大学一张亮丽名片，也是广西文坛一道美丽的风景线。继相思湖作家群之后，广西师范大学“独秀作家群”、河池学院“会仙作家群”又先后于2010年、2013年推出。这两个高校作家群的策划与推出，我也直接参与了。广西高校能够形成三个人数众多、薪火相传的作家群体，是一个值得认真思考与深入探讨的文学现象和人才培养现象。三个高校作家群的推出，无论对广西文坛还是相关高校来说，都具有重要的品牌价值和现实意义。

张淑云：您在广西民族大学工作期间，主导引进了著名作家东西、凡一平和黄佩华，在广西首开把作家引进高校的先河，在全国也是实施比较早的一项举措。您说过：引进这几位作家，五年后还是作家，引进成功，五年后成为普通教师，引进失败。事实证明，引进成功了。

容本镇：引进东西、凡一平、黄佩华，是我在广西民族大学工作期间所做的非常有意义的一件事。他们的到来，不仅增强了相思湖作家群的实力，扩大了相思湖作家群的影响，而且他们还为广西民族大学带来了许多文学资源，有力地推动了文学、艺术学等相关学科的发展，尤其是在文学和影视创作人才培养方面，更是发挥了不可替代的巨大作用。这是一项双赢或多赢的重要举措。为了保证他们能够专心致志地进行创作，学校采取了一系列有效措施，比如专门为他们成立文学影视创作中心，不纳入文学院教师编制，不要求他们像其他教师那样规定教学工作量，不要求举办专题讲座的次数，等等。总而言之，他们的创作环境是非常宽松的，创作时间是充分保证的。应该指出的是，他们并没有只顾着自己的创作，反而非常自觉主动地为学生举办讲座，指导学生创作，组织开展各种文学活动，邀请名作家、名编辑、名导演、名演员等前来做报告和进行交流，领衔打造人才团队等。在浓厚的文学氛围中，学生们是最直接的受益者。

张淑云：作为组织者，您十分重视推动全局性工作的开展和团队建设。2017年广西文联、广西理协联合设立了六个广西文艺评论基地，这是推动广西文艺评论发展的一项有力举措和具体行动。

容本镇：设立广西文艺评论基地，恰好遇上了一个好的时机。一是中国文艺评论家协会在全国多地设立了若干个文艺评论基地，为我们提供了示范和借鉴；二是2016年自治区党委发布的《关于繁荣发展社会主义文艺的实施意见》明确提出："设立广西文艺评论基地，打造自治区级文艺评论学术平台。"依据这一文件精神，经报请广西文联党组研究同意，以广西文联、广西理协名义，依托广西社会科学院、广西师范大学、广西民族大学、广西师范学院、广西艺术学院、河池学院等单位设立了六个广西文艺评论基地。评论基地的设立，可更好地整合评论力量、壮大评论队伍、培养评论人才，可以更加灵活高效地组织开展课题研究、理论研讨和评论活动。还有一点非常重要，即可以更好地拓展艺术门类的研究与批评。以前评论人才主要集中在文学领域，评论的重点也主要在文学领域，对其他艺术门类的研究与评论比较少，近年来广西评协有意识有计划地做了一些组织引导和推动工作，情况有所好转，但一些艺术门类的研究与评论还是十分薄弱。文艺评论基地的设立，可充分调动和利用各依托单位的力量，尽可能广泛地涵盖各个艺术门类。广西评协还成立了五个专业委员会，即文学评论专委会、网络文学评论专委会、戏剧影视评论专委会、书法美术摄影评论专委会、杂技曲艺评论专委会。专委会和评论基地的设立，既扩大了覆盖面、突出了专业性、提高了工作效率，又充分调动了各艺术领域评论家们的积极性和创造性，同时也减轻了广西评协主席团的工作量和组织活动的压力。

### 五、认清自我，找准方位

张淑云：从事理论评论，很多人都很注重创立自己的学术观点、构建自己的理论体系，孜孜以求地希望能够开山立派或自成一家。但您对此好像并不在意，您更注重的是评论而不是理论研究，您的评论很少堆砌新名词新概念和故作高深，也很少滔滔不绝地进行理论阐述。

容本镇：创立学术观点、构建理论体系太"高大上"了，那是大师级或准大师级的人物才能去做的，而非我的水平和能力所能为。对我来说，与其空耗力气地去追求那些做不到的东西，不如脚踏实地地做一些力所能及的事情。我觉得，一个人认清自我、找准方位很重要，否则会事倍功半甚至徒劳无功。很多年前我曾看过一本名叫《往上爬》的小册子，是英国人劳伦斯·彼得写的。大意是说，人要有所作为，必须不停地往上爬，但最理想的结果是爬到与自己能力相适应的位置，而不是不切实际地、盲目地想爬到最高点。人们把这一观点称之为“彼得原理”。我想，所有人都应该遵循这一原理。

张淑云：您虽然只偏重于批评而非理论研究，但读您的文章和为别人书稿写的序言，可以感知到您的学术观点和深刻见解。把学术观点和真知灼见寓于评论文章之中，这是您的一个显著特点。

容本镇：我不喜欢摆开架势谈理论，不喜欢居高临下讲道理，这或许与我的思想性格、知识结构和表达方式有关。

张淑云：近年来，您又积极参与到桂学研究之中，并起到了重要的组织和推动作用。能谈谈这方面的情况吗?

容本镇：2009年，广西文联主席潘琦提出创立桂学，有组织有计划地开展广西地域文化研究，助推民族文化强区建设，增强广西人的文化自觉与自信，为中华民族文化的繁荣发展做出积极的贡献。潘琦的倡议得到了广西文化界、学术界的积极响应。2010年正式成立广西桂学研究会，潘琦当选为会长，我是副会长之一。近十年来，在创会会长潘琦的组织带领下，桂学活动蓬勃开展，桂学研究十分活跃，桂学研究成果源源不断地汇集到《桂学文库》之中，并取得了许多开创性的成果。广西桂学研究会已成为广西地域文化研究的一支重要力量。在推动桂学研究和桂学发展的过程中，我也做了一些工作，付出了一些努力。

## 六、得失寸心知

张淑云：您24岁大学毕业留校，34岁成为院办主任，40岁成为副校长，51岁后先后担任广西教育学院院长、党委书记，直到退休。一路走来，您的本职工作主要是在管理岗位上。但您一直没有放弃自己的专业和文学梦想。您是如何处理好这两者关系的呢？

容本镇：自走上管理岗位，我最主要的工作就是管理工作，这是我的主责主业。当然，我也是一名教师，也有自己的专业，管理工作和专业工作都要兼顾。但实际上不可能做到两者并重，不可能平均用力。我必须在履行好主责主业的基础上，才能去兼顾专业工作，才能去发展自己的兴趣爱好。文学是我的梦想，为了追逐这个梦想，我最重要的秘诀就是两个字：坚持。明确了前进方向和目的地，就要坚持，就要有一种坚忍不拔的毅力，就要义无反顾、百折不挠地走下去。就像是长途跋涉，无论遇到什么困难和障碍，都不能打退堂鼓，不能半途而废，要想办法翻越过去；遇到好的风景，也不妨去浏览观赏一下，放松一下，但不能沉迷其中，不能乐不思蜀，要保持头脑清醒，要记得回到主路，继续朝着原定的方向和目的地走去。

张淑云：我曾在一篇评论您的文章中看到这样一段话，“容本镇从政，多了一个官僚，少了一个才子，毁了一个作家”。您当时听到这样的说法有什么感想？现在回过头来看，又如何评价自己走过的路？

容本镇：这是我从中文系调去当院办主任的时候，和我同时留校的老同学陈建伟说的话（他后来调到华南师大文学院中文系任系主任和教授，是卓有建树的语文教育专家）。他是当着我和众人的面说的。我当时表面上只是坦然地笑笑，但内心是有触动的，而且是不小的触动。从心底里说，从政并非我所愿。我留校第二年，学校领导就想调我到院办当秘书，我不同意。我评上讲师后，又动员我到院办，我还是不同意。我的理由很简单：我留校是做教师的，我不想去做行政工作。1992年，即留校十年后，学校又一次要调我到院办工作。这一次，我不好意思再拒绝了，刘备三顾茅庐后诸葛亮都出山了，我是本校培养的，还有什么理由不服从组织安排呢。我当时并不知道调我去做什么，直到组织部部长找我谈话的时候，才得知是去做院办主任。我感到很意外，虽然我当时是写作教研室主任兼中文系党总支委员，但都是没有级别的，我本质上只是一个普通讲师（当年年底才评上副教授）。也就是说，我是从一个普通讲师被破格提拔为正处级的，连副处级都没做过。走上行政岗位后，绝大部分时间都不属于自己了，只有夜深人静和节假日，才有可能躲在书房里写一点与文学有关的东西。长期而繁重的管理工作对我的创作和研究影响是巨大的，我不得不舍弃部分写作计划。我不知道是不是“毁了一个作家”，但可以肯定的是，如果不从政，应该不会只创作一部长篇小说，应该可以在创作和批评方面取得更多的成果。现在回过头来看，虽有点遗憾，却并不后悔。我所走过的人生道路有起有伏、有得有失。我虽然没能在创作上、学术上取得大的成就，但我拥有了丰富充实的人生阅历，拥有了独属自己的生命体验。这是时代赋予我的一种机遇和运气，是上天对我的眷顾与厚爱，是我此生拥有的一笔宝贵的精神财富。

## 七、文学的感悟

张淑云：您与文学结伴同行几十年，您对文学有着怎样的理解和感悟？

容本镇：最大的感悟就是，文学可以让人的内心世界丰富而充盈。你可以不是一个以文学创作为志向的作家，可以不是一个以文学研究为专业的学者，但你可以是一个文学的爱好者或阅读者。文学可以滋养人的情感和胸怀，可以让人的心灵变得敏锐、灵动而细腻，可以让人更好地感知生活之美、人性之美、自然之美和艺术之美，可以让人变得宽容而充满爱心，变得优雅而富有情趣。于我而言，还有助于作为管理者的我能够以文学和审美的眼光去履行现实工作职责。比如，我不会因为建新大楼而去拆除一座有历史意义的老建筑，不会把一栋历史建筑翻修成为现在的时尚模样，不会在校园里随便立一个没有艺术水准的粗制滥造的塑像，不会把山坡上土生土长的天然林砍掉而重新种上所谓的“名贵树木”，不会把校园里一条蜿蜒清幽的溪流改造成为光滑笔直而没有意趣情韵的水泥沟渠，等等。我主管广西民族大学校园建设期间，一位作家朋友曾对我说：“你有两个作品，一个是写在纸上的作品，一个是写在校园里的作品。”校园里的作品就是生态校园和文化校园建设。从我的经历和实践中可以感悟到，文学不仅作用于人的精神层面，也直接或间接地作用于现实生活层面。

（原载《贺州学院学报》2019年第3期，有删节）

# 后　记

一条江，一个湖，一座岭，是我生命停留过的最重要的三个地方。

一条江，就是南流江。这条江一头连着桂东南的莽莽群山，一头连着浩瀚无边的北部湾。我出生在南流江畔的一个小山村。20岁以前，我在南流江畔读完小学、初中和高中，在南流江畔做农民、民办教师和国家干部。我在成长过程中悄悄眺望着外面的世界，渴望走一条与父辈不同的人生之路。

一个湖，就是相思湖。20岁那年，全国恢复高考的第二年，我考上广西民族学院中文系，自此便与相思湖结下不解之缘。读书4年，留校工作27年，我在相思湖整整度过了31个春秋。我从一名青年助教成长为教授，从一个教研室主任成长为副校长。我最美好的年华都留在了相思湖。

一座岭，就是葛麻岭。51岁那年，我从相思湖来到葛麻岭，开启了又一段重要的人生旅程。先是担任广西教育学院院长、党委副书记，后担任党委书记，直到年满60岁退休。我在葛麻岭驻足9年，我的生命已深深镌刻在葛麻岭之上。

往事历历，回首已非少年。

这本集子里的文章，大多是因时因需和应约而写，都属于纪实类作品，记录的都是我生命历程中的点滴片段或情感思绪。基于此，散文集按我人生经历的3个时段（我生命停留过的最重要的3个地方）编为3个小辑，每个小辑内的文稿均按写作的先后顺序编排。《南流江记忆》收录的主要是写我的家乡或与我家乡有关联的文章；《相思湖情结》收录的主要是与我在广西民族大学（原广西民族学院）求学和工作期间有关联的文章；《葛麻岭足迹》收录的主要是与我在广西教育学院工作期间有关联的文章。与我的人生履历没有关联或关联性不大的文章，均没有收录进来。集子中选收了几篇发言类文稿，因为这些文稿能够从某些侧面印证我的工作履历或表达出我的某些观点和理念；同时，这些文稿有较强的现场感，文风也比较朴实自然，完全可视为纪实性、随感式散文。选收在《附录》中的两篇文稿，可与集子中的相关文章内容互为补充和印证（因原文较长，收录时有删节)。

感谢时代，感谢生活，感谢所有关心、提携、扶持和帮助过我的亲人、贵人和朋友!

容本镇

2022年8月·相思湖畔